Mães em Guerra

JILL KARGMAN

Mães em Guerra

tradução
Beatriz Velloso

Planeta

Título original: *Momzillas*

Revisão: Penelope Brito
Capa: Adaptada a partir do projeto original de HarperCollins
Ilustração de capa: Sarah Gibb

Dados Internacionais de Catalogação na Publicação (CIP)
(Câmara Brasileira do Livro, SP, Brasil)

Kargman, Jill
Mães em guerra / Jill Kargman ; tradução Beatriz Velloso. -- São Paulo : Editora Planeta do Brasil, 2010.
Título original: Momzillas.
ISBN 978-85-7665-519-0
1. Ficção norte-americana I. Título.

10-02685 CDD-813

ÍNDICES PARA CATÁLOGO SISTEMÁTICO:
1. FICÇÃO : LITERATURA NORTE-AMERICANA 813

2010

EDITORA PLANETA DO BRASIL LTDA.
Avenida Francisco Matarazzo, 1500 – 3º andar – conj. 32B
Edifício New York
05001-100 – São Paulo-SP
www.essencialivros.com.br
www.editoraplaneta.com.br
vendas@editoraplaneta.com.br

Para Corinne Kopelman, o reverso da mãe-enxaqueca,
a melhor mãe do mundo.

&

Para Sadie e Ivy; se o amor que vocês sentem por mim for metade
do que eu sinto pela vovó, é sinal de que fiz um ótimo trabalho.

Glossário de termos e abreviações das mães-enxaqueca

- AP: Anti-peridural; mulher que se opõe ao uso da anestesia na hora do parto. Tem o hábito de se gabar do próprio trabalho de parto, prolongado e sem o uso de drogas.
- Babacho: Babá macho, do sexo masculino. Em geral, é mais jovem e mais charmoso que os pais do protegido.
- Bola-no-espeto: Grávida magérrima que malha feito louca e conta calorias, prática que resulta num corpo ossudo em que o útero é o único indício da gravidez. Costuma usar salto agulha.
- Chá de recém-nascido: Chá da tarde para dar as boas-vindas a um recém-nascido; evento no qual as convidadas tomam chá e conhecem o bebezinho. E levam presentes.
- Excesso de riqueza: Mal que acomete os extremamente ricos; os sintomas incluem ataques de pânico na hora de escolher a cor do carrinho Bugaboo e suores noturnos causados pela dúvida sobre em qual escola com anuidade de US$ 20 mil o filho deve ser matriculado. É comum observar ocorrências de insatisfação, apesar do conforto oferecido pela riqueza.
- Fofas frescas não fazem força: Mulheres incapazes de lidar com o trabalho de parto e/ou com a possibilidade de ficar com a vagina flácida. Elas optam por uma cesariana, muitas vezes com dez dias de antecedência, só para evitar os quilos desagradáveis que seriam acrescentados ao peso naqueles diazinhos a mais de gestação.
- GG: Grávida Gratuita; futura mamãe que paga barrigão ao usar miniblusas e/ou passa a mão na barriga a cada dois segundos. Costuma comentar que se sente "muito viva".
- Goleiro: Método anticoncepcional, termo usado como no exemplo: *Estamos prontos para ter o bebê número dois, por isso vamos dispensar o goleiro.*

- HIPOCONDRIMÃE: Mãe que acha que o filho está constantemente doente e/ou que as outras crianças estão doentes e vão contaminar o filho dela.
- HORA DO SUICÍDIO: Em geral, das cinco da tarde até o momento em que o marido chega em casa. Conhecida como "*happy hour*" pelo resto do mundo.
- J-RO's: Sandália da marca Jack Rogers, um marco no uniforme primavera-verão das mães-enxaqueca (a de cor metálica conta pontos-extra), que inclui ainda calça-cigarrete e bata bordada.
- LADRA DE BABÁ: Mãe que não tem paciência para entrevistar/contratar uma babá, vai até a pracinha e tenta roubar a babá de outra.
- LADRA DE NOME: Mãe que rouba o nome que outra mulher havia escolhido para os filhos, como no exemplo: *O bebê vai se chamar Mabel, mas não conte para ninguém porque não quero nenhuma ladra de nome roubando o meu.*
- MÃE-GÉLIDA: Mãe fria e sem afeto que jamais dá uns abraços apertados nos próprios filhos; provavelmente vai chamar a criança de "Meu filho" e será chamada de "Senhora" por ele.
- MÃENÓLOGO: Ocorre quando uma mãe fala e fala sem parar sobre o próprio filho, como se fosse a única criança existente no mundo.
- MÃENORÉXICA: Mãe que perde em duas semanas, e até menos, o peso acumulado durante a gravidez.
- MAMÃE-DELÍCIA: Mãe sensual e atraente; consulte o verbete MQEC.
- MANÍACA DA MAMADA: Brigada de mães radicais que competem para ver quem amamenta por mais tempo; costumam julgar/detonar as mães que dão mamadeira para os filhos.
- MCDV: Mamãe Come Duas Vezes; a primeira umas seis e pouco, junto com as crianças, numa refeição que inclui purê de batata ou macarrão de letrinha. O segundo jantar acontece mais tarde, com o marido.
- MM: Mãe Mentirosa, expressão usada como no exemplo: *A Madison começou a dormir a noite inteira quando tinha duas semanas!*
- MQEC: Mãe Que Eu Comeria.

- ✖ O Esperminador do Futuro: Cara que tem quatro filhos ou mais.
- ✖ Pai de sábado: Pais que podem ser vistos nos finais de semana tentando desesperadamente distrair os filhos; muitos são sócios do CPS (Clube dos Pais Separados); são observados com os filhos e sem as mães nos dias em que têm a guarda das crianças.
- ✖ Parideira competitiva: Mãe que aposta corrida para ver quem tem mais filhos antes das outras.
- ✖ Parideira do troféu: Mãe que fica se exibindo por ter feito parto normal e acha que merece um prêmio por dispensar a anestesia. Consulte o verbete *AP.*
- ✖ Parto em revista: Uma retrospectiva interminável, minuto a minuto, do trabalho de parto de uma mãe; em geral pontuada por detalhes grotescos e desnecessários, como se aquele tivesse sido o primeiro parto de toda a história.
- ✖ Prenda pós-parto: Presente caro que o marido dá para a mulher depois que ela empurra o bebê para fora, em geral na forma de uma joia cara. Cesarianas também contam – ainda que, do ponto de vista técnico, não incluam fazer nenhum tipo de força.
- ✖ Santa Mãmica: Raça de mães encontrada na região oeste de Los Angeles, Santa Mônica. Consulte o verbete *Maníaca da mamada.*
- ✖ Sermãe: Mãe que fica passando sermão porque acha que sabe o que é melhor não apenas para o próprio filho, mas também para os filhos dos outros.
- ✖ Tecnomanos: Tendência de irmãos gêmeos nascidos por fertilização *in vitro*, por vezes desprezados por mães que alegam ter gêmeos "de verdade".
- ✖ VAB: "Vale a babá"; sigla usada como no exemplo: *Não li as críticas sobre esse filme, não tenho certeza se é VAB* (uma vez que ingressos + pipoca + refri + pagar para a babá dormir = US$ 100).
- ✖ VND: Viciada em Nome Duplo; mãe que sempre chama os filhos pelos dois nomes; exemplo: *Julia Charlotte adora as aulas de mandarim.*

Um

Estou diante da tundra congelada do Alasca, uma superfície de cristal que parece ter sido polido por uma língua. Cercada por um deserto de neve sem fim, uma pequena menina esquimó caminha contra o vento cortante, pontuado por milhares de flocos de neve. Uma musiquinha feliz é a trilha sonora.

"*Para ficar seca e quentinha, vista um* kami-kluk..."

Não. Não entrei num avião com destino a Juneau. Estou assistindo a *Vila Sésamo* com minha filha Violet. É um daqueles quadros em que o Grover mostra como o mundo é legal e revela diferentes culturas através dos olhos puros e límpidos de uma criança. Conhecemos um menino chinês que é um super acrobata, capaz de rodopiar quatorze pratos numa vareta apoiada no próprio rosto, e uma garotinha indonésia que sustenta seis tigelas em cima da cabeça – enquanto dança.

Hoje Grover nos levou para o 49º estado do país, e nossa guia-mirim se prepara para enfrentar o frio do Ártico. Ela é ajudada pela mãe, que costura retalhos de peles de animais para fazer um *tikiyook* (ou casaco) que a protegerá das temperaturas abaixo de zero. A menina corre de encontro ao ar cortante e se junta a outras crianças, todas trajando modelitos que deixariam o pessoal da Sociedade Protetora dos Animais de cabelo em pé. Com um sorriso doce nos lábios, a garotinha saltita rumo às colinas brancas.

Tudo parece tão saudável, tão simples, tão descomplicado. Ninguém se preocupa em conseguir vaga em escolas caras, ninguém perde tempo procurando apartamento. Aquele lugar transmite uma sensação gostosa, um clima gélido e ao mesmo tempo aconchegante de neve reluzente, onde não há nada além de crianças travessas que caminham para a escola carregando pequenos baldes nas mãos, onde guardam seus almoços caseiros.

Mas aí a bile que existe nas minhas entranhas demonstrou, novamente, que é mais forte do que eu. Fui incapaz de evitar um pensamento impuro e maligno: aposto que a mãe de um esquimó está conferindo o *kami-kluk* do outro garoto para ver se a costura é mais bem-feita. Ou se a sacola de livros de um aluno tem uma estampa tão criativa quanto a do seu filho. Tenho certeza que o iglu de uma família é mais imponente, e o trenó da outra é mais incrementado.

Eu assistia à cena na minha televisão, no meu apartamento – que não fica num cenário coberto por neve macia, e sim no ninho de cobras das mamães competitivas: o Upper East Side de Nova York. Na Califórnia, onde eu e meu marido Josh morávamos antes da súbita mudança há um mês, o único carrinho Bugaboo cor de laranja do nosso quarteirão era um ser tão incomum e bizarro a ponto de fazer as pessoas acreditarem que havia sido enviado por alienígenas a bordo de um disco voador. Em Nova York, esse modelo – o Rolls Royce dos carrinhos de bebê – é tão corriqueiro quanto os táxis amarelos, e também causa engarrafamentos nas calçadas. Mas, em vez de feder a desinfetante e *curry*, os carrinhos tinham um cheirinho de bebê lavado com sabonete suave de glicerina orgânica.

Cheguei ao ponto de evitar caminhadas pela avenida Madison; enquanto minha filha parece uma explosão de Baby Gap, vivo trombando com vizinhas cujas crianças estão sempre compostas à perfeição, com vestidos bordados, blusas de linho com golas adornadas por sianinhas, sapatos-boneca com meias tricotadas e laços imensos enfeitando penteados impecáveis. Minha sogra só dá roupinhas com os dizeres LAVAR A SECO na etiqueta. Isso quando não são roupas de linho, situação que obriga a locutora que vos fala a encarar a tábua de passar roupa. Me dá vontade de sumir. Essa cidade é muito doida, gente. Talvez seja melhor eu *realmente* dar uma ligadinha para a Air Alaska.

Tudo começou quando Josh recebeu um telefonema de Parker Elliott, seu melhor amigo dos tempos da Faculdade de Administração de Harvard. Ele sabia que Josh estava de saco cheio do emprego que tinha em São Francisco: Josh detestava a obrigação de trabalhar no fuso horário da costa leste morando na costa oeste, odiava madrugar todos os dias. O banco no qual Parker trabalhava estava disposto a fazer uma oferta irrecusável a Josh, e foi assim que nossa vida tranquila na Califórnia entrou pelo cano, de uma hora para outra. Antes de Violet nascer eu planejava fazer um doutorado em História da Arte na Universidade Berkeley, mas dei para trás depois de terminar o mestrado porque a) a cegonha poderia chegar a qualquer momento, e b) eu não tinha a menor ideia do que faria com um doutorado na mão. Por isso, quando Josh recebeu o telefonema, eu estava numa fase portátil, já tinha diplomas suficientes e era uma mãe em tempo integral.

Fui criada em Seattle; sendo assim, o clima chuvoso da costa leste não me deixava tão apavorada como outros moradores da Califórnia. Na verdade, apesar de ter nascido e sido criada na costa oeste, sempre me senti mais à vontade no ambiente do lado de lá – gosto de ficar de preguiça em casa durante os outonos frios e evito o sol por causa da minha pele ultrapálida, fácil de queimar. Quando conheci Josh e começamos a namorar, ele me disse logo de cara que um dia gostaria de voltar para Nova York e ter uma família por lá. Topei a ideia, só não sabia que esse dia chegaria tão rápido. Eu gostava da nossa bolha cintilante e despreocupada de São Francisco, longe da minha sogra *socialite*, em meio à solidão aconchegante de um pequeno grupo de amigos, nos nossos cantos preferidos, na nossa rotina descontraída. Eu amava nossas viagens anuais a Nova York, durante o outono. Mas nesses outubros eu vivia uma colagem resplandecente de musicais da Broadway, de quartos em hotéis caros, de *sushis* badalados e de beijos num Central Park coberto por folhas acobreadas.

A passagem da condição de turista romântica para a de moradora permanente foi mais tumultuada do que eu imaginava. A oferta de emprego e o planejamento que se seguiu aconteceram tão rápido; em poucos dias eu já estava encaixotando tudo, entrando num avião e me mudando para um apartamento funcional pago pela empresa – tudo sem que eu nem tivesse tempo de me acostumar com a ideia.

Na noite da nossa chegada, Josh pediu um banquete de comida chinesa. Depois de botar Violet para dormir em seu bercinho desmontável, sentamos à luz bruxuleante de velas não aromáticas e enchemos a cara de *chow mein* e frango xadrez, tudo embalado em caixas de papelão.

"Hannah?", disse ele, sorrindo, com os palitinhos na boca.

"O quê, meu amor?"

"Obrigado."

Josh me abraçou, e dei umas piscadas para me livrar de uma lágrima solitária. Ele passou um dedo carinhoso na minha bochecha. De uma hora para outra, aqui estávamos nós: longe dos nossos amigos, da minha família, da minha costa – fincados no novo mundo da elite, da mãe dele, das pré-escolas sofisticadas e dos amigos que faziam parte do pacote. Meu fluxo de lágrimas aumentou.

"Como se essa comida não estivesse salgada o suficiente", eu disse. Sorri enquanto ele me beijava e secava minhas lágrimas. "Eu já sou a mulher mais gorda da cidade, e esse monte de glutamato monossódico não ajuda nem um pouco."

"Cala a boca. Você é linda."

Olhei para ele, agradecida. Soltei um suspiro.

"Vai dar tudo certo aqui". Ele me consolou com um cafuné. "Vai dar mais do que certo. Han, você vai amar Nova York, tenho certeza."

Joshie sempre quis que eu gostasse de sua cidade natal tanto quanto ele, e fez tudo o que podia para me incutir essa paixão: festivais de filmes do Woody Allen na sala de TV da nossa casa, intensivos em museus quando vínhamos para cá, visitas aos endereços das suas comidas preferidas (o *bagel* perfeito, o melhor cachorro-quente), caminhadas por lugares sublimes, um desfile de tipos diversos – intelectuais, uma gama caleidoscópica de gente eclética e às vezes até bizarra. O amor que ele sentia pela cidade era realmente incondicional, uma coisa de raiz, de adoração ao cinza, ao barulho, ao cheiro de comida dos carrinhos de rua. Desde que nos conhecemos ele sempre vinha para cá algumas vezes por ano, para tomar picos periódicos – era como se fosse viciado no agito, na animação e na pulsação de vida dessa ilha de vinte quilômetros que, para ele, é o centro do Universo. Voltar para cá o deixou exultante, e fiquei realmente feliz por ele. Mas aquela história de chegar do trabalho às quatro e meia da tarde, de passear à noitinha os três, todos juntos, de jantar cedo nos nossos buracos preferidos, tinha acabado. Ele havia me avisado que o novo emprego não permitiria nenhuma enrolação, que ele ficaria atolado de trabalho, algemado ao escritório pelo menos durante um tempo. E eu teria de enfrentar, sozinha, as águas turbulentas. Águas repletas de tubarões. Tubarões que saltitam por aí com bolsas Hermès, *tailleurs* da Chanel e carrinhos Bugaboo.

"Bee vai ligar para o seu celular amanhã para marcar um encontro", disse Josh, numa tentativa de levantar meu astral. "Parker disse que ela quer levar você a um desfile de moda infantil ou algo do gênero. Ela vai te apresentar para todas as amigas dela."

"Tá bom." Respondi com um suspiro e assenti com a cabeça. Eu queria apoiar Josh. Ele estava tão infeliz no outro emprego e era péssimo vê-lo triste. Agora ele tinha uma chance de começar de novo, e eu precisava acompanhar esse entusiasmo. Mas a simples menção do nome Bee bastou para me deixar tensa.

Dois

Bee Elliott era basicamente a mulher mais maravilhosérrima e linda de morrer que eu conhecia pessoalmente. Ela era como aquela menina mais velha e intocável do colegial, dois anos na nossa frente, que atraía todos os olhares na hora do intervalo. Tinha cabelos loiros na altura dos ombros (que provavelmente estavam perfeitos já de manhã, enquanto ela se espreguiçava e bocejava, que tédio) e uma silhueta digna de modelo. Bee continuava com aquele *corpitcho* (um "lindo contorno", como se dizia antigamente – ou seja: um palito com peitos) mesmo depois de dar à luz Weston Burke Elliott, seu filho. Em resumo: ela era uma Supermãe – não no sentido suburbano da palavra, do tipo de mãe desleixada que a gente vê por aí nos jogos de futebol das crianças. Ela nunca usava aquele "*jeans* modelo mãe", enrugado na virilha, igual ao daquela sátira do *Saturday Night Live* estrelada por mulheres assexuadas que dirigem minivans, estão sempre com um biscoito na mão e têm uns penteados iguais ao da moça do tempo.

Ela era uma deslumbrante boneca nova-iorquina. Saía nas revistas graças às iniciativas filantrópicas que conseguia equilibrar com suas atribuições de mãe super presente na creche do filho, com o *jogging* de todas as manhãs no Central Park, com almoços beneficentes frequentados por senhoras que defendiam causas nobres – e com um visual de cair o queixo, exibido todas as vezes em que ela acompanhava o marido Parker a jantares chiques ou festas de gala.

Mas atenção: ela não era uma Barbie. Eu jamais ficaria tensa por causa de uma cabeça-oca sem o menor traquejo. Bee estudara em Princeton – informação que ela dava logo de cara, para fazer todo mundo pensar "que injustiça" – e havia trabalhado no Lazard Frères até pouco antes de dar à luz, partindo então para uma licença-maternidade que nunca teve fim. Ela amamentou durante um ano, perdeu em seis semanas o peso da gravidez e vestiu um biquíni no fim de semana do meu casamento, na Califórnia.

A recepção do meu casamento foi sem dúvida o melhor dia da minha vida, ao lado apenas do nascimento da minha pequena Violet. Mas o único nanossegundo de tensão real (sem contar o comentário da minha sogra sobre o meu vestido: "tão simples") foi quando cumprimentei Bee. Todo mundo – todo mundo mesmo, não estou me exibindo – ficou pasmo com a beleza da festa, com o astral, com a perfeição do casamento. Mas Bee foi lacônica: disse apenas "felicidades". Eu sei que minha reação foi mais um problema meu do que dela, e que talvez eu tenha visto coisa onde não havia nada. Talvez eu estivesse até buscando a aprovação dela, sei lá, foi meio estranho. Mas era evidente que, em comparação com o casamento de arromba dela – uma festa onde só tinha gente da alta sociedade –, o meu estava mais para um luau mixuruca na beira da praia, com uma noiva descalça e um pôr do sol que era puro chavão.

Bee e Parker Elliott se casaram em Nova York, onde os dois cresceram. Foi uma cerimônia de proporções épicas, com cascatas de rosas, organizada por Colin Cowie, o promotor de eventos mais badalado da cidade. Ela estudou em Chapin, ele, no Collegiate – a primeira, uma escola só para meninas; a segunda, só para rapazes, e ambas escolas super tradicionais. Eles se conheceram no terceiro ano do primário, durante as aulas de dança de salão para famílias quatrocentonas. Isso mesmo: *dança de salão*, com direito a luvas brancas e tudo o mais. Aos oito anos de idade. Na mesma época eu provavelmente estava me entretendo com aventuras menos sofisticadas, como fritar insetos com uma lente de aumento no quintal da minha casa. Mas o caminho de Bee parecia coberto de *glamour* desde os primeiros passos, provavelmente dados em sapatilhas de seda nas aulas de balé. Os pais dela eram amigos antigos da mãe de Josh. Eles tinham um apartamento em Paris, um chalé para quando iam esquiar em Aspen e uma mansão de frente para o mar em Southampton. Não é de surpreender, portanto, que o casamento dela tenha sido a extravagância mais espetacular que eu testemunhei na vida – à exceção, é claro, das bodas da princesa Diana, que assisti pela televisão quando criança.

As núpcias para 400 convidados no University Club foram registradas nas páginas reluzentes da *Town & Country*: quatorze madrinhas luminosas, com vestidos Vera Wang em tom bordô; quatro damas de honra loirinhas, flutuando em saias de tule branco com tiaras de hortênsias nos cabelos; e dois pajens levando as alianças, trajando microternos Ralph Lauren, pequenos suspensórios e gravatas borboleta. Josh era padrinho e estava no altar, por isso fiquei sozinha num banco durante a cerimônia. Eu imediatamente me senti como se fosse a encarnação daquela anotação que sempre aparece na lista de convidados: "fulano de tal + acompanhante". É estranho quando seu marido participa da cerimônia e você não; dá a sensação de estar fora do círculo íntimo da noiva, de ser uma estranha no ninho, de ter de dizer "eu vim com ele". Sentei ao lado da mãe de Josh, que era só elogios para o "exuberante" e "suntuoso" Oscar de La Renta alta-costura da noiva, para as montanhas de rosas da decoração e para o bolo de quatro metros de altura e vários andares, da doceira Sylvia Weinstock. Na verdade, eu não me sentia fora do círculo íntimo da noiva: eu tinha a sensação de não fazer parte nem dos 400 convidados.

Quando me casei com Josh, um ano e meio depois, vi Bee pela segunda vez. Ela estava tão linda quanto no dia do próprio casamento – com o detalhe adicional de que, *além* de ter um corpão, ela já era mãe. Apesar da anorexia nervosa típica das noivas, ela estava mais magra do que eu – e olhe que eu nem tinha ficado grávida ainda. Mas Parker era um cara muito legal, praticamente um irmão para Josh, sempre amável, querido e divertido. A cada dois ou três meses ele ia a São Francisco a negócios, e quando saíamos para jantar eu ria tanto que ficava com a barriga doendo. Ele era muito especial, carinhoso e doce, um pai amoroso que sempre trazia consigo um álbum de fotos de West e morria de saudades do filho. Ainda assim, por mais próxima que eu me sentisse de Parker, Bee sempre fora um mistério para mim. E isso era mais estranho ainda porque sempre gostei de circular com as meninas, nunca fui do tipo que é amiga dos caras; nunca abri mão do meu lado mulherzinha. Mas com Parker as coisas sempre eram mais simples. Com Bee, qualquer conversa parecia forçada.

Quando minha filha nasceu, recebi uma delicada canequinha de bebê da Tiffany, de prata legítima, com o nome VIOLET GRACE gravado a mão, e um cartão que dizia: "Bem-vinda ao mundo. Lembranças da Família Elliott". Fiquei com uma baita vergonha dos macacões da Baby Gap que eu mandara para a Bee no ano anterior, quando Weston nasceu. Ela deve ter achado aquilo tão... comum. Eu não tinha nenhum tipo de inveja de classe, não era isso. A questão não era a montanha de dinheiro que ela tinha – era o *refinamento*. Bee estava sempre tão perfeita, tão impecável. Eu me sentia uma molambenta completa. Eu conhecia as amigas de escola dela: eram todas tão estilosas, faziam tudo direitinho, como manda o figurino. O papel de carta de Bee fora encomendado num calígrafo; o meu havia sido comprado pronto, era meio vagabundo, parecia que eu tinha mandado fazer no xerox da esquina.

Vejamos, por exemplo, o cartão de Natal de Bee. O papel era tão firme que poderia ser usado para cortar os pulsos. O meu era tosco, feito com carimbos, tinha um estilo totalmente adolescente, uma coisa bem Martha Stewart. O dela tinha um retrato do West em preto e branco, feito por um fotógrafo profissional nas areias reluzentes do Southampton Bathing Corp. O nosso? Uma fotografia qualquer de Violet, que eu mesma tirei enquanto ela brincava com as gaivotas do Fisherman's Warf – programinha cafona de turista. Sei que estou analisando demais, que tudo isso parece maluquice. Mas eram esses pequenos símbolos, esses aperitivos sutis enviados diretamente do mundo dela para o meu (sempre com um selo raro, colado à perfeição), que me deixavam tensa diante da perspectiva de enfrentar a nova vida. Muito tensa.

Três

No entanto, havia outro humanoide da raça chique que acrescentava uma dose adicional de estresse à minha mudança – um estresse que me dava frio na espinha. Eu mal havia acabado de instalar nossa secretária eletrônica digital (aquela porcaria era tão difícil de ligar que praticamente exigia um diploma do M.I.T.) quando recebemos O telefonema. Eu estava trocando a fralda de Violet; era um Alerta Marrom de grandes proporções e eu não tinha como atender o telefone. Voltei para a sala com minha filhota, já de fralda limpa, e vi um "1" vermelho piscando na secretária. Apertei *play* e senti um arrepio no momento em que um timbre de voz venenoso reverberou pelo apê. Era a Senhora Lila Allen Dillingham – também conhecida como "a mãe do Josh".

Eu sei, eu sei: quase todo mundo odeia a própria "S". Essa é a regra, e não a exceção. Todas as "S" irritam as "N". Elas metem o bedelho. Elas dizem que sabem o que é melhor para os filhos. A lista é interminável. Mas essa mulher não era apenas uma pedra no meu sapato: ela era uma mala completa, sem alça e sem rodinha. Ela realmente fazia o tipo que veio de uma família tradicional. Apaixonada, casara-se aos 21 anos com o pai de Josh, um homem carinhoso e doce. Mas, para uma mulher que nasceu em Greenwich e circulava nas mais altas rodas, a paixão não é o suficiente para pagar a conta do *Country Club.* O pai de Josh, cujos olhos brilhantes e o sorriso alegre enfeitavam porta-retratos na nossa casa, falecera quando o filho tinha oito anos sem deixar quase nenhum dinheiro. À semelhança dos meus pais, ele era um professor apaixonado pelo que fazia. A despeito de uma conta bancária cada vez mais minguada – graças a três gerações de jogadores de tênis que herdavam uns os nomes dos outros e se achavam "acima" desse negócio de trabalhar –, os pais de Lila tinham um sobrenome respeitável. E se opuseram radicalmente ao casamento da filha, porque o noivo era judeu. Por mais que ela o amasse de verdade (todo mundo conta que ele era um homem muito divertido e afetuoso), o rancor causado pelo que amigas de Greenwich tinham e pela pressão de não ser deixada para trás foi aumentando à medida que os valores materialistas herdados dos pais ganhavam terreno. Segundo Josh, depois que o marido morreu, Lila foi ficando cada vez mais maluca com o passar dos anos. Estava tão obcecada que, meses depois da morte do pai, levava o filho para passear de carro por Lauder Way e dizia para o menino que queria "encontrar o próximo marido". Mais tarde, os dois acabaram voltando para Nova York. Ela era uma *socialite* loira e fria, e foi a única que não ficou exultante quando anunciamos que iríamos nos casar.

Depois que contamos para ela, fui chorar no ombro de Josh. A mandíbula travada, no melhor estilo Tom Cruise, me deu certeza de que ela ficou arrasada: seu único filho, seu príncipe, seria desperdiçado com uma menina de classe média como eu – e eu sabia que ela vivia cercada por um batalhão de cisnes da alta sociedade, que considerava esposas muito melhores para ele. Ela sempre fora fria – gelada – comigo (na Máfia do Rolinho Primavera, grupo de amigas de São Francisco com quem eu jantava num restaurante chinês todos os domingos, ela era conhecida como A Pedra de Gelo). Lila sempre me examinava da cabeça aos pés, e obviamente detonava meu guarda-roupa em pensamento. Tenho certeza de que nem mesmo Christy Turlington seria aprovada por sua inspeção do tipo ressonância magnética, já que nenhuma solteira dentre todas as mortais era digna do seu "anjiiiiiiiiiiiiinho". Não quero bancar a metida, mas as mães de todos os meus namorados sempre me adoraram. Sou super educada, atenciosa, respeitosa; na hora de tirar a mesa ou dar um jeito na cozinha, sempre pulo da cadeira como se o salto dez da minha bota fosse uma mola e vou ajudar imediatamente. Sou super mulherzinha. Sou extrovertida, assisto novela, sorrio, faço amigos. E entendo totalmente essa relação mãe e filho, essa coisa "coitadinho do meu bebê". Mas infelizmente este caso era completamente diferente, eram outros quinhentos. A mãe de Josh idolatrava o filho de um jeito meio bizarro, como se ele fosse a garantia da preservação da "pureza" da linhagem social que ela interrompera com seu primeiro casamento; se Josh fizesse um bom casamento e permanecesse na alta roda, ela poderia corrigir os erros do passado e assegurar aos netos um lugar no clube da elite. E, evidentemente, ela não queria que ele repetisse os erros cometidos por ela.

Ela mesma não cometeu o erro novamente: seu segundo *ca$amento* foi um golpe do baú descarado. Watson Dillingham era um milionário britânico, ex-campeão de polo, que comprou uma mansão em Conyers Farm, Greenwich, para a mulher; além de uma cobertura na Quinta Avenida, debruçada sobre as árvores bucólicas do Central Park – era como se o parque fosse o quintal da casa. Ele tinha quase oitenta anos, vinte a mais do que ela. E, enquanto ela aproveitava a vida descendo a mão no cartão de crédito, Watson (ou "Watts") tinha duas filhas na Inglaterra que sem dúvida ficariam com o grosso da grana quando o velho fosse jogar a partida final de polo, lá no andar de cima. Talvez por isso ela estivesse tão desesperada para que Josh se casasse com uma ricaça. Talvez ela simplesmente achasse que eu não estava à altura dele. Talvez ela fosse me atormentar até eu pirar de vez.

Mas meu marido era um presente de Deus. Josh era o máximo. Pencas de mulheres têm problemas com a sogra – é claro que, mesmo com a minha "S" dura na queda, eu não sou a única. E a única coisa capaz de nos fazer aturar isso tudo é a forma como o marido lida com a situação. O pior esquema é aquele lance Édipo-Jocasta: o cara defende o comportamento da mamãe, ou então fica "dividido". Não era o caso do Josh. Ele sempre me disse que conhecia muito bem as maluquices da mãe – convivera com elas desde a infância: a preocupação permanente em fazer parte dos círculos certos, a conversa sobre as fortunas das outras famílias, as fofocas incessantes sobre o divórcio de Fulano e Fulana, sobre o filho de não-sei-quem que não foi aceito na escola não-sei-das-quantas, sobre as ações da empresa de algum figurão, que estavam despencando na bolsa. "Não caia nessa conversa, ela é louca", dizia ele para me acalmar. "Hannah, você é a mulher da minha vida." E era verdade. Pelo menos quando estávamos no nosso refúgio californiano, a quilômetros de distância da Pedra de Gelo. Até o momento em que ouvi aquela voz esganiçada saindo da secretária eletrônica. Aí meu sangue congelou mais uma vez.

"Joshie! Bem-vindo de volta, anjinho do meu coração." A voz dela fazia eco na porcaria do alto-falante. "Espero que você venha para meu grande jantar de aniversário em Greenwich no fim de semana. Watts e eu estamos nos divertindo muito. Vou dar um pulo em Nova York amanhã ou depois para resolver alguns compromissos. Ligue para cá de manhã, meu anjo."

Nada de "Oi, Hannah". Nenhuma palavra sobre Violet, a única neta que ela tinha.

Mas eu sabia que teríamos de ir para lá no fim de semana e dançar conforme a música. Afinal de contas, ela estava fazendo sessenta anos. A ideia me apavorava – quando estávamos namorando, eu me sentia totalmente deslocada em todas as nossas visitas à casa de campo. Era um festival de esnobismo. Se Greenwich era o inferno, a mãe de Josh era o demônio em pessoa, à frente de um mar de lava borbulhante. Mas as coisas iriam piorar de vez dentro de algumas semanas, quando Sua Majestade retornasse em tempo integral para o apartamento que ficava a poucos quarteirões de distância do nosso. De qualquer forma, eu tinha que respirar fundo, deixar minhas frustrações de lado e ser forte. E eu achava que era capaz de fazer isso. Claro! Eu daria conta do recado. Mas toda vez que ela estava com a gente os minutos pareciam horas, e eu me sentia como se estivesse confinada em Alcatraz.

Enquanto isso, num computador a alguns quarteirões dali...

Mensagem Instantânea de: Bee Elliott

BeeElliott: Bonjour – vc tá aí?
Magg10021: Oui, cherie. Como está?
BeeElliott: PÉSSIMA.
Magg10021: Pq?????
BeeElliott: Fui ao dermato e levei a maior bronca pq tomei sol na praia.

Magg10021: O dr. Phillip? O q ele disse?

BeeElliott: Q entrar no consultório dele c/ uma pele como a minha é a mesma coisa que ir a uma reunião do AA c/ uma garrafa de Johnnie Walker.

Magg10021: Mto bom!

BeeElliott: Então, Magg... FAVORZÃO.

Magg10021: Claro, diz.

BeeElliott: A mulher de um amigo do Park acaba de se mudar p/ NY e tenho q apresentá-la pro pessoal. Q saco. Vc vem?

Magg10021: Claro, sem problemas. Qual é a dela?

BeeElliott: Tanto faz. Morava em SF, cresceu em Seattle, acho; boazinha, mas nada a ver c/ a gente. Ela se veste de um jeito q parece q a vendedora da C&A vomitou em cima dela. Não é uma MQEC feito nós. ;-)

Magg10021: Hehehe. Saquei. É claro q vou, td bem.

BeeElliott: Conheço o marido e a "S" dela desde q sou um feto – vc conhece a Lila Allen Dillingham? Ela é presidente do comitê beneficente do MCG.

Magg10021: Mulheres Contra o Glaucoma? Claro! Tem uma foto dela na Town & Country. A mulher do Watson Dillingham?

BeeElliott: A própria. Encontrei c/ ela no Swifty's e ela praticamente me implorou p/ apresentar a nora pro pessoal; está tensa pq a garota é bem São Francisco, meio nada a ver... Q medo! Preciso de ajuda!

Magg10021: Claro, cherie.

BeeElliott: Te amo, obrigada! Vamos marcar um encontro das crianças. Minha babá vai ligar pra sua.

Quatro

Alguma coisa em *Dora, a Exploradora*, me dá uma vontade louca de decepar aquele cabeção topetudo – e não é a musiquinha irritante. Tudo bem, isso foi meio malvado. Afinal de contas ela é uma criança, apesar de ser uma criança de desenho animado. Mas, depois de ouvir aquele *jingle* idiota umas trocentas vezes, fiquei tentada a esmurrar a menina numa cena à la Papa-Léguas e Coiote, com direito a frigideiras na cara e outros utensílios destruidores típicos do mundo da animação. Desliguei a televisão e escavei as malas da Violet. Consegui pescar um vestido branco de ilhós que me pareceu bem bonitinho, até para os padrões de Nova York.

Penteei o cabelo dela, coloquei o melhor casaquinho – rosa, enfeitado com uma fita de gorgorão listrado de marrom e branco – e dei início à minha caminhada pelo Central Park. O sol de julho brilhava através das árvores que margeiam o parque do lado da Quinta Avenida. Empurrei o carrinho de Violet ao longo de fileiras de pedras hexagonais, sob um toldo verde. O toldo das árvores, naturalmente. É que o outro lado da Quinta Avenida também é pontuado por toldos verdes: pela lona verde-escura que protege a entrada dos edifícios, sempre com endereços chiques marcados em letras elegantes. *Quinta Avenida, Oitocentos e Vinte e Cinco.*

Minha filhota querida olhou para mim e me chamou. "Mamãe, mamãe?"

"O que foi, meu amorzinho?"

"Piu-piu!"

"Muito bem! O nome desse piu-piu é pombo. Agora é a sua vez: pom-bo."

"Ombo!"

"Parabéns, Vivi! Pombo!", respondi, e fiz um cafuné no cabelinho dela. "Aqui tem muitos pombos."

Lembrei que até Woody Allen, o herói de Josh, dizia que pombos são ratos com asas.

Os olhos de Violet foram ficando pesados, era a hora da soneca. Olhei para a horda de babás que vinha em minha direção, empurrando carrinhos no contrafluxo – alguns carrinhos mais pareciam adereços de *Mary Poppins*: carrinhos ingleses clássicos, cobertos por mosquiteiros, como se o embrulhinho ali dentro estivesse na selva amazônica. Algumas babás eram filipinas e usavam uniformes brancos, engomados e bem passados; outras eram latinas e havia algumas negras – todas empurrando bebês tão loirinhos que me senti na Suécia. Observando aquelas crianças, com seus cabelos quase brancos e suas variadas empurradoras de carrinho, pensei o que os marcianos diriam para a nave mãe caso aterrissassem em cápsulas espaciais nas proximidades do Central Park, num dia de semana. "*Capitão, o senhor me copia, Capitão? Encontramos vida! São seres que nascem pequenos e claros e depois ficam grandes e escuros!*"

Fui chegando à rua 72, onde havia marcado de me encontrar com Bee. Ela me mandara um torpedo dizendo que eu deveria procurá-la no banco que fica perto da entrada do parque. E ela realmente estava lá, num visual impecável; saia plissada, salto baixinho, camisa branca e uma bolsa Vuitton para levar as coisas do bebê. Weston, seu filho, estava desmaiado num carrinho ao lado.

Minutos depois de cumprimentar Bee, percebi uma coisa: há uma guerra em gestação. A leste, ouvem-se os sussurros de uma força sombria e rancorosa; a oeste, os ecos do embate iminente; das profundezas sob nossos pés, surge uma pulsação fantasmagórica que percorre a medula de todas as almas passantes com um alerta da desgraça inexorável.

Eu sei que tudo isso parece coisa de *O Senhor dos Anéis*, do bem contra o mal. O problema desse combate sanguinolento é o fato de que cada lado acredita que representa o bem e o outro, o mal. E não estou me referindo a Frodo e a rapa contra os Orcs e outras bestas que emergem daquele negócio que parece uma vagina em chamas. Estou falando do duelo épico, da batalha do tudo ou nada, da violência que expõe as entranhas, da cólera que impera entre inimigas selvagens: as mães que trabalham fora e as mães em tempo integral.

Lá na Califórnia, enquanto tive a felicidade de terminar minha tese durante o primeiro ano de vida de Violet, boa parte das minhas amigas trabalhava fora e fazia comentários frequentes sobre as mães em tempo integral – de tão entediadas, elas se transformavam em mulheres fofoqueiras e venenosas. Eu ainda não tinha comprovado com meus próprios olhos, apesar de conhecer algumas mães na pracinha que me deixavam um pouco de saco cheio daquela baboseira toda. Mas tudo bem, não era nada tão horrível. Só que em Nova York a cisão era mais radical, e eu sabia que as duas facções desse ringue não representavam apenas lados diferentes: eram polos opostos.

Bee e sua amiga Maggie Sinclair ("a gente almoçava no mesmo refeitório em Princeton!"), igualmente altiva e sorridente – e completamente grávida –, me cumprimentaram. E então eu observei as duas vasculharem as mães da pracinha e lançarem um ataque. As duas me conduziram à trincheira delas e, como munição, me ofereceram opiniões assertivas e olhares censuradores para aquela outra espécie de mães: as que seguem diariamente rumo ao fogo do inferno. Ou melhor, rumo ao escritório.

"Olha ela, coitadinha da Caroline Simmons." Era Bee, fazendo um movimento inconformado com a cabeça e olhando para onde ficavam os balanços, feitos de pneus. Ali, uma mulher atraente, vestida num terninho cinza, acenava um tchauzinho para o filho, que balançava empurrado por uma babá negra e corpulenta.

"Ela consegue dar uma passadinha e ficar uns quinze minutos aqui", disse Maggie num tom frio, enquanto alisava a barriga inchada. "Ouvi dizer que ela trabalha tipo umas doze horas por dia, literalmente. Não é uma loucura?"

"Gente, isso é muito triste", disse Bee. "Essas mulheres terceirizam a coisa mais importante da vida, a criação dos próprios filhos! Elas passam o dia inteiro fora, chegam em casa exaustas e perdem momentos maravilhosos. Que tragédia." Bee vasculhou a pracinha mais uma vez e viu outra mulher, que deu origem a um novo comentário.

"Hannah, olha só aquela mulher de *twin-set* rosa. O nome dela é Molly McBride e ela era muito, muito gorda! Mas, depois que o bebê nasceu, ela teve uma coisa estranha na tireoide. Então ela ficou super magrinha e agora usa esse tipo de saia. Gente, pelo amor de Deus! Ela está se achando 'a irmã' da Paris Hilton! A gente não tem mais 24 anos, né?"

Bee jogou o cabelo para trás e acrescentou: "Acho que ela se veste assim para jogar charme para o Scott, do Mini Mozarts. Hannah, esse cara é um violonista gostoso que mora no centro e dá aulas de música aqui no bairro. Ele já levou três mães para a cama!", disse ela, toda animada. "Está subindo na vida graças ao teste do sofá."

"Três mães até onde a gente sabe, né? Pode ter sido muito mais", afirmou Maggie, com os olhos brilhando. "Ah, e por falar nisso..." Ela pegou uma engenhoca onde estava escrito "Sons do Bebê", encostou uns fones gigantes na barriga e apertou *play*. "É Mozart para bebês", explicou, sorrindo. "Vários estudos comprovam que as crianças ficam mais inteligentes."

"Credo, lá vai Molly com sua saia minúscula", disse Bee, os olhos pregados na mulher de pernas finas que se afastava da pracinha. "É muito estranho ela ter emagrecido tanto. Não consigo me esquecer do visual antigo dela. Hannah, ela tinha vários queixos. *Vários*."

"Pois é, esse é o problema das pessoas imensas que emagrecem", disse Maggie. "Todo mundo que te conhecia antes se lembra da imagem anterior. A sombra da gordura nunca se apaga."

Olhei para baixo e vi minhas coxas esparramadas sobre o banco verde. Merda, o que será que elas achavam do meu visual roliço? Tudo bem, eu não era um poço de banha, acho que estava na média. Mas a "média" no meu novo hábitat era uma calça 36, e não uma rotunda 42, feito a minha.

"E a Molly é amiga de uma tal Lulita DeVeer, que teve um filho mesmo sem ser casada com o... Bom, com o *companheiro* dela", disse Bee, num tom de despeito. "É como eu sempre digo: ter criança sem ter aliança é *trash. Trash* demais."

Maggie concordou. "É verdade, isso aqui não é a Califórnia!". Depois ela se deu conta da gafe, uma vez que a locutora que vos fala tinha acabado de desembarcar de um avião que decolara no estado dos pecadores. E completou: "Sem ofensas...".

"Olha lá, estão ligando de Tóquio para a Caroline Simmons. Lá vai ela!" Bee observou a mulher atender o telefone com um ar ansioso, dar um tchauzinho apressado e soprar um beijo para o filho, que se virou no balanço para olhar a mãe. "Ela tem que voltar para o moedor de carne."

Achei melhor não comentar que eu estava louca para voltar a trabalhar. Eu tinha que fazer alguma coisa da vida, caso contrário teria uma overdose de caixas de mudança e ficaria o dia inteiro tentando encontrar um jeito de fazer o tempo passar.

Maggie olhou para mim e disse: "Sabe, Hannah, eu e a Bee pensamos que talvez você queira vir conosco às reuniões com o dr. Poundschlosser. Ele é um psicólogo infantil brilhante, e temos sessões semanais para falar sobre o desenvolvimento das crianças. Foi ele quem me deu a dica de tocar Mozart no fone de ouvido. Ele dá uns conselhos ótimos, com certeza vai ajudar Violet no segundo semestre, quando começarem as entrevistas para as escolinhas".

"Poxa... Que gentil. Tá bom, claro." Na pracinha, vi um grupo de babás simpáticas que riam à vontade e chacoalhavam os pequenos pacotinhos que carregavam no colo.

Bee seguiu meu olhar até os bancos onde estavam as babás. "Ali é o 'Baixo Trindad'. É onde as babás batem ponto. As mães ficam do lado de cá."

"Sei", respondi baixinho, sem saber como reagir à informação. "Parece que elas estão se divertindo."

"Ih, olha lá", disse Maggie de repente. "Seis da tarde, vejam só quem chegou."

Bee se virou para olhar. "Ai ai ai... Já estou até ouvindo a musiquinha do *Tubarão*."

Virei para olhar e topei com uma mulher miúda, coberta por sete logotipos visíveis de roupas de marca. A silhueta de um metro e sessenta parecia uma explosão do alfabeto: estava tudo tomado por um mar de LV, D&G e CK.

"Alouuuuu, queridinhas!", disse ela, com seu imenso óculos Gucci plantado em cima da cabeça pequenina. "Faltam só seis semanas para começar a maratona dos telefonemas! Estou enlouquecendo! Os caras que trabalham com o Lester estão tentando criar um código para driblar as linhas ocupadas! Rezo o dia inteiro!" Ela juntou as mãos cobertas de anéis, como se estivesse fazendo uma oração para os céus. O brilho de tantos penduricalhos quase me cegou. "Se a gente não conseguir uma vaga na Carnegie... Ai, nem sei! Acho que morro. EU MORRO!"

Bee deu um sorriso irritante. "Dizem que as crianças que não entram na Carnegie podem dar tchauzinho para Princeton."

Como assim? Que história é essa de maratona de telefonemas?

"Torçam por mim e pela pequena Stella Scarlett, tá?", pediu ela. Depois, partiu em meio a um incêndio de dourados, pedrarias e zíperes.

"Nossa", comentei, me divertindo ao vê-la caminhar rumo aos balanços do alto de seu salto agulha. "Quem é?"

"Nem me fale", disse Bee.

"Ela é uó", completou Maggie.

"Tessa Finch-Saunders. Ela é muito mimadinha. Ouvi dizer que acabou de comprar uma tela do Jasper Johns para dar de presente de 35 anos ao marido", sussurrou Bee, em tom de conspiração. "Ele trabalha com fundos de empresas de capital fechado. É cheio da grana. E ela vive por aí jogando dinheiro pela janela, que cafonice. Coisa de *nouveau riche*."

Concordei com a cabeça. Ela chamou minha atenção – mas, mais importante, me deixou curiosa para saber que história era aquela de Carnegie. "E... E essa escolinha?"

"Carnegie. É a melhor de todas. Fica na rua noventa. É um celeiro de alunos para as melhores escolas primárias", explicou Bee. "Todo mundo põe os filhos lá. A lista de alunos parece uma página da *Forbes*!"

"Sei, sei..." Percebi que as palmas das minhas mãos estavam ficando suadas. "E essa maratona de telefonemas?"

"Milhares de famílias querem uma vaga. Literalmente milhares", disse Bee. "Mas a escola tem apenas quarenta vagas. Então eles distribuem quinhentas fichas de matrícula e recebem telefonemas a partir das oito da manhã da primeira terça-feira de setembro, depois do feriado do Dia do Trabalho. É preciso rezar para conseguir uma ficha. Você tem que pedir para toda a família ajudar a ligar."

"Nossa. O West estuda lá?"

"Estuda", respondeu Bee, orgulhosa. "E Ford também, o filho da Maggie. É a melhor escolinha da cidade. É mais difícil entrar lá do que na Faculdade de Direito de Yale. Mas quem entra está com o futuro garantido. Só que o primeiro obstáculo é conseguir ligar e arrumar a ficha de matrícula."

"Nossa. Eu não sabia que era preciso ganhar um concurso de rádio só para conseguir me inscrever para tentar uma vaga." Eu estava tremendo.

"Eu sei, é meio louco. Ainda bem que estou livre disso. Não queria estar no seu lugar, começando todo esse processo. É um saco."

Socorro.

"Mas Tessa Finch-Saunders não vai ter nenhum problema", disse Bee, observando a mulher do outro lado da pracinha, perto dos balanços. "A filha dela fez todos os cursos que tinha que fazer. Eles sempre perguntam quais atividades Mamãe & Bebê a criança já fez."

"Tipo o quê?", indaguei. Eu temia que o curso Cante Comigo, lá de Berkeley – uma coisa meio *hippie*, tipo pés descalços –, não fosse exatamente o que se esperava do currículo acadêmico avançado de um bebê de dois anos aqui em Nova York.

"Bom, existem alguns pré-requisitos fundamentais para essa idade: música, artes, educação física, idiomas. Você poderia inscrever a Violet num curso de verão."

"Pode ser. Quer dizer... Que cursos vocês fizeram?"

"Bom, eu fiz o curso Francês Antes dos Três. Só que tem uma lista de espera de uns três anos..."

Que ótimo. "Como pode ter uma lista de espera de três anos se a criança tem que ter menos de três anos para fazer a aula? Quando o bebê finalmente consegue entrar, já é praticamente um idoso!" Era uma piada, mas elas não riram.

"Você liga para se inscrever no minuto em que descobre que está grávida", disse Bee. Ela estava falando seríssimo.

"Eu liguei antes mesmo de contar para o meu marido", lembrou Maggie. "Arriei a calcinha fio dental, fiz xixi no bastãozinho e passei a mão no telefone no exato momento em que apareceu a linha azul."

"Bom... Então esse já era." Dei um sorriso e fiquei imaginando Violet tendo de passar por detectores de metal para entrar numa escolinha pública, tudo porque eu não havia me inscrito na matrícula pré-pré-pré-natal. "Acho que minha filha vai ser educada em casa, uma coisa meio *serial-killer*." Depois pensei em Maggie usando uma calcinha fio dental. Será que o fio dental ia dominar o mundo das roupas íntimas femininas? Eu odiava calcinha fio dental. Parecia um fio dental para o cu.

"Bom, tem um curso de verão no Instituto de Idiomas. Você pode se inscrever lá", sugeriu Maggie. "É realmente fundamental aprender uma língua estrangeira nessa idade, assim eles desenvolvem o ouvido para a pronúncia correta."

"Ah, e tem também a escola de música Milford Prescott. Acho que lá tem uns cursos de verão", comentou Bee.

"Essa escola é conhecida como Minijulliard, eles são super sérios. Uma criança de um ano já começa a aprender a diferença entre os sons do violino e do violoncelo. É a melhor pré-pré-escola que existe." Maggie parou de falar e olhou para mim. "Hannah, você está se sentindo bem?"

Como sempre, minha pele pálida havia entregado meu terremoto interior. Meu corpo foi tomado por uma onda de tensão; minhas bochechas, infalíveis, ficaram vermelhas e me transformaram numa tela em branco onde todas as minhas preocupações eram projetadas em Tecnicolor, para quem quisesse ver. "Estou, estou sim. É que... Talvez seja melhor eu ir andando. Ainda estou com um pouco de *jet lag*, meio atordoada."

"Tudo bem", disse Bee. "Talvez seja melhor você descansar um pouco. Eu sei que estamos passando informações demais."

Levantei rapidamente para ir embora, a cabeça ainda girando. Só que eu não iria voltar para a casa aconchegante com a qual estava acostumada. "Tchau, pessoal. A gente se vê amanhã."

"Espera, Hannah", disse Bee. Ela se levantou do banco onde estava e foi andando ao meu lado. "Eu sei que tudo isso é meio assustador. Parker e eu estamos à sua disposição para o que você precisar. Falando sério. E tenho certeza que sua sogra pode ajudar também – ela conhece um monte de gente. Ela é um amor."

"Me desculpe", respondi, rezando para não chorar. Achei melhor ignorar a puxação de saco com a Pedra de Gelo. "É que fico meio perdida aqui. Quero que Violet tenha tudo do melhor, mas tenho a sensação de que peguei o bonde andando."

"Não tem problema", Bee me consolou. "Olha, tenho uma boa dica para você. É um corretor. Para ajudar a achar um apartamento, sabe?"

"Sério? Que ótimo..."

"Ele se chama Troy Kincaid. A mulher dele, a Sra. Kincaid, é coordenadora da Carnegie. Se você comprar um apartamento com ele, tenho certeza de que ela dá um jeito de você conseguir pelo menos uma ficha de inscrição."

Dei uma paradinha. Sequei o suor que escorria pela minha testa. "Mas isso não é... sei lá... Crime?"

"Não! É assim que as coisas funcionam. Olha o cartão dele." Ela abriu um compartimento dentro da bolsa de couro e me deu um cartão de visitas. "Liga para ele. E amanhã a gente se vê no Hotel Pierre, no Bazar dos Príncipes e Princesas!"

Fiz um sinal com a cabeça e acenei um tchauzinho. Dei no pé rapidinho, a bordo do meu All Star nada sofisticado.

...Minutos mais tarde, num powerbook titanium ali pertinho...

Mensagem Instantânea de: Bee Elliott

BeeElliott:E aí? O q vc achou?
Magg10021: Pra falar a verdade, gostei dela.

BeeElliott: SÉRIO? Vc gostou? Q saco.

Magg10021: Fiquei com pena – ela s/ dúvida precisa da nossa ajuda c/ escola etc.

BeeElliott: É, ela é mto s/ noção! Me disseram q a sogra dela está meio horrorizada pq ela está por fora de tudo. E ainda por cima é meio molambenta.

Magg10021: Gostei do estilo dela – é meio downtown, mas td bem. Ela é descolada.

BeeElliott: Só se for numa boate de punk rock. Estamos no Upper East Side, isso aqui não é uma danceteria alternativa.

Magg10021: Vc vai indicá-la para Carnegie?

BeeElliott: Sei lá. Eu até poderia dar uma força, mas não quero gastar minhas fichas com uma pessoa q nem é minha amiga.

Magg10021: O marido dela não foi padrinho do Park no casamento de vcs? Ele é um gato.

BeeElliott: Não faz meu tipo. Acho ele totalmente mané.

Magg10021: Sério? Eu me lembro que ele era lindo de morrer!

BeeElliott: Fraquíssimo.

Magg10021: Sei.

Cinco

Detesto essa história de "dar um pulinho". Aquelas cenas na televisão, com bairros afastados e arborizados, vizinhos simpáticos circulando com bolinhos em cestos cobertos por toalhas quadriculadas, me davam um frio na espinha e me faziam jurar que eu jamais abandonaria a vida urbana.

Por isso, é óbvio que não achei muita graça quando o interfone tocou no exato momento em que eu estava debruçada sobre uma caixa de mudança, o suor escorrendo pela testa. O porteiro anunciou uma visita inesperada, "a senhora Dillingham". Ainda bem que ele não disse que minha sogra estava lá embaixo. Que merda! Por sorte tive tempo de esconder na gaveta o bilhete que Josh havia deixado antes de sair. Era uma lista de nomes imaginários para filmes pornô, uma brincadeira que a gente gostava de fazer quando ia a locadoras ou ao cinema, uma piada só nossa, uma competição permanente (por exemplo, *007 Contra Sacanagem Atômica*, *O Poderoso Cafetão* etc.). Depois de esconder a lista, ligeira como um tufão humano, enfiei um sapato preto e baixinho enfeitado com uma fivela, botei minha camiseta vintage cinza do Blondie para dentro do *jeans* preto e passei uma escova no cabelo com tanta força e rapidez que quase arranquei tudo. A campainha tocou quando eu estava passando um brilho nos lábios.

"Ooooooooi! Bem-vinda à nossa morada temporária! Desculpe, estou toda desarrumad..."

Ela não contestou minha auto-avaliação. "Olá." Passou por mim e conferiu o apartamento, simples e comum. A vista era sem dúvida um espetáculo, os quartos eram espaçosos e limpos, mas era o tipo de apartamento que tinha um astral meio sem graça, apesar de todos os ingredientes. Por exemplo: a parede e o teto da sala tinham aqueles relevos retangulares feitos de gesso, que deixavam o pé-direito meio baixo – principalmente por causa das caixas empilhadas. Enquanto ela observava o cenário que, aos olhos dela, certamente seria definido como uma bagunça completa, percebi que eu não me sentia nada bem – me deu uma ânsia que foi até o esôfago e quase subiu mais. Será que eu tinha algum tipo de distúrbio de ansiedade social, igual à propaganda de remédio com uns rostos distorcidos e alongados? Por que será que sempre fico tensa quando ela está por perto?

"Muito bem. Hannah, queriiiiida. Você deve estar louca para sair daqui! É completamente claustrofóbico! Detesto esses prédios do pós-guerra, são tão deprimentes, um horror."

Ah, lembrei por quê. Ela raramente dizia alguma coisa agradável.

"Violet está tirando uma soneca e aproveitei para tirar das caixas as coisas de cozinha. Quer dar uma olhadinha nela? Está tão fofa, desmaiada lá no..."

"Você já esteve com Bee Elliott? Ela me prometeu que te ajudaria com a história das escolas. Só Deus sabe o estresse que é esse processo."

"Já, eu já estive com ela sim. Ontem eu me encontrei com ela e uma amiga, foram muito simpáticas."

Lila sentou-se no nosso velho sofá da Ikea, não sem antes conferir para ver se não havia nenhum verme por ali. Ela tentou fazer cara de quem estava à vontade, mas eu sabia que não estava. Ela morava numa cobertura gigantesca na Quinta Avenida, com uma decoração deslumbrante e impecável feita por Ellie Cullman. Eu sabia que nossas coisas meio pobrinhas deixavam minha sogra enojada. Estava óbvio que a única coisa que eu poderia oferecer de pior ao filho dela, à exceção daquele lar, eram minhas roupas.

"Você tem um estilo tão... eclético", disse ela, as narinas tremelicando enquanto me olhava como se eu fosse um exame de fezes.

Eu não sabia como reagir. Odeio observações maldosas camufladas sob falsos elogios.

"Falando nisso", completou ela, abrindo delicadamente uma sacola cor de rosa, "comprei uns vestidinhos para Violet. Sei que você gosta que ela use roupas mais... informais. Mas não estamos em São Francisco, não é mesmo? Aqui as pessoas vestem *roupas*. E como vocês terão de fazer entrevistas para conseguir vagas nas escolas, achei melhor ajudar a escolher uns modelos mais... conservadores para ela."

Agradeci discretamente. Os vestidos de algodão português eram deslumbrantes, e o presente era generoso. Mas eu sabia que se tratava de um recado claro para que eu deixasse minha filha mais arrumada. Aquela história de dizer que as pessoas vestiam "roupas" era ótima. Parecia até que na selva californiana as crianças corriam nuas e descontroladas, com xixi escorrendo pelas pernas. É claro que eu sabia o que ela estava dizendo; tudo bem, na costa oeste, as roupas infantis não eram tão antiquadas quanto aqui, e eu tinha amado os vestidos. Mas ela falava de um jeito que sugeria que Violet andava por aí com um *legging* de oncinha e uma camiseta com as palavras "Sou do Papai" bordadas em *strass*. Eu não era brega, eu era... descontraída. Violet usava calças de veludo cotelê e camisetas fofas da Gap. E daí?

"Quero apenas que a Violet se adapte, que frequente as melhores famílias, entende?"

Levantei-me para buscar cabides para os vestidos, e pendurei-os com todo o cuidado, fazendo um gesto de anuência com a cabeça.

"É claro que Violet é uma gracinha. Ela é praticamente um clone do Josh!" Ela soltou uma gargalhada. "Mas às vezes vocês vão lá em casa e eu acho que ela está um tantinho... descuidada. Esse visual bagunçado pode até ser bonitinho, mas não em público, meu amor. Não seria bom ela aparecer nas entrevistas das escolas vestida como *une fille des rues*."

Inspirei fundo e tentei expirar, lenta e calmamente, o ÓDIO que se acumulava dentro de mim. Por um momento achei que iria entrar em erupção, como o Vesúvio. *Fille des rues?!* Meu francês não era *parfait*, mas eu sabia muito bem que essa expressão queria dizer "menina de rua" – uma pequena delinquente. Era como se minha filha mal-ajambrada se parecesse com Cosette, a esfarrapada de *Os Miseráveis*.

"Estamos muito animados para o seu aniversário no fim de semana", menti. Era uma tentativa de dizer palavras bondosas para a mulher cuja cara eu tinha vontade de destruir com um taco de polo roubado da coleção de seu marido rabugento. "Vai ser ótimo sair da cidade um pouquinho."

"Pois é, acho que vai ser muito agradável. Seremos só nós, graças a Deus. As filhas de Watts iam vir de Londres, mas felizmente decidiram esperar para vê-lo no mês que vem, em Bath."

Por um motivo doentio desconhecido senti uma estranha alegria ao descobrir que ela odiava algumas pessoas mais do que eu.

"Como elas estão?", perguntei, com falso interesse. Eu havia conhecido as filhas de Watts em uma ocasião. Elas pareciam ser uns amores, mas era óbvio que não faziam parte da vida do pai, uma vez que os três não estavam separados apenas pelo Atlântico, mas também por um abismo de intimidade criado por uma madrasta que preferia fingir que elas não existiam.

"Um pesadelo. Elas são um pesadelo", respondeu Lila, com um aceno negativo da cabeça. "Elas vieram a Nova York em maio. Fiona sentou-se conosco e disse, num tom muito dramático, estar convencida de que Victoria tem anorexia."

"Que triste!"

"Ah, pelo amor de Deus! É a maior balela. Watts ficou muito preocupado e estava quase chamando o jatinho quando eu disse: 'Fiona, sabe o que eu acho? Eu acho que pela primeira vez na vida a Victoria está mais magra do que você. E você está louca de inveja!' Elas são muito competitivas, sabe?"

"Mas... será que ela não está doente mesmo?"

"Não, não, não. Sabe, essas meninas vivem engordando e emagrecendo. A Victoria tem 24 anos e decidiu se cuidar, e a Fiona ficou com inveja, é evidente."

Achei melhor não cutucar a onça com vara curta.

Mudei de assunto. "E como anda a saúde de seu marido?", perguntei.

Watts tivera um miniAVC no ano anterior. Eu me lembro que recebemos um telefonema de Lila, ligando não do hospital e sim do Swifty's, onde ela havia combinado – e mantido a combinação – de se encontrar com amigas. Que gentil.

"Está boa, está boa, sabe? Ele tem quase oitenta anos. Então..."

“Mamãe?” O choro baixinho de Violet vinha do quarto ao lado. Dei um pulo e fui até o quarto improvisado para tirá-la do berço. “Adivinha quem está aqui?” (Lila insistiu que Violet deveria chamá-la de Lila.) “Lila! A Lila está aqui! Vamos dizer oi para a Lila, meu amor!”

Mas Violet caiu no choro.

“Ai, meu Deus”, disse Lila. “Que choradeira!”

O que era normal, considerando que ela acabara de acordar e tinha, bom, DOIS ANOS DE IDADE.

“Desculpe. Ela ainda está meio perdida.”

Violet gritava e se debatia, foi o maior escândalo.

“Calma, calma, meu amor. Lila está aqui! Olha só! A Lila veio te ver!”

“BUÁÁÁÁÁÁÁ!!!!”

Comecei a suar, como se o choro de Violet fosse, de alguma forma, um reflexo do que eu sentia.

“É melhor eu ir andando, então”, disse Lila. Ela se levantou e foi pegar a bolsa de couro matelassê.

“Sinto muito – é que ela... ela acabou de acordar e aí fica meio...”

“BUÁÁÁÁÁÁÁÁÁÁÁÁÁÁÁÁÁÁÁÁÁÁ!!!”

“Muito bem, então. Nos vemos no fim de semana, espero que ela esteja mais bem-humorada!”, disse Lila, abrindo a porta. E assim ela se foi, como um Papa-Léguas deixando para trás um rastro de Ferragamo.

Seis

Happy hour – uma lenda. O período que vai das cinco da tarde às oito da noite, quando muitos mauricinhos brindam felizes em tantos bares espalhados pelo mapa de Manhattan, é o que chamo de "hora do suicídio". É o momento em que me sinto de tal maneira exausta que fico à beira de desabar. E ainda faltam pelo menos quatro horas para meu marido chegar em casa. Assisto a programas horríveis, do tipo *Hollywood Agora*, que sugam o cérebro da gente. E a sensação de estar interessada nas aventuras sexuais de Angelina Jolie no Congo só aumenta minha vontade de me matar.

Nessa hora, Violet – minha paixãozinha gostosa, que a meu ver é perfeita – se transforma num serzinho difícil. Tento distraí-la com livros, mas depois de ler uns cinco ou seis eu me sinto tão cansada que entrego os pontos e coloco um DVD infantil – ou seja, cocaína de bebê.

Mas naquela noite, depois de um dia infindável desencaixotando coisas e de quase me enforcar com as cordas que Bee e Maggie haviam me oferecido – e que me levaram a pesquisar no Google todas as creches existentes no bairro –, botei Violet para dormir no berço desmontável, cantei "Nana Neném" bem baixinho algumas vezes até ela dormir e fiquei tão animada que mal consegui me conter. Minha melhor amiga de todos os tempos, o doce que tirava o gosto de remédio da minha mudança e deixava tudo mais tragável, estava vindo me encontrar. Pela primeira vez em um mês contratei uma *baby-sitter* para poder sair, jantar num lugar decente e botar a conversa em dia com a única irmã que eu tinha.

Conheci Leigh Briggs no primeiro dia de aula da faculdade. Ela estava carregando um fícus enorme, a terra caindo no chão de pedra sob os arcos góticos da nossa república estudantil. Leigh é tudo: minha super terapeuta, conselheira, companheira de crime. Logo de cara ela me lembrou uma daquelas aspirantes a diva de Hollywood da década de 1940. Combinávamos em tudo: no gosto para homens, filmes e comida. Foi uma amizade instantânea. Ela sempre tinha uma pérola de sabedoria para oferecer – às vezes os conselhos eram até antiquados. Era uma verdadeira dama, como aquelas senhoras distintas do passado (mas com uma tremenda boca suja). Diante de estranhos, ela era bem-educada e polida, mas debaixo da beleza das roupas clássicas e da graciosidade do velho mundo ela tinha uma inteligência aguda. Apesar dos 4.800 quilômetros que nos separaram nos últimos cinco anos, continuamos sendo gêmeas siamesas – e, à exceção de Josh, ela era sem dúvida a pessoa com quem eu mais me abria. Ela sempre me dava força e me deixava segura para aguentar qualquer parada. E quase não me reconheceu no meu estado atual.

"Que porra está acontecendo com você?", disse ela com veemência, mais ou menos meia hora depois de chegar. Com uma mão ela segurava uma taça de vinho; com a outra, folheava uma *US Weekly*. "Você não é assim. Por que está tão estressada? Tudo bem, você está morando neste cafofo, mas é uma solução temporária! E daí que sua sogra é uma vaca? Manda ela pro fim da fila! Você tem um marido e uma filha, então não enche o saco."

"Eu sei, eu sei. Mas estar aqui com uma criança acrescenta certa dose de estresse..."

"*PelamordeDeus*. Que tal você parar para pensar se o merdinha do meu chefe algum dia vai contar para alguém que estamos transando há nove meses? Que tal se perguntar se eu vou morrer solitária, com o gato lambendo a minha cara porque não vai ter mais ninguém para dar Purina pra ele? Eu te amo pra caralho, mas *controle-se*."

É como eu digo: não existe ninguém igual à Leigh. Abrimos a porta para a *baby-sitter* – Amber, estudante de Barnard (eu descobrira a agência da universidade no guia *CityBaby*, que adotei imediatamente como minha nova Bíblia). Demos um beijinho de boa noite em Violet e caminhamos pela rua até o Primola, um restaurante aconchegante ali pertinho. Enquanto andávamos naquela noite morna de verão, me senti mal por estar reclamado da vida. Afinal de contas, Leigh tinha razão:

tudo bem, eu até tinha meus problemas por ser uma recém-chegada a esse mar de super-mães perfeitas que viviam se pavoneando. Mas pelo menos eu não estava na *guerra*; as lembranças que eu guardava dos meus dias de pegação não eram nada boas.

Quando terminei a faculdade, me apaixonei perdidamente por Luke, um cara que trabalhava comigo numa empresa da época da onda da internet – antes da implosão da bolha, na virada do milênio. Depois que a empresa foi para o espaço, fui fazer pós-graduação e ele arrumou um emprego numa companhia de fundo de quintal que estava começando, chamada eBay. Depois de três anos juntos, morando juntos, viajando para um monte de lugares, ele quis casar. E alguma coisa dentro de mim ficou com... medo. Não era medo de compromisso, era apenas uma pitada de insegurança em relação à decisão. Todo mundo achava que a gente era um casal perfeito, mas lá no fundo eu pensava que *o resto da vida* era tempo demais. Então confessei que estava em dúvida, e terminamos. Mas não sem que antes ele olhasse bem nos meus olhos e dissesse: "Hannah, só para você ficar sabendo: você nunca, nunca vai encontrar alguém tão bom quanto eu para te amar".

Ai. Ele queria machucar, e doeu mesmo. Mas doeu mais ainda quando, seis meses depois, fiquei sabendo que ele estava noivo de uma mina loira que ele conhecera fazendo uma trilha. Uma trilha! Ele era como eu, detestava esse negócio de contato com a natureza. As juras dos dois foram um furacão que culminou num casamento espetacular em São Francisco, quatro meses depois. E lá estava eu, solteira, solitária, me perguntando que tipo de droga pesada eu tinha tomado para deixar um cara bacana como ele escapar. Os dois anos que se seguiram foram uma colagem triste e humilhante de namoros detestáveis e relacionamentos fracassados. O cara que lambeu chocolate derretido dos dedos da mãe no restaurante de *fondue* (eca, a conta, por favor!), o sujeito que tentou empurrar minha cabeça para pagar um boquete no primeiro encontro (tá de brincadeira), e até o cara que me disse, logo de saída, que não tinha senso de humor. Comé que é? Eu achava que todo mundo acreditava ter senso de humor – mesmo as pessoas mais sem graça. Mas parece que não. Táxi!

E aí veio o Paul. O cara com quem eu achei que ia me casar. Ele era operador de bolsa, loiro e jogava lacrosse* na faculdade (ele dizia "lax"). A rigor, fomos morar juntos depois de um mês de namoro, um namoro que foi de zero a cem quilômetros por hora em questão de segundos. Talvez ele tenha sido a segunda paixão mais avassaladora da minha vida, perdendo apenas para Tate Hayes, o orientador da minha tese na faculdade. Paul e eu parecíamos aqueles gêmeos siameses bizarros dos documentários de televisão, unidos pelo coração. Ele tinha uma leve inclinação para exagerar na bebida, mas mesmo assim eu o idolatraaaava e estava completamente caída. Mas um dia cheguei em casa e encontrei Paul brincando de jogar a bola de lacrosse na parede e agarrá-la na volta.

"Oi, amor!" Entrei e fui dar um beijinho nele. "Feliz seis meses de namoro!"

"Olha, Hannah... A gente precisa conversar." Observação: qualquer frase que comece com "olha" ou "escuta" equivale ao toque fúnebre do sino da sua relação.

Nó na garganta. "Sobre o quê? Está tudo bem?"

Suspiro profundo e interminável. Segundo pior sinal de hecatombe depois de "olha" ou "escuta".

"Para falar a verdade, não está, não. Hoje de manhã cheguei ao escritório e o Nathan perguntou: 'E aí, como vai sua mulher?'. Foi..." (Joga a bola de lax na parede, pega a bola de lax na volta.) "... sei lá, foi muito estranho. Não estou nem um pouco preparado para casar, e me dei conta de que... Tipo assim..." (Joga a bola na parede, pega a bola na volta.) "Quero pegar leve, acho que talvez a gente deva..." (Joga a bola, pega a merda da bola e joga a merda da bola do esporte mais imbecil do mundo.) "... sair com outras pessoas e dar um tempo."

---

* Esporte popular nos Estados Unidos, no qual duas equipes disputam uma bola e tentam arremessá--la no gol do adversário usando um bastão com uma rede na ponta. (N. T.)

Que porra é essa de "dar um tempo"?

Isso mesmo. Levei um pé na bunda enquanto um pirralho escroto que usava boné branco de beisebol e jaqueta de lã de ovelha da Patagônia jogava uma bola de lax numa porcaria duma parede coberta por uma tapeçaria. Não seria exagero dizer que os soluços resultantes do meu estado de choque fizeram a baía de São Francisco transbordar. Histeria.

Os dias que se seguiram coincidiram com um período em que tive de escrever um gigantesco trabalho de fim de semestre para a faculdade. Que alegria. Eu me enfurnei em casa e fiz uma sessão intensiva de melodrama emocional, de dor de cotovelo no melhor estilo *jamais amarei novamente.* Será que eu ainda iria conhecer alguém legal nessa vida? Eu estava catatônica. Paralisada. *Dilacerada.* Eu sabia que levar um pé na bunda era uma "experiência de amadurecimento"; depois de algumas semanas chorando sem parar, quase me conformei com a ideia de que aquele episódio tinha sido um rito de passagem – de repente eu me vi retratada no Top 10 da parada de sucessos de dor de cotovelo. Agora eu compreendia uma coisa que aquele bando de gente idiota e feliz não sabia: existe um imenso submundo de infelicidade por aí, e ele é tão mais chique! Eu escutava os Smiths no último volume. Reli toda a coleção de livros de Edward Gorey* da minha infância. Virei um ser introspectivo. A escuridão me ajudava a amadurecer – e, afinal de contas, todo mundo passa por uma grande desilusão amorosa, não é mesmo? Eu tinha a vantagem de já estar livre da minha. Podia ouvir música alta e sentir um ódio mortal dele, e estava certa de que todo mundo tomaria meu partido – a gente sabe muito bem que as pessoas sempre são solidárias ao dono da bunda, e não do pé. Mas isso não facilitava as coisas. Graças a Deus, e ainda que na época eu não soubesse disso, Josh Allen acabara de se mudar para a minha rua e iríamos nos conhecer dois meses depois.

---

* Escritor e ilustrador americano, Edward Gorey (1925-2000) era conhecido por seus livros e desenhos sombrios e sinistros. (N. T.)

Leigh e eu entramos no restaurante e nos plantamos num sofá no cantinho. Fiquei pensando nos meus dias de solidão e me senti super mal apenas por pensar em reclamar com ela dos meus problemas idiotas, principalmente porque já estávamos mais velhas e a tensão de ficar solteira piora com a idade. Fiz um trato comigo mesma para calar a boca em relação aos estresses da maternidade – eu podia desabafar com Jenny, minha melhor amiga da Califórnia (se bem que a diferença de fuso horário era um obstáculo considerável). E meus pais... Bom, eles eram maravilhosos e super compreensivos. Mas agora meu pai tinha se aposentado e eles estavam curtindo uma onda de viagens de aventura, rodando o mundo (no momento, estavam passando um período de quatro meses na Nova Zelândia, com direito a mochila nas costas). Além do mais, eu tinha a sensação de que o resto da nossa turma havia se espalhado, cada um cuidando da própria vida. Quando eu falava com alguém, não ficava reclamando dos meus problemas. À excessão de Josh, Leigh era a única pessoa com quem eu conversava sobre tudo (éramos todos filhos únicos). Mas ela estava certa: minha filhota e meu marido querido eram uma bênção – e, por mais que os problemas de cada pessoa sejam sempre relativos, eu não tinha motivo para reclamar. Aqui estava Leigh, a mulher mais bacana, interessante e linda de morrer que eu conhecia, e parecia que todos os caras legais já estavam comprometidos. Eu tinha tido a sorte absurda de encontrar Josh, mas no fundo sempre me identifiquei mais com as solteiras do que com as casadas. Para mim, aquela história de jantar com outros casais, aquele papo de "vocês precisam conhecer um casal amigo nosso", era certa forçação de barra. Por isso eu jamais faria o tipo Bridget Jones, a "casada feliz": no meu caso, a lembrança de estar sozinha e triste era relativamente recente, e nunca joguei meu casamento na cara de uma mulher solteira – eu mesma poderia não ter encontrado Josh, por uma questão de minutos, na noite em que nos conhecemos. Eu poderia estar exatamente na mesma situação de Leigh. Ela namorava à beça mas não encontrava o cara certo, e estava ficando deprimida. E então ela adentrou um território proibido: foi para a cama com o chefe.

"E aí?", perguntei, com cuidado. Ela sabia muito bem o que eu achava daquele relacionamento. "E o Craig?"

Suspiro. "Nem me fale. Ele está em estado de negação." Leigh fez um gesto de desgosto com a cabeça. "No começo essa história do flerte secreto no trabalho era excitante, a coisa do caso clandestino, trepar na saída de incêndio era *sexy*, etc. Agora eu acho sinistro." Ela bebericou o drinque. "Tenho a nítida sensação de que o tempo está passando, e sei lá que porra estou fazendo. Tenho 31 anos. Daqui a exatamente cinco anos as teias de aranha vão começar a cobrir meu útero."

"Não vão não. Estamos em 2005. Uma mulher teve gêmeos aos 53 anos de idade. Não acho que você deva se preocupar com isso. Mas acho que você tem que sair dessa história com o Craig, Leigh. É muito ruim. Você merece um homem que te trate como uma deusa e diga aos quatro ventos que te ama. Não esse merdinha covarde."

"Eu seu, eu sei." Ela olhou pela janela e viu as luzes da cidade piscando na noite.

"Hannah?"

"O quê?"

"*Você está em Nova York!*"

Caí na gargalhada e ela me deu um abraço. Demos uns gritinhos, como se fôssemos duas vencedoras atordoadas de um *reality show*.

"Poxa, a gente sonhou com isso durante anos", disse ela, sorrindo. "Estou tão feliz por você estar aqui que nem sei o que dizer. E Violet também, que gracinha. Senti tanta saudade dela, ela é muito fofa."

"Ela também sentiu saudade de você."

Leigh olhou para mim e escaneou minhas entranhas, como se fosse o Robocop.

"Hannah, eu sei que mudar é sempre difícil. E desculpa se te dei uma bronca porque você reclamou dos seus problemas. É claro que você tem direito de estar preocupada. Eu sei que tudo na vida é relativo."

"Não, você tem razão. Não tenho do que reclamar."

"Mas e aí? Está tudo bem?"

Dei um suspiro, hesitando em falar de todas as coisas que me atormentavam. Leigh já era especialista em NovaYork, mas eu ainda me sentia meio sufocada. "É que acho tudo aqui tão diferente".

"Então é melhor você aprender algumas coisas agora mesmo", disse ela, num tom sério. "Não tem nada de 'diferente'. A diferença está na sua cabeça. Quer dizer, a diferença até existe, tudo bem. Mas são trilhões de diferenças. Aqui não é igual a Seattle, onde sua mãe conhece todo mundo. Aqui você pode fazer qualquer coisa: fazer trapezismo, aprender finlandês, entrar para um grupo de bordados, tudo! Existem inúmeras maneiras de descobrir diferentes nichos de gente excêntrica, de conhecer pessoas novas."

"Não posso conhecer pessoas novas", respondi entediada. "Meu cofrinho de amizades já está fechado."

"Como é que é?" Ela riu e quase cuspiu a azeitona que acabara de pôr na boca. "Que negócio é esse de *cofrinho de amizades*?"

"Não tem mais espaço. Estou fechada para balanço, encerrei as atividades", respondi, dando de ombros. "Não dá tempo! Estou tão cansada, mal consigo raciocinar, estou tão... fora do eixo. Pareço um zumbi. Como é que vou fazer amigos novos?"

"Bom, eu conheço pelo menos uma pessoa que vai querer te ver..." Ela fez uma cara sacana e mexeu as sobrancelhas.

"Quem?"

"Você sabe quem", disse ela, me olhando de um jeito travesso. "O professor Hayes."

Fiquei arrepiada só de ouvir aquele nome.

"Leigh. Eu sou casada e amo o Josh, você se esqueceu?"

"Você está casada, não está morta! E não é que você tenha tido alguma coisa com ele. Além do mais, ele também é casado, tem dois filhos... Então agora já é... seguro ligar para ele."

"Não", respondi, balançando a cabeça de um lado para o outro. "Não vou ligar *de jeito nenhum*."

"Por quê? Eu te disse que encontrei com ele no ano passado e ele fez mil perguntas a seu respeito. E agora vocês dois moram em Nova York! Sei lá, vocês eram tão próximos."

"É verdade. Mas... é claro que eu era obcecada por ele. Então provavelmente não é uma boa ideia. E afinal de contas, para que a gente iria se encontrar de novo?"

"Vocês eram inseparáveis." Leigh choramingou, numa tentativa de me provocar. "Era uma história legal, uma amizade verdadeira, você ficava tão animada."

Respirei fundo e expirei meus pensamentos, meneando a cabeça. "Não vou procurá-lo, seria tenso demais. É tão estranho ele estar em Columbia. Ele é o professor titular mais jovem do departamento..." Peguei Leigh me olhando com uma cara safada, e percebi que minha voz estava sumindo. Ela já me ouvira babar muito ovo para ele, num passado remoto. "Ele foi meu ídolo durante tanto tempo, é como se eu não quisesse mais vê-lo."

"Vocês parecem duas adolescentes fofocando no bandejão da faculdade." Josh interrompeu a conversa, colocou a pasta no chão e veio até a mesa.

"Josh!" Leigh correu para abraçá-lo. Ele estava com uma cara exausta, mas ficava lindo demais com a gravata frouxa no colarinho e o terno meio amassado depois da maratona de um dia de trabalho. Ele me deu um beijo. "Amber disse que vocês estavam aqui. Oi, amor. Você está linda. Ela não é uma mamãe-delícia, Leigh?"

"Delícia!", respondeu ela sorrindo, e passou um braço pelo meu ombro. Demos um abraço em triunvirato.

"Até parece. Minha pele está tão gordurosa que dava para fritar um ovo na minha cara", resmunguei. "Quer pedir alguma coisa? Ai, amor, sou uma esposa horrível. Não fiz nenhum jantarzinho para você desde que a gente chegou." Não sou um gênio da cozinha, mas faço um queijo quente irado.

"Estamos em Nova York", disse Josh, sorrindo. Ele deu um abraço em mim e em Leigh ao mesmo tempo. "Aqui, a única coisa que as mulheres precisam fazer para o jantar é a reserva no restaurante."

Enquanto isso, na Beelândia...

Mensagem Instantânea de: Bee Elliott

BeeElliott: Vc vai ao bazar amanhã?

Magg10021: Claro! É meu preferido, vou fazer um ESTRAGO c/ meu Amex.

BeeElliott: Eu tbém. Depois a gente podia ir às compras, quero dar um pulo na Christian Louboutin e na Michael Kors e comprar um vestido p/ a festa do MoMA.

Magg10021: Não posso, tenho pers. trainer... Q tal depois de amanhã?

BeeElliott: Não dá, tenho pilates.

Magg10021: Vc tá fazendo pilates demais. Viciou?

BeeElliott: Preciso pesar 50 kg antes da gente começar a tentar o bebê no 2. Park está loooouco pra me engravidar, mas tenho q emagrecer pelo menos 1,5 kg.

Magg10021: Vc é um palito, Bee! Tá louca?

BeeElliott: Bom, preciso ir. Giorgio chegou p/ fazer minhas luzes. Te vejo amanhã. Ah, não se esqueça q a Hannah Allen vem tbém. Mas a gente dá um perdido nela antes de chegar à avenida Madison.

Magg10021: Fechado.

Sete

Na manhã seguinte, revigorada pelo encontro com Leigh, coloquei Violet no carrinho e segui para o Pierre Hotel, perto de casa, e fui encontrar Bee e Maggie. Eu havia escavado algumas roupas mais bonitinhas de dentro das caixas de mudança, e estava me sentindo mais arrumada do que na véspera, quando minha cara ainda era a de uma recém-chegada de São Francisco (ou seja: sem estilo).

Cheguei ao hotel e passei pela grandiosa porta dourada. Maggie já estava lá dentro, usando sua carteira Fendi para se abanar.

"Eca, nunca senti tanto calor na vida", disse ela, com uma ironia do tipo *Friends*, mexendo de leve sua testa delicadamente suada. O cabelo dela era loiro, com um corte Chanel, e ela parecia ter acabado de sair do cabeleireiro. À semelhança de outras mães que eu via pelo bairro, Maggie tinha gigantescos óculos escuros, à la Jackie O., apoiado em cima da cabeça.

"É verdade, odeio o verão", comentei.

"O quê?", disse Bee, fechando o celular enquanto entrava. "Será que ouvi direito? Você disse que *odeia o verão*?"

Sei que parece estranho, que é crime inafiançável, mas é verdade. Odeio o verão. Eu me sinto lerda, letárgica, suja. Todo mundo emagrece e fica bonito, mas eu me afogo em sorvetes e sonecas vespertinas, e a cidade fica com um cheiro tão horrível que tudo deveria ter aquele risquinho em formato de minhoca que aparece nas histórias em quadrinhos quando alguma coisa fede – igual ao garotinho fedorento do Charlie Brown. Faço o gênero cabelos pretos e pele branca, e roupas em tons pastel me deixam com um ar de quem acabou de sair da tumba. Adoro o ar gelado e revigorante, gosto de gola rulê, de tardes escuras. O clima de São Francisco combinava comigo, inclusive a chuva.

"É muito úmido, grudento, me sinto nojenta e feiosa", expliquei, dando de ombros. Elas me olharam como se eu fosse louca de internar. Constrangida, acrescentei: "Acho que sou mais o tipo outono-inverno".

"Bem se vê", disse Bee, me olhando de alto a baixo. "Você tem um astral meio Wednesday Addams."

Saímos do elevador e demos de cara com um cartaz: Bazar do Pequeno Duque e da Pequena Duquesa, quarto 2415. A marca de roupas tinha sido criada por uma duquesa de verdade. Bom, por uma menina nova-iorquina que se casara com um francês, o Duque da Borgonha. Para sorte dele, segundo Bee, a duquesa era uma milionária cujo avô inventara aquele sistema de postes baixinhos, com cordas de veludo enganchadas, para organizar filas. É isso que eu chamo de nascer em berço de ouro. Entramos no quarto e deparei com hordas de mães imaculadas escolhendo roupas deslumbrantes para os filhos – as crianças estavam à vontade, provavelmente acompanhadas por babás em uniformes brancos enquanto as mães compravam casacos para o inverno do ano seguinte. Eu não tinha me dado conta de que seria a única mãe cuidando sozinha da própria filha.

"Mamãe", disse Violet.

"O quê, docinho?"

"Qué descê!"

"Está bem, meu amor."

Soltei o cinto de segurança do carrinho e deixei-a correr pelo espaço grandioso – uma imensa área de seis salas, com direito a uma mesa cheia de canapés, biscoitinhos, água Perrier servida em copos de cristal e café em grandes xícaras de prata.

"Tudo bem, minha linda. Pode brincar, mas fique pertinho da mamãe, tá?"

"Tá, mamãe. Mamãe?"

"Diz, amor?"

"Te amo."

Quase derreti. Ajoelhei-me para dar um abraço bem apertado nela. Quando me dei conta, Bee e Maggie estavam espiando. Imaginei que estivessem emocionadas com aquela demonstração de carinho, mas, quando me aproximei delas, Bee disse: "Hannah, você não acha que precisa de algum tipo de ajuda?"

"Você está falando de uma *baby-sitter*?"

"Estou. Você está procurando babá?"

Uma mulher sul-americana, alta e coberta de joias, com uma bolsa Hermès de couro de jacaré no ombro, ouviu a conversa. "Você precisa de uma governanta?", interrompeu, com um indefinível sotaque pan-europeu.

"Uma *governanta*?", perguntei, segurando o riso. "Como a da família Von Trapp?"

"Conheço uma que está procurando emprego. Ela pode dormir", respondeu a mulher.

"Ah, não, muito obrigada. Não estou procurando. Mas obrigada de qualquer forma."

Ela saiu andando e Bee se virou para mim. "Eca. Flora de Manteva, que péssima. Ela mesma acrescentou o 'de' ao próprio nome. Mas continuando, esqueça esse negócio de governanta. Você precisa de uma babá. Como é que você faz tudo sozinha? Eu teria um *troço*."

"Bom, seria ótimo ter um tempinho livre, algumas horas, quem sabe duas vezes por semana..."

"Ah, mas *isso* não existe", disse Maggie. "As melhores profissionais querem uma agenda fixa. Você tem que ligar para a agência da Sra. Brown. Eles têm as melhores babás. Todas com referências impecáveis, já trabalharam para as melhores famílias de Nova York. A minha trabalhava na casa da família Bronfman."

"Sei", respondi, com falso interesse.

"Estou com uma indiana maravilhosa, mas sugiro uma malásia. Elas são muito meticulosas", disse Bee. "Peguei uma enfermeira excelente logo depois que Weston nasceu."

"Pensei que Noona fosse tailandesa", disse Maggie.

"Ah, dá no mesmo. Todo mundo come com palitinho, só muda o tempero", desdenhou Bee. "Mas é melhor escolher uma asiática."

Meu constrangimento foi aumentando.

"E evite o Caribe", acrescentou Bee. "Tive uma de Trindad e Tobago. Ela era tão respondona. E preguiçosa! Andava na velocidade de paquiderme, e tinha o tamanho de um. Eu tinha que explicar tudo. *Acorda*, minha filha! Esse porta-retrato de prata está totalmente escurecido! E as babás sul-americanas passam o tempo todo fofocando e falando em espanhol enquanto as crianças se penduram no último degrau do trepa-trepa."

Fiquei muda, chocada.

"Todas têm algum problema. Quer dizer, é melhor ficar de olho até nas malásias", continuou ela. "Algumas são muito malandras. Tem sempre um parente doente, algum motivo para pedir uma folga ou um aumento, do nada."

"A Islândia está super na moda", palpitou Maggie. "Um monte de babás estão vindo de Reikjavik. Ouvi referências ótimas sobre elas."

"Mas fique atenta se optar por essa linha", disse Bee, olhos com um brilho vigilante. "A babá não pode ser mais gostosa do que você. Todo mundo ficou sabendo que o marido da Janie Ribicoff comia a babá sueca. Meu conselho: mantenha distância da Escandinávia. Os clichês não existem à toa, Hannah. Não contrate ninguém que possa deixar fazer o Josh pirar."

O quê? Elas estavam dizendo que Josh ficaria louco pela babá? Tudo bem, eu não era nenhuma Miss Estados Unidos, mas não tinha nenhum estresse nesse departamento. Para ser sincera, eu provavelmente nunca contrataria uma dublê de supermodelo. Mas eu mal conhecia Bee e Maggie, e aquele papo preconceituoso e medonho estava me dando engulhos. Que direito elas tinham de rotular ilhas inteiras, que dirá continentes?

Era como se Bee realmente se considerasse um ser superior a seus empregados. Na minha infância, nunca tivemos "ajudantes". Meus pais gostavam de botar a mão na massa, e quando queriam sair à noite chamavam uma estudante universitária super descolada para ficar conosco. Nunca chegamos nem perto de um uniforme branco engomado. Por isso, a ideia de vir a ser patroa de outra pessoa era muito estranha. Olhei para Violet, que gargalhava enquanto corria debaixo das araras de roupas.

"Com licença um segundinho." Apertei o botão "ejetar" daquela conversa e corri como um raio para brincar com Violet.

Sentei no chão perto dela, com as pernas cruzadas. Quando olhei para cima, vi umas loiras de cabelo Chanel me espiando com uma cara esquisita, e percebi que talvez eu não deveria me esparramar no carpete de uma suíte de hotel. Então peguei Violet, encaixei-a na minha cintura e fui conferir as roupas.

As rendas eram feitas à mão, mais rebuscadas e bem cortadas do que qualquer peça que eu tinha no meu armário. As golas tipo *dentelle* eram tão delicadas; os pequenos casacos de *cashmere* eram mais macios do que tudo o que eu havia tocado na vida, à exceção da pele de Violet. Os preços? 275 mangos pelo casaco, dinheiro que eu não gasto nem comigo, nem mesmo para comprar um conjunto completo. Mas uma blusa? Para Violet usar três vezes? Nem pensar. Um vestidinho de veludo para uma tarde de sábado custava 375 dólares, um vestido-avental de lã, 250. Um casaco de lã com gola de lã cinza e botões forrados custava 450 dólares. Fiquei me perguntando se seria caipira demais cair fora sem comprar nada. Eu já tinha comido uns cinco sanduichinhos, e me senti na obrigação de levar alguma coisa. Além do mais, a muamba era linda. Pena que Josh iria picotar meu cartão se eu ousasse comprar coisas tão exorbitantes.

"Oooooooi!" Ouvi uma voz anasalada e conhecida. "Tessa Finch-Saunders. Acho que nos encontramos no parquinho da rua 72."

"Ah, é verdade. Sou Hannah Allen."

"Fiz um estrago!", confessou ela, com falso medo. "Mas é que as coisas aqui são *de matar* de tão lindas."

Toda coberta de marcas, a perua abriu um imenso sorriso quando a vendedora pegou uma prancheta e calculou o total das compras. "Bom, são três mil, seiscentos e setenta e dois dólares, incluindo os impostos." Ela pegou discretamente o Amex preto de Tessa. Com um gesto tranquilo de cabeça, Tessa concordou e sacou uma caneta para assinar.

"Vou procurar Bee. Divirta-se." Caí fora chocada com o valor da compra, louca para comentar o "estrago" com as outras. Até que vi Bee e Maggie comprando a mesma quantidade de roupas – talvez até mais.

Espiei a seção de roupas masculinas da sala, repleta de *blazers* azul-marinho, gravatinhas listradas e camisas engomadas, mini versões do visual dos papais de Wall Street, que ganhavam o pão para que as esposas saíssem por aí torrando loucamente. Bee e Maggie conversavam tranquilas enquanto amontoavam pilhas e pilhas de roupas nos braços.

Entrei e fui dizer *adieu*. "As roupas são lindas. Obrigada pelo convite."

"Tchaaaaau!", disse Violet.

"Tchau-tchau, Violet. Já vai, Hannah?", perguntou Bee. "Comprou alguma coisa?"

"Comprei essa blusinha", respondi, mostrando uma camisa fofa com uma gola grande, na verdade a única coisa que me deu coragem de gastar um monte de verdinhas. Talvez Violet não fosse uma "pequena duquesa" quando comparada aos pequenos duques das duas amigas. Mas tudo bem: a monarquia está saindo da moda.

"Legal. Vamos almoçar amanhã, então? Por que você não deixa Violet lá em casa? Minha babá fica de olho nela e no West. Que tal ao meio-dia? Vou fazer uma reserva no La Goulue."

"É... Tudo bem, está ótimo."

"A gente se vê amanhã, então!", disse Maggie, sem nem tirar o rosto da montanha de casacos de tricô que tinha na mão.

Depois do festival de compras...

Mensagem Instantânea de: Bee Elliott

BeeElliott: Meninos são muito melhores. As meninas são tão difíceis, birrentas. Vc não acha ótimo ter filho homem?

Magg10021: Totalmente! Meninos são fofos, eles amam a mamãe.

BeeElliott: Graças a Deus vc vai ter mais um! Estou louca p/ conhecer o pequeno Talbott Xavier. Tomara q eu tenha outro menino qdo ficar grávida de novo.

Magg10021: Ah, desde q venha c/ saúde...

BeeElliott: Não. Quero muuuuito outro menino. Adoro ser a mulher da casa, sabe? Eu e meus homens. Não saberia lidar c/ uma menina correndo solta por aí. Elas viram o xodó do marido.

Magg10021: Ah, mas as meninas tbém são queridas... Violet Allen é mto fofinha.

BeeElliott: Vc acha? Não sei. A Hannah me enche um pouco.

Magg10021: Pq?

BeeElliott: Vc viu q ela quase não comprou nada hj?

Magg10021: Tanto faz. Estou animada pro almoço de amanhã.

BeeElliott: É, prometi ao Park q eu apresentaria Hannah p/ a turma. Só não quero q ela cole na gente feito SuperBonder. Ela pode virar um carrapato.

Oito

Cheguei ao apartamento de Bee ao meio-dia e dei de cara com um verdadeiro editorial de revista de decoração – metros de cortinas estampadas, grandes sofás de veludo, lindos carpetes brancos brilhando de tão limpos. Era, sem dúvida, um apê que Violet destruiria em uma fração de segundo. Ela estava habituada a ambientes mais humildes.

Arregalei os olhos. "Nossa, Bee. Que apartamento lindo."

"Ah, obrigada. A gente fez uma reforma no ano passado com o escritório Huniford and Sills", disse ela.

"Sei. Meus decoradores são o Tok e o Stok!", acrescentei, rindo. Mas ela não riu.

"Oi, Hannah", disse Maggie, saindo da cozinha e bebendo água de uma garrafona de Evian. "Vamos?"

"Oi, Weston!", cumprimentei. Fiz um cafuné na cabeça dele. Ele mostrou a língua e saiu correndo.

Abracei Violet e me despedi dela. Senti uma pontinha de culpa por deixá-la com estranhos, mas ela parecia animada para brincar no quarto de Weston.

Durante o almoço, fui apresentada a duas outras mulheres que eu não sabia que viriam conosco: Hallie, uma ruiva na linha Julianne Moore, e Lara, um fiapo humano com um anel de diamantes tão grande que parecia um ringue de patinação no gelo.

Lara usava óculos pequeninos, com uma armação quase invisível. Ela passou a mão por sua crina brilhante de cabelos loiros platinados.

"Ai, meu cabelo está todo arrepiado. Acabei de fazer uma escova, mas não dá nem para perceber", reclamou.

"Que nada, você está um arraso", disse Bee. Ela deu um golinho num copo de chá gelado com folhas frescas de hortelã. "LDM." Levei uns dez segundos para entender que ela queria dizer *linda de morrer*.

"Meu cabelo parece uma rua de mão dupla!", acrescentei, apontando para o mafuá de cachos em cima do meu coco. Ninguém me contradisse.

"A Hannah é a nora da Lila Allen Dillingham", disse Bee às amigas.

"Nossa, ela é tão chique", elogiou Hallie. "Tomara que eu chegue à idade dela com aquele rosto, ela é bonita demais."

Eu quase disse que bastava assinar um cheque para o Dr. Dan, mas preferi ficar quieta.

"É verdade, ela parece ter saído de uma página da *Vogue*", falei. "Acho que estou derrubando o quociente de estilo da família!" Ninguém me desmentiu. As senhoras deram uma olhada no cardápio, e todas escolheram saladas com molho à parte. Não era de admirar que pesassem a mesma coisa que os filhos.

Fizemos os pedidos e fiquei ali, sentada, muda, quase sem contribuir para a conversa sobre escolas, clubes e gente que eu não conhecia. Passados uns quinze minutos, fiz uma avaliação do panorama social enquanto as outras fofocavam sobre coisas de mãe – nascimentos recentes, nomes cafonas, quem emagrecera depois da gravidez, quem ainda tinha "muito regime pela frente". Bee era sem dúvida a líder do bando, mas Lara, mãe do menino Maxwell, era cheia de opiniões ("acho tão estranhas essas mulheres que nem tentam passar sem a peridural" – ela tinha até mandado gravar as palavras "parto normal" no cantinho esquerdo da medalhinha que encomendou na Cartier quando o filho nasceu). Fiquei pensando o que ela diria sobre Bee, que pedira para fazer uma cesariana aos oito meses e meio de gravidez. Lembrei que, alguns anos atrás, Bee (ditando tendências, como sempre) havia sido uma grande defensora do movimento Fofas Frescas Não Fazem Força. Ela veio fuxicar na minha orelha que Josh me agradeceria se eu escolhesse cortar a barriga. Depois daquele dia, passei a viver atormentada pela sugestão de que minha vagina pós-parto tinha mais ou menos o tamanho do túnel sob o Canal da Mancha.

Já Hallie era uma ruiva de cabelos cacheados com quem bati de frente logo de cara. A filha dela tinha dois anos: Julia Charlotte. A menina não se chamava Julia. Era *Julia Charlotte*. Tipo Sarah Jessica. Ela era viciada em nomes duplos, não era do tipo que usava aquilo só na hora da bronca – por exemplo: "*Violet Grace, pare com isso imediatamente!*" Não. Ela dizia "*Julia Charlotte é tão linda que poderia ser a garota-propaganda da BabyGap*", "*Julia Charlotte é totalmente bilíngue*". Algo me dizia que a mãe de Julia Charlotte, Hallie, era uma pessoa beeeeeem competitiva.

Minutos depois de descobrir que eu também tinha uma menina, ela deu início a uma batelada de perguntas estatísticas. Onde estava Violet na curva de altura? E na de peso? E na curva de *circunferência da cabeça*? Disparei como pude as respostas que eu sabia (na verdade, eu não me preocupava com isso; nosso pediatra na Califórnia não era muito fã de tabelas, gráficos e classificações). Mas aí veio a pergunta mais difícil de todo o interrogatório: com a cara mais séria do mundo, Hallie me perguntou quantos pontos Violet tinha feito no teste de Apgar. Parei para tentar lembrar que raios era o teste de Apgar, e aí me lembrei de ter lido sobre os exames do pós-parto no *The Girlfriend's Guide to Pregnancy* [Manual da Gravidez para a Melhor Amiga] – a bíblia dos meus tempos de barrigão.

"Nossa, não me lembro", respondi com sinceridade. "Só sei que levaram Violet para uma sala, tiraram o muco do nariz dela e depois a colocaram debaixo daquele aquecedor de batata frita", contei. "Daí trouxeram ela de volta para mim e me disseram que ela era super saudável."

"Mas ela teve uma pontuação perfeita? Julia Charlotte tirou dez em tudo. E os médicos costumam dar só nove. Nunca dão mais. Mas Julia Charlotte tirou dez. Tudo dez. É engraçado: em quase tudo na vida ela está sempre acima da curva!"

"Que legal" foi tudo o que consegui dizer, sem nenhuma empolgação.

Então Lara começou a contar como seu filho Maxwell era "talentoso". "Gente, o Maxwell é tão inteligente que me dá até *medo*. O professor de mandarim disse que ele aprende mais rápido que os asiáticos! Ele é inteligente de dar *medo*. Melhor que os meninos asiáticos!"

Sei que no fundo todas as mães acham que seus filhos são as crianças mais legais e inteligentes do mundo. Mesmo assim, eu jamais diria coisas desse tipo. E também jamais matricularia minha filha numa aula de chinês, a não ser que estivesse de mudança para Hong Kong. É claro que pensei em todas as coisas fofas e espertas que Violet já tinha dito. Eram, sem dúvida, coisas mais fofas e espertas do que a babação de Lara sobre Maxwell – aos doze meses, ele já tinha decorado a ordem do espectro de cores visíveis; aos 26, já sabia a tabuada de cor. Em chinês. E que porra era aquela de dizer "26 meses"? Por que raios ela não dizia *dois anos*? Pelo amor de Deus, me poupe de ficar fazendo conta! Cheguei a um ponto em que já não sei mais nem fazer conta de divisão simples. Não me venha com essa de meses. Dois. Dois anos e meio. Três.

"Mas então, senhoritas. Thatcher e eu vimos um filme ótimo este fim de semana", disse Hallie. "*Memoirs of a Nobody* – já ouviram falar?"

"Claro! Estou louca para ver", disse Bee. Fiquei surpresa. "Li uma matéria no *Wall Street Journal*. Deve ser forte."

"Demais!", exclamou Maggie. "É aquele que estava no festival de Sun-dance, que foi todo feito com um iMac e custou uns quarenta dólares?"

"Esse mesmo", disse Hallie. "Passei dois dias chorando, é super perturbador."

Eu nem tinha ouvido falar do filme. Na verdade, estava tão por fora que não sabia nem do último Blockbuster, que dirá um documentário independente. Pelo jeito a mulherada estava em dia com a leitura. Mas eu andava tão cansada ultimamente, e a única coisa que eu folheava eram revistas de moda ou tabloides com fofocas do mundo dos famosos. Tenho certeza de que minhas companheiras de almoço ficariam horrorizadas se soubessem que eu não fazia ideia do atual panorama da produção de documentários, mas sabia tudo sobre o casamento de Britney Spears e K-Fed – ele estava acima do peso – e sobre os nomes de bebês que estavam na moda em Hollywood.

"Ouvi dizer que o filme é perturbador, um soco no estômago. Mas muito instigante", disse Maggie.

"É engraçado", falei, me arriscando a entrar na conversa. "As pessoas recomendam filmes que adoraram, mas que as deixaram arrasadas. Sou tão fraca que nem vou. Não quero ficar deprimida."

Silêncio.

"Como assim?", perguntou Lara. Era como se eu tivesse acabado de dizer que comia larva de mosca na hora do lanche.

De repente, a cadeira ficou desconfortável: os olhares fulminantes das quatro se voltaram na minha direção. "Bom, só quis dizer que quando alguém me fala que um filme é perturbador eu penso: 'não é para mim'." Fiz um gesto nervoso. "Só quis dizer que nunca estou no pique de passar dois dias chorando, é isso."

"Que pena!", disse Hallie, chocada. Ela olhou para Bee como se estivesse perguntando onde ela tinha desencavado aquela panaca que estava almoçando com elas. "Sabe, Hannah – seu nome é Hannah, não é?"

Fiz que sim com a cabeça.

"Você não tem vontade de se sentir estimulada, desafiada, de ter um cérebro que não seja só água, de dar um exemplo de interesse para sua filha?"

Meu coração disparou. Tudo bem, confesso que meu cérebro estava meio mole. Mas eu não era retardada.

"É que desde que a Violet nasceu eu não curto mais coisas trágicas, difíceis e violentas", respondi, na defensiva. "Talvez o nascimento de Violet tenha me deixado mais vulnerável, não sei."

"Então tá", disse Lara, tomando um gole de Perrier. "Faça como achar melhor. Se você quer se 'sentir bem' e ficar sentada no sofá vendo *Shrek* o resto da vida, problema seu."

Essa doeu.

"Sei lá, entendo o que você quer dizer", respondi. O comentário humilhante de Lara tinha me magoado de verdade.

"Ótimo, a comida chegou", disse Maggie, mudando de assunto. "Estou morrendo de fome."

Nove

Contei ao Josh como tinha sido meu dia. Ele ficou interessado, principalmente em algumas das pérolas ditas durante o almoço, mas estava completamente exausto. O novo emprego sugava meu marido, mas eu sabia que ele nem se incomodava, já que estava tão feliz por ter voltado para Nova York. O problema é que... eu me incomodava. Eu sentia saudades dele. Por isso, apesar do meu ódio mortal a Greenwich e de me sentir sufocada na casa de Lila, eu estava feliz porque ficaríamos os três juntos de novo.

Acordamos no sábado de manhã, e foi uma delícia ver Violet pular na nossa cama e brincar de "bebê voador" com Josh (ele colocava os pés na barriga dela e a levantava no ar; ela morria de rir). Mas, apesar do momento gostoso, não pude evitar certo frio na barriga. Se minha vida tivesse uma trilha sonora naquele momento, acho que seria o barulho que a Sra. Pac-Man fazia quando morria: um som que murcha devagar até fazer pi-pi-pi quando o pobre círculo amarelo com sobrancelhas solta o suspiro final. Entramos no nosso velho Volvo e pegamos a estrada para Connecticut, um dos estados de que menos gosto no país. É totalmente *Tempestade de Gelo*. Paramos no caminho para comprar *bagels* e suco de maçã para a viagem – eu sempre fazia um estoque porque a família Dillingham era tão metida a besta que a geladeira ficava permanentemente vazia (à exceção de uns tubos de chantilly e umas quantas garrafas de vinho branco. Falando sério). Fiz um cafuné no Josh: ele estava tão lindinho, mas eu sabia que estava podre de cansado. Quando finalmente chegamos à estrada sintonizamos em uma rádio de *rock* no último volume. Passamos a quinta marcha depois de encarar um trânsito interminável na 96. Aumentei mais ainda o volume, bem doidona, e fiquei sentada dançando uma música do Nine Inch Nails. Fui à loucura, balançando a cabeça e tocando uma bateria invisível, e consegui fazer Josh rir – eu parecia o Animal, dos *Muppets*. Olhei dentro do saco, tentando decidir qual *bagel* eu comeria primeiro, e abri um vidrinho de suco de maçã. Huummmmm, esse troço é um néctar dos deuses. Puro mel.

Enquanto Josh dirigia, dei a ele pedacinhos de *bagel*. Avançamos rapidamente, e minha rádio de *rock* pesado, tão amada (e cheia de estática), começou a falhar quando chegamos à Merritt Parkway. Percebi que havíamos chegado oficialmente à Terrorlândia, no estado mais provinciano do país, quando a melodia da voz derretida de Thom Yorke sumiu. Nessa hora os cupins mentais se instalavam na minha cabeça e devoravam minha liberdade: eu sabia que estávamos quase chegando no momento em que minhas músicas desapareciam. Contornamos as ruas sinuosas que levavam à casa da família de Josh. Na verdade, eu preferia ir para lá no inverno – pelo menos no frio as árvores negras e peladas faziam um contraste melancólico com o céu esbranquiçado, como uma cena de um filme de Tim Burton; firmes, ousadas e orgulhosas, as árvores não davam qualquer sinal de desejar reaver suas folhas verdes, seu estado tão clichê, tão deselegante. As mesmas folhas que agora cobriam nossas cabeças num toldo pesado de verde.

O carro deslizou pela entrada grandiosa e meu coração começou a bater mais rápido quando estacionamos. Tiramos as coisas do porta-malas e soltamos Violet da cadeirinha. Usando o gigantesco enfeite em forma de cabeça de leão que ficava preso na imponente porta dupla da casa, batemos. Uma mulher bonitinha, com cara de latina, abriu a porta vestindo um uniforme completo de empregada, preto e branco. A Sra. Dillingham demitia as "ajudantes" (era assim que ela se referia às moças) com tanta frequência que Josh e eu éramos incapazes de lembrar os nomes delas – era um verdadeiro desfile de uniformes bem passados e engomados.

"Olá", disse Lila, descendo pela vasta escadaria de mármore. "Venha cá, Josh, meu aaaaanjo." Ela se aproximou e o abraçou quase sem olhar para mim. "Violet, minha linda, você está usando um dos vestidos novos! Ficou divino!"

"Oi, Sra. Dillingham!" Era estranho, eu nunca sabia como me dirigir a ela – na verdade ela nunca *me* disse que gostava de ser chamada de

Lila, ela só disse isso para a Violet. Por isso eu costumava dizer apenas oi ou olá; parecia aquele episódio do *Seinfeld* em que havia uma personagem chamada Mulva.

"Sabe, Hannah", disse ela, com um ar preocupado. "Eu deveria te mandar uma fatura de cinco dólares. Ontem à noite alugamos aquele filme sobre o poeta cubano, que você recomendou. Achei horrendo. Terrível! Não podia ser mais deprimente."

"Poxa... Sinto muito." Eu não sabia o que dizer. "Sei lá, eu achei triste, mas muito bem feito." Cacilda. Fui adiante. "Não quero dar uma de estudante de cinema, sei que parece pretensioso, mas achei a fotografia linda. Era como se cada tomada pudesse ser congelada e pendurada na parede da minha casa."

"Na minha casa, não", desdenhou ela. "Vamos lá, vamos subir para vocês se instalarem." Ela falava olhando apenas para Josh, que se virou para mim e deu uma piscadinha. Ele sabia que eu estava com vontade de espancar aquela magricela.

Desfizemos as malas e Lila perguntou se gostaríamos de acompanhá--la ao "centro comercial" para ajudar a resolver algumas coisas. Cresci numa cidade grande, e por isso eu era obcecada por *shoppings* – que a Sra. Dillingham sempre chamava de "centros comerciais". E aposto que, quando dizia *shopping*, ela usava a expressão completa: *shopping center*. Imagine, ela jamais diria só "*shopping*", isso era coisa de pobre. Mas fiquei animadíssima para sair de casa. Havíamos passado apenas uma hora lá e eu já estava tomada pelo pânico, como se fosse a Diane Keaton presa no complexo da família Corleone em *O Poderoso Chefão 2*.

Chegamos ao shop... perdão, ao centro comercial – e fui olhar as vitrines. Eu me deleitava observando as pessoas engraçadas e o agito na praça de alimentação. Será que escolho um *pretzel* gigante de canela ou o pacote grande de batata frita? Também gosto de comidas que vêm em espetos, e havia um monte de opções. Aquele espaço imenso era um festival de meias três-quartos, de guardanapos, do tipo de gordura pesada que tem um cheiro inebriante quando a gente está com fome e nauseante quando a gente está satisfeito. Sabe aquele vinagre destilado que vira um xarope super potente? Bom, os *shopping centers* são uma redução dos Estados Unidos, como se faz com vinagre balsâmico, uma imagem em três dimensões da vida, protegida dentro de uma bolha – velhos que vestem ternos cafonas para aproveitar o ar-condicionado, jovens caipiras que vestem ternos cafonas para fazer molecagens e perseguir os rabos de saia. Violet ficou exultante quando dei a ela um biscoito quentinho da Mrs. Fields, devidamente devorado em tempo recorde e deixando um rastro em forma de chocolate espalhado pelas bochechas dela. Eu ia pegar um guardanapo para limpar o rosto dela quando Lila virou a esquina e deu de cara com a bagunça.

"Meu Deus, Hannah. Ela precisa mesmo comer tantos doces a essa hora?"

"Bom, ela estava com fome. E aqui tem tanta coisa, não quero negar a ela esse prazer", respondi, me defendendo.

"Comer entre as refeições não é um bom hábito para se adquirir tão cedo."

"Relaxa, mãe", disse Josh, vindo em nossa direção segurando sacolas com o novo secador de cabelo da mãe e alguns remédios. "Não tem problema!" Ele sorriu para mim, solidário. Mas o fato de ele ter ficado do meu lado não aliviou em nada os comentários dela.

Entramos de novo no carro, porque tínhamos de tomar banho e nos arrumar para o jantar de aniversário de Lila. Até que eu estava animada, pois trazia na minha mala um golpe que iria derreter aquele coração gelado, uma carta na manga, um truque de nora que ela jamais poderia imaginar: um porta-retratos super elegante da Tiffany, de prata legítima, tinindo, com as iniciais do nome dela gravadas. E dentro do porta-retratos havia uma foto linda de Josh com Violet no colo. Nada de Hannah, exatamente como ela gostaria. E a cereja em cima do bolo era a blusa que Violet estava usando na foto, um modelo da Ralph Lauren, com um tecido franzidinho, que Lila havia dado de presente. Não resisto a dizer que era o presente perfeito. Foi absurdamente caro, mas achei que era um investimento válido para ver se ela parava de me tratar, digamos, feito titica. Valeu a gastança. Agora ela tinha de amolecer um pouco!

Fui para o quarto me arrumar bonitinha, de acordo com o figurino de Greenwich – ou seja, para transformar o meu ser dos pés à cabeça. Metamorfose completa, mais do que Jeff Goldblum em *A Mosca*. Era engraçado dormir no mesmo quarto que Josh agora – das primeiras vezes em que viemos para cá ficamos cada um em um quarto. Eu tinha tanto medo da mãe dele que não o deixava escapulir para o meu durante a noite. Não queria correr o risco de ela sair por aí dizendo que eu era uma piranha. Eu colocara umas roupas de patricinha na mala, incluindo até uma tiara nova (eca). Estava me sentindo uma traidora. Boa parte das minhas roupas é preta, cinza chumbo ou marrom escuro, por isso minha mãe costuma dizer que pareço uma viúva siciliana. Ela tem certa razão – mas, como sou peituda e tenho uma bunda grande, os tons escuros emagrecem, e assim emagreço eu também. Coloquei meu novo vestido vinho (imagine, sair por aí com essa cor!).

"Mamãe tá bonita! Tá com roupa de festa!", exclamou Violet. Eu arrumara minha filha com todo o cuidado. A coitadinha estava tão acostumada a me ver de *jeans* escuro e camiseta de algodão que aquele modelo informal parecia um vestido de Cinderela para ela.

Descemos a escada, e a reação de Lila foi completamente diferente de Violet. "Humm", disse ela, o rosto tão branco de maquiagem que mais parecia uma folha de papel A4. "Você vai jantar assim?"

Pausa para me olhar no espelho. Haveria um furo assustador? Um rasgo? O vestido estava amassado? Mancha de menstruação? Dava para ver meu cofrinho?

"Bom, é, eu ia... Por quê?"

"Nada, é que... Deixa para lá."

"Não, pode falar."

"Para ser sincera, acho que talvez você possa experimentar... um dos meus terninhos? Esse vestido é meio... Não, está ótimo, está ótimo. De verdade."

Humilhação. "Bom, tudo bem... O que você sugere? Só tenho mais um vestido e..."

Josh desceu abotoando a manga da camisa e perguntou o que estava acontecendo.

"Eu estava subindo para trocar de roupa." Engoli a mágoa e a irritação e voltei para o quarto. Quando desci, Lila – com seu habitual visual de *pashmina* estampada de flores em tons pastéis – me olhou de alto a baixo, com toda a calma. "Humm. Sempre de preto", comentou. Tomara que ela tenha uma morte lenta e dolorosa. Tomara que um guindaste caia na cabeça dela. Vou para o inferno. Calma, Hannah. Pare de rezar para sua "S" cair dura e morta.

Observei-a bagunçar o cabelo de Josh e tirar com cuidado um fiapo da lapela dele. Ela realmente tem ódio das mulheres, pensei. A simples presença de outro útero no recinto deixa a mulher pirada. Ela era do tipo que só consegue se relacionar com homens, que acha que todas as outras mulheres são concorrentes. Conheci várias assim, e elas sempre me deram medo. Quem essa vaca de merda pensa que é para julgar minha roupa? Ela pode até usar apenas modelitos de estilistas famosos, mas para mim as roupas são todas assexuadas e detestáveis. A paleta de cores dela me dá vontade de chamar o Hugo. Posso até me vestir como uma viúva, mas preto é melhor do que todos os tons terciários da roda de Newton. Azul-piscina. Salmão. Coral. Magenta. Diarreia.

Lá fora, o Sr. Dillingham buzinou e entramos todos no carro. Apesar dos protestos do meu marido, me ofereci para sentar na ridícula cadeirinha do porta-malas do carro, enquanto Josh se sentou ao lado da cadeirinha de Violet no banco de trás. Tudo bem, eu estava munida do meu presente chiquérrimo; aquela cara feia se renderia e eu finalmente seria recebida – eu seria a Pequena Sereia cantando *parte do seu muuuuundo...* Tudo isso no segundo em que ela abrisse a caixinha azul, marca registrada da Tiffany. O carro entrou em movimento e Lila deu início ao tradicional discurso sobre os restaurantes que ela havia reservado. Ela tinha mania de reservar três restaurantes e escolher um deles em cima da hora, dependendo do astral de todos. Eu ficava chocada. Não é uma piração egoísta? Às vezes ela nem se dava ao trabalho de ligar para os dois restaurantes preteridos e cancelar a reserva! É o solipsismo levado às últimas consequências. Ninguém interessa além dela mesma – a não ser, é claro, o *anjiiiiiinho* dela.

"Vamos ao Bank, em New Canaan, ou ao Mediterraneo, em Greenwich? Também fiz uma reserva no Sakura."

"Adoro o Sakura", disse Josh.

"O que você quiser, meu amor."

"Han, o que você quer comer?", perguntou meu maridinho.

"Ah, não sei... O que sua mãe achar melhor, afinal de contas é o aniversário dela."

"Não, não. *Você* escolhe, Hannah", respondeu ela do banco da frente. "Você é de longe a pessoa mais apaixonada por comida."

Espero que o cabo do próximo elevador em que ela entrar arrebente e ela despenque rumo à morte. Ôpa, eu disse isso em voz alta? Não, tudo bem. Não tem problema.

"Não sei, são todos ótimos", he*sit*ei. Silêncio. "Talvez, tudo bem, o Sakura é divertido, gosto daquela chapa de cozinhar na mesa."

"Chama-se *hibachi*", disse Lila, como se tivesse nascido e sido criada em Kyoto. "Então está bem, se é o que você quer."

"Sei lá, para mim tanto faz. Achei que o Josh..."

"Se a Hannah está com vontade de ir lá, ótimo. Mas a comida é extremamente salgada. Não estou com muita fome, mesmo", disse Lila, dando de ombros.

A agressividade passiva dessa senhora me dava ganas de esmagar o crânio dela. Eu raramente expressava minhas opiniões ou meus desejos, e das poucas vezes em que o fazia – neste caso, sugerir o Sakura – o comportamento agressivo-passivo dela me fazia calar a boca pelas três décadas seguintes.

"Não, não. Mãe, Watts, vamos para Greenwich. Sei que a mamãe adora o Mediterraneo", disse Josh. Ele se virou e olhou para mim sorrindo, com uma cara de tédio.

"Está bem, se é o que você quer, meu amor." As coisas eram sempre do jeito que Lila queria. Ela fingia que dava espaço para os outros, mas devagarzinho ia manipulando a situação até satisfazer os próprios desejos. Passivo-agressiva.

Chegamos ao restaurante, que é bem medíocre. E além do mais, ela mal comeu – anticomida, antivida, um zumbi da *Noite dos Mortos-Vivos*, é isso o que ela é. Sempre associei paixão à mesa com paixão na cama. Não havia dúvidas de que Lila era completamente frígida. É claro que ela só beliscou um prato de aspargos com molho vinagrete – o molho veio à parte. Violet comeu uma entrada e foi ficando inquieta na cadeira, como qualquer criança. Lila me olhou com uma cara de quem diz *leva a menina para dar uma voltinha*. Josh se ofereceu para levantar, mas achei melhor deixá-lo sozinho com Watts e a mãe por alguns minutos. Além do mais, eu estava louca para ficar um tempo longe da mesa. Violet e eu caminhamos até o final do quarteirão da Greenwich Avenue e voltamos para o restaurante lotado. A decoração era em tons pêssego e rosa, me dava a sensação de estar jantando numa gigantesca caixa de o.b. Enrolei meu *spaghetti* (que não estava al dente) no garfo com o auxílio de uma colher, à moda italiana, o que atraiu um olhar curioso da Pedra de Gelo. Terminadas as massas, Lila começou a abrir os presentes. Finalmente: o momento da minha redenção.

Devo dizer que ela desembrulhou os presentes com empolgação zero (outro termômetro de empolgação na cama). Eu abria presentes como se fosse o Freddy Krueger, estraçalhando o papel de embrulho, arrebentando as fitas, os olhos arregalados, sorrindo de alegria e agradecendo mil vezes. Lila abriu cada presente como se fosse encontrar uma seringa contaminada na caixa, uma bomba caseira preparada pelo Smurf Joca. De Watts ela ganhou um brinco de diamantes da Van Cleef e um fim de semana no hotel Cliveden. Josh comprara um lenço na Hermès para ser o presente de todos nós. E eu estava ansiosíssima para ela abrir o meu presente – que já havia atraído um olhar arregalado e uma sobrancelha desconfiada diante da visão da famosa sacolinha azul. Ela desfez o tradicional laço da Tiffany, abriu a caixa – meu coração estava tão acelerado que eu parecia uma gorducha depois de subir uma escada correndo. Ela olhou o porta-retratos; Watts e Josh, que não tinham visto o presente, soltaram um "ohhhhh" embasbacado. Violet deu uma gargalhada.

"Sou eu e o papai!", disse ela sorrindo, apontando para o vidro com um dedinho delicado.

Lila limitou-se a olhar a fotografia e dizer: "Nossa, que foto ótima – sabiam que fui eu quem deu essa roupa para Violet?". Ela pôs o porta-retratos de volta na bolsa de feltro. "Agora é hora da safadeza! Vamos comer sobremesa?"

Ela nem disse obrigada! Agora eu estava realmente enfurecida. Watts deu uma olhada no cardápio de sobremesas e pediu mais um uísque *on the rocks*; o resto da família pediu Evian.

Na manhã seguinte acordei tomada por uma tristeza paralisante. Toda vez que eu ia à casa da família Dillingham eu ficava com um nó na garganta do tamanho de uma ameixa: a casa era tão opressiva, tão estranha, me dava uma saudade danada dos meus pais, uma vontade louca de vê-los. Talvez eu realmente faça mais o tipo Costa Leste, talvez eu não sirva para essa pompa toda do lado de cá.

Josh acordou e me deu um beijo carinhoso. Eu o amava tanto que quase doía, e o que era para ter sido um fim de semana revigorante em família acabara em um segundo. No dia seguinte ele teria de voltar ao trabalho bem cedinho. Ele subiu em cima de mim e me beijou, tentando tirar minha camiseta, mas eu estava com uma preguiça enorme.

"Amor, não..."

"Han, essa casa é enorme! Eles não vão ouvir. O Watts até usa um aparelho de surdez."

"Não é isso – não consigo entrar no clima aqui. É muito constrangedor. Provavelmente sua mãe grampeou todos os quartos para ter certeza de que não estou maltratando o anjinho dela."

Ele sorriu derrotado, e saiu de cima de mim. "Tá bom. Vamos fazer umas panquecas."

Tiramos Violet do berço e descemos para a cozinha. Lila e Watts estavam no porão, todo forrado com paredes de madeira, assistindo ao programa *A Semana em Revista* – a dose de notícias dominicais era um pico semanal que eles sempre tomavam. Como sempre, o café da manhã foi repleto de tapas na mesa e discussões políticas (é claro que eles eram republicanos de direita até o último fio de cabelo). Depois entramos no carro para voltar para Nova York. Graças a Deus. Sair da garagem daquela casa sempre fazia meu coração pular de alegria, e o som das rodas do carro estalando nos pedregulhos da entrada era como a música de Mozart em *Um Sonho de Liberdade* – um pedacinho de independência pavimentando meu caminho para um tanque cheio de esperança.

Dez

Na manhã seguinte me despedi de Josh com um beijinho às seis da manhã, e depois das oito finalmente consegui sair da cama para preparar o café. Josh deixara um bilhetinho fofo na mesa da cozinha, com um *PS* com novas ideias de títulos para filmes pornô: *O Senhor dos Motéis*, *A um Passo da Virgindade* e o meu preferido: *Quero Comer John Malkovich*. Dei um sorrisinho e coloquei Violet no cadeirão para ela se refestelar com uma tigela de sucrilhos. Olhei a caixa e pensei na política anticarboidratos de Lila e sua cópia mais jovem, Bee, e de todas as amigas dela. Elas diziam que cereais industrializados eram proibidos na casa delas. Mais precisamente no almoço da semana anterior, Hallie e Lara tinham debatido a aula de culinária orgânica para mães que elas faziam, para aprender a preparar refeições saudáveis para os filhos. Tive uma visão das duas me enchendo de pancada por causa dos potinhos Nestlé que eu dera para Violet quando ela era bebê. E o que dizer dos biscoitos gordurosos e dos salgadinhos deglutidos pela pobre criança? Prisão perpétua para a Mãe de Merda. Para elas, uma coxinha de galinha é tão ilegal quanto uma pedra de *crack*.

Grover surgiu na tela da televisão enquanto eu dava heréticas colheradas de flocos de milho para Violet, e ela começou a gritar: "Grove! Grove!". Hoje Grover estava no Peru, visitando um vilarejo de trabalhadores que faziam tijolos. O calor emanado pelo sol quente do Equador se encarrega de assar a maçaroca de lama preparada pelas crianças, recortada então em moldes com formato de retângulos perfeitos e depois assada em fornos rudimentares do lado de fora das casas, até ficar seca. A pureza dos tijolos e das casas construídas com eles transmitia uma sensação de tranquilidade, o que me animou a levantar a bunda da cadeira, tirar o robe e sair com Violet. Incentivada por Maggie e Bee, eu me inscrevera numa aula de música, mas o curso só começaria dali a algumas semanas. Pensei em ir ao Metropolitan com Violet, para passar o tempo.

Quem sabe o Met seria um *playground* divertido e fresquinho para nós duas, diferente do estresse dos parquinhos cercados por bancos onde as mães-alfa se sentavam para falar mal da vida alheia.

O locutor da televisão avisou que o episódio de hoje fora patrocinado pela letra D e pelo número 7. Coloquei Violet no carrinho e caminhei até o número 1.000 da Quinta Avenida, onde fica o deslumbrante museu. Lembro-me de quando fiquei sabendo que o endereço era esse – achei bacana, e pensei que provavelmente ninguém nem sabia disso. Chegamos ao chafariz em frente ao museu, Violet abriu os braços e disse: "Mamãe! Ága! Ága!". Empurrei o carrinho pela rampa para deficientes físicos e entramos no grandioso *hall* principal. Quando a gente dirige um carrinho desajeitado por uma rampa apertada, percebe como deve ser difícil a vida numa cadeira de rodas. E ninguém te ajuda a abrir a porta – nem mesmo os homens. O cavalheirismo já era.

"Que bonito!", exclamou Violet. Ela devorava aquele espaço maravilhoso com os olhos.

"Violet, meu amor, aqui é o museu Metropolitan, um dos lugares mais legais do mundo. Quer passear aqui, ver alguns quadros?"

"Sim! Quados!" Violet já gostava de observar obras de arte, e eu costumava perguntar o que ela via nos quadros. Em meio a um mar de cores, ela encontrava o sol ou um rosto, e eu achava que ela tinha um olhar aguçado para uma criança. Subimos até a galeria dos Grandes Mestres. Eu me senti relativamente à vontade pela primeira vez desde que chegara a Nova York. Era como se os quadros fossem velhos amigos me dando boas-vindas à cidade, e senti um arrepio de prazer percorrer meu corpo. Caminhamos pelas salas e nos deleitamos com Van Eycks, Brueghels e Ticianos. Uma onda de tranquilidade tomou conta de mim. Tranquilidade que desapareceu no segundo em que ouvi a voz dele.

"Senhorita Hannah Green. Mas agora deve ser Senhora Hannah..."

"Allen", respondi num engasgo. "Olá, professor Hayes."

"Acho que você já pode me chamar de Tate – já faz uns dez anos que você saiu de Berkeley, não é?"

"É verdade", sorri, olhando para Violet. *Não fique vermelha, não fique vermelha, não fique vermelha.*

"E quem é este pequeno e adorável anjinho?"

"É a Violet!" Tive a nítida sensação de ser transportada de volta para o meu "eu" ansioso dos tempos de caloura na faculdade.

"Violet, este aqui é o Tate Hayes. Doutor Hayes."

"Oi", disse ela, abrindo os braços para abraçá-lo. Era a nova moda dela. Ele aceitou alegremente o abraço.

"Ouvi dizer que você se casou novamente", falei. "E tem dois filhotes?"

"Isso mesmo. Dois meninos, um de quatro e outro de seis anos."

"Oi, Tate", disse Violet. Ela abriu um sorriso para ele, sem dúvida estava jogando charme. Era engraçado: Violet sempre sacava de quem eu gostava e quem eu odiava. Não tinha erro: toda vez que encontrávamos alguém de quem eu não gostava, ela franzia o cenho e se recusava a cumprimentar a pessoa em questão. Mas agora ela estava sendo totalmente a minha filha, quase arrulhando como uma pombinha enquanto a ex-paixão da minha vida se abaixava para fazer um carinho na bochecha dela.

"Olha, Hannah", disse ele. Meu corpo ficou todo paralisado ao ouvi-lo dizer meu nome. "Agora estou com pressa, mas eu adoraria sentar e colocar a conversa em dia. Posso ficar com seu telefone?"

Concordei e dei a ele o número do meu celular, que ele anotou numa pequena caderneta com capa de couro, usando uma caneta elegante.

"415, é?"

"Pois é. Já faz quase um mês que cheguei, mas ainda estou me agarrando ao passado com todas as forças. Não consigo me livrar do velho código de área."*

"Sei como é." Ele sorriu e tirou do bolso um celular modelo velha guarda, que mais parecia um tijolo. "415, sempre."

Dei um sorriso.

---

* 415 é o código de área da cidade de São Francisco. (N. T.)

"Eu te ligo, então. Talvez a gente possa ver a exposição de gravuras que acabou de abrir no Morgan."

"Seria ótimo."

Voltei para casa ainda abalada. Enquanto fazia ovos para Violet, liguei para Josh. Eu era tão desligada que só comecei a pensar no jantar quando a fome já estava batendo à porta.

"Oi, amor!"

"Oi", respondeu ele, a voz apressada. "Han, me desculpe mas estou no meio de uma reunião, posso te ligar..."

"Claro, tudo bem."

Tu-tu-tu-tu.

Uma hora e meia mais tarde Violet chorava e chamava pelo pai, mas Josh ainda não havia telefonado. Com uma leve sensação de que estava dando uma de mulher chata, liguei novamente. Eu precisava ter uma ideia da hora em que ele chegaria em casa, porque estava enlouquecendo.

"Alô?" Ele estava estressado.

"Oi, amor. Desculpa ficar te enchendo, mas..."

"Amor, estou muito ocupado. Acabo de saber que terei de fazer uma apresentação amanhã, e ainda terei que ficar aqui mais algumas horas."

"Algumas *horas*?" Fiquei tão chateada que nem sabia o que dizer.

"Sinto muito, amor. Não é uma decisão minha. Estou fazendo isso por nós."

"Eu sei, eu sei."

Ele disse que me amava, o que me consolou um pouco. Mas, ao desligar o telefone, pressenti a chegada do arrepio da solidão, agora já tão familiar.

Li *Boa Noite, Lua* para Violet e coloquei-a para dormir – eu sabia o livro de cor, e ela procurava o ratinho em cada página. Cantei uma canção de ninar até ela dormir e me esgueirei para fora do quarto. Mas, como era de se esperar, sete segundos depois que eu havia andado pé ante pé até a sala, ouvi um choramingo.

"Mamããããããe!"

Voltei para o quarto, deitei no chão ao lado do berço e cantei mais um pouquinho. Toda vez que eu parava de cantar e começava a me levantar bem devagarzinho, ela se sentava e colocava o rostinho entre as ripas de madeira do berço, me olhando desesperada. Ela conferia se eu ainda estava lá e deitava novamente. Na Califórnia, Josh sempre foi o especialista na hora de dormir. Com sua voz suave, tranquila e ao mesmo tempo forte, ele cantava e fazia Violet se sentir completamente segura – e eu também. Ele era um mestre na arte de colocar Violet para dormir, e sempre saía do quarto com Violet já dando os delicados suspiros de um sono profundo e repleto de felicidade.

Eu, por outro lado, enfrentava um processo que durava uma hora. Ela se debatia muito quando eu a colocava no berço, me chutava com força com seus pezinhos e as unhas afiadas dos dedinhos faziam com que ela deixasse de ser um anjinho fofo e se transformasse repentinamente em Vlad, o Empalador. Era tão cansativo que ela acabava conseguindo me fazer deitar no chão ao lado dela. Eu caía no sono e, quando finalmente acordava, Violet já estava ressonando, como se um monte de zzzzzzz's invisíveis saíssem de seus delicados pulmões.

Liguei para Leigh e contei tudo sobre meu encontro com Tate Hayes. Fui deitar quando o relógio já marcava onze e meia da noite. Tentei ficar acordada para esperar Josh, mas meus olhos foram ficando pesados e não consegui evitar pensamentos sobre o encontro involuntário com o professor Hayes. Foi excitante, eu ainda estava meio aérea. Por mais que a ideia de trair Josh *jamais* passasse pela minha cabeça – para ser sincera, eu nem olhava para outros homens –, esse professor, esse sábio – não, esse guru – ainda estava tão congelado no pedestal dos tempos de faculdade que Leigh e eu tínhamos concedido a ele o título de ONG – Organização Nacional da Gostosura. Mas talvez Leigh tivesse razão: agora que estávamos os dois casados, com filhos, a situação era mais segura e tranquila. Ele me pareceu tão feliz, tão amigável. Quem sabe um encontro com ele não seria uma tarde estimulante do ponto de vista intelectual, sem a obrigação de assistir a um filme "perturbador" ou de fechar a *Vogue* para ler matérias sonolentas no *Wall Street Journal* só porque eu precisava saber de tudo o que estava acontecendo no mundo, como era o caso das amigas de Bee. Talvez um encontro com Tate e um retorno à minha personalidade mais rebelde me libertariam da minha obsessão pelo papel de mãe em Nova York e da minha condição de peixe fora d'água. Quem sabe ver gravuras no Morgan não era a receita ideal para curar meu mal?

Onze

O professor Tate Hayes era o tipo de homem que fazia todas as alunas desmaiarem de paixão, bem ao estilo Indiana Jones, com direito a olhares tímidos e enviesados na saída da aula. Ele era alto, tinha um cabelo cacheado castanho-claro, usava óculos com armação dourada e se vestia com elegância, à moda londrina – o que era particularmente excitante, uma vez que a fachada acadêmica de *blazer tweed*, vestida à perfeição, sugeria a existência de um vulcão sob a camisa listrada. Seria pouco dizer que minhas amigas o endeusavam – Leigh e eu éramos obcecadas por ele. Eu literalmente quase o persegui no primeiro ano da faculdade, quando o vi na *vernissage* de uma exposição em Nob Hill – ele estava de mãos dadas com uma jovem escultora. Mas o que nos fazia torcer as calcinhas depois da aula não eram seus olhos verdes ou sua discreta arrogância: era o jeito de falar. Não havia nenhum homem igual a ele em todo o Universo.

Ele foi meu professor de Estado da Arte, junto com Bianca Pratt – uma professora sensual, com quem ele tivera um caso que era do conhecimento de todo mundo. Os boatos davam conta de que a relação fora tempestuosa, desmedida, inflamada, e que tudo teria terminado com ela arremessando um busto de alabastro pela janela, em cima da cabeça dele (o busto se espatifou no asfalto da rua Fillmore).

Eu sabia que ele se divorciara há alguns anos da mulher por quem se apaixonara nos tempos de pós-graduação, que havia se casado novamente e fora morar em Londres. Ele não era um *playboy* comum, porque nenhum cara que só quer saber de carregar o bastão de lacrosse tem cacife para exibir um diploma de doutorado de Yale e um contrato para escrever três livros. Decidi que minha graduação seria em História da Arte logo na primeira aula com ele. Muitas aulas em Berkeley reuniam centenas de estudantes e eram ministradas por alunos de pós-graduação, assistentes de professores, sempre mal-humorados e amargos. Naquele ambiente, qualquer comentário mais pessoal era esmagado e incinerado. Na minha turma, apenas 28 pessoas estavam fazendo graduação no departamento de História da Arte. O clima era mais íntimo, mais próximo, tudo sob a supervisão de professores lendários. Mas nenhum era igual ao professor Hayes. Aos 34 anos, ele fora o mais jovem professor titular contratado pelo departamento, e sua condição de mestre fazia dele uma minicelebridade no *campus* – pelo menos entre as mulheres.

Mas meu ponto fraco não era a força acadêmica e analítica daquele homem. Era o fato de que ele mesmo era um artista. Ele pintava, só que com palavras. A cada aula ele mergulhava o pincel suave e preciso de sua voz musical e melodiosa na paleta profunda e ampla de cores do léxico exclusivo de "Hayesismos", patenteados por ele mesmo.

Numa pintura caótica que retratava os exaltados frequentadores de um bar popular, ele enxergava "aleijados saltitando com suas muletas, todos desprovidos de pernas" e "trabalhadores animalescos possuídos pela intimidade etílica de uma perseguição momesca aos prazeres terrenos". O estudo de um pássaro, retratado por três ângulos diferentes, era "descompromissadamente exato, dotado de um olhar neutro carregado de vida em cada fibra e em cada pena; o coração golpeia o peito azulado, como se a pintura gritasse: *acredite em mim*."

Naquela noite, enquanto eu esperava Josh voltar do trabalho, minha cama se transformou numa máquina do tempo, pilotada por Michael J. Fox. Eu, que já sou inquieta normalmente, fui cinematograficamente transportada de volta ao primeiro ano de faculdade, uma década atrás. Dei um passeio por todas as aulas de Hayes e por todos os nossos momentos juntos. À medida que escrevia minha tese, fui conhecendo-o cada vez melhor. Revê-lo foi como fazer uma caminhada tranquilizante pelo meu passado: flutuei de volta para os tempos de faculdade, um ninho protegido e seguro, um reino suave e indefinido de nostalgia aconchegante.

"Próximo *slide*, por favor", disse Hayes ao projecionista, naquele meu primeiro ano de faculdade. O *slide* seguinte apareceu, e uma paisagem reluzente de Ruisdael surgiu diante de nossos olhos. A cada novo *slide*, ele se comportava como um homem embriagado de amor, diante da primeira visão da mulher que ele levaria para a cama algumas horas depois. Hayes respirava fundo e sorvia a amplidão das cores, o calor dos salgueiros entristecidos, a profundidade das colinas cobertas por urzes que dançavam ao sabor do vento – e suspirava, num êxtase quase que sexual.

"Esta paisagem porosa e úmida é dotada de um verde arrebatador, transcedental, vibrante", dizia ele, como se acariciasse a tinta com sua caneta laser na tela. "As espirais de movimento desvendam descrições e invenções. Ruisdael aumenta o volume dos sussurros da natureza enquanto nos deliciamos com o brilho ofuscante de um milhão de folhas beijadas pelo sol."

Seu arsenal de palavras tinha tocado fogo dentro de mim, tinha me queimado até o âmago com um amor completo e uma devoção do tamanho do Universo. Para mim, ele era *perfeito*.

Os próximos *slides* e as descrições pintadas verbalmente atingiram as profundezas da minha mente como uma catarata violenta e apaixonada, me deixaram totalmente desperta e consciente de uma faceta nova e estimulante da minha personalidade: a da mulher hipnotizada pela beleza e pela arte dos ensinamentos daquele homem.

"Próximo *slide*", disse ele, tirando com delicadeza um fio de cabelo caído sobre o olho. Mais uma paisagem, "um penhasco sólido e monolítico sobre um mar revolto". Era uma xilogravura, incutida de um "vigor bruto, rude e dinâmico, obra de um artista carregado de visões potentes e munido de um buril vingativo".

Nos anos seguintes, estudamos retratos da corte: Carlos I, pintado por Van Dyck, era "de uma arrogância real, digna de um cavaleiro; sua postura fleumática, despreocupada e vistosa está coberta por tons reluzentes e translúcidos, por tecidos feitos de porções sensuais de cor".

O Jardim das Delícias, de Hieronymus Bosch, estava tomado pela "entropia de foliões grotescos e autodelirantes, uma montanha monstruosa de músculos, um jardim zoológico de bizarrices, um brasão com um grifo devorando todos os pecadores envolvidos num jorro de êxtase dionisíaco".

Mas é claro que ele se empolgava para valer quando havia carne em cena. Se uma imagem vale mais do que mil palavras, Hayes era capaz de usar duas mil para descrevê-la. Durante uma tarde fria de novembro, no segundo ano de faculdade, a tela da sala de aula foi iluminada por uma pintura de Peter Paul Rubens. Mais tarde, aquela cena se transformaria em objeto de piada entre mim e Leigh, mas naquele momento tive certeza de que jamais esqueceria Hayes.

Quando o *slide* apareceu, ele gemeu como se estivesse começando um ato sexual. Sua voz suave flutuou sobre os "tons íntimos e quentes do dourado e do marrom com respingos de sol" que estavam ao fundo, e depois chegou à pele. "Aqui, Rubens não oferece um relato da carne; ele oferece a carne propriamente dita", disse. Não é exagero: ele estava praticamente ofegando. "A carne tem um peso quase leitoso, é a tentação da suavidade em estado concreto." A maioria dos caras gosta de bater uma vendo a *Playboy* ou a *Penthouse*, mas juro que esse homem curtia um prazer solitário olhando *Vênus e Adonis*, e não hesitaria um segundo em trocar o distrito da luz vermelha de Nova York por um passeio pelo Metropolitan.

Conversávamos no corredor ou nos horários em que ele estava disponível para discutir os trabalhos que pedia. Ao longo dos anos, seus comentários tiveram o efeito de litros de álcool no fogo da paixão que eu nutria por ele. Certa vez fiz um trabalho sobre o erotismo latente nos instrumentos musicais das pinturas holandesas. O título era "Que a Música Alimente o Amor", e Hayes escreveu um recado: "Hannah, esplêndido como sempre." É claro que o bilhete me animou a dar meu sangue a cada novo trabalho, para impressioná-lo ainda mais e ser cada vez mais *esplêndida* aos olhos dele. Mas o grande objeto de adoração estava preso na parede da minha casa até hoje, e era de longe minha posse de maior valor.

No ano da formatura ficamos mais próximos, e chegamos até a sair juntos fora da faculdade – íamos a *vernissages* em museus e a palestras variadas.

Certa vez caminhamos pela cidade inteira debaixo de uma garoa enevoada. Ele riu das minhas manias e esquisitices, e de vez em quando eu pensava que ele deveria me achar totalmente anormal – minha adoração pintava meu rosto, como um Rothko vermelho. Mas jamais falávamos sobre nossas vidas pessoais, e conversávamos principalmente sobre arte. Juntos, desenhamos um esboço da minha tese de conclusão de curso, um texto de sessenta páginas. Ele foi um orientador presente em todas as fases assustadoras do processo. Quando terminei a tese, entreguei as três cópias exigidas pelo departamento (eu seria avaliada por uma banca – que medo) e deixei uma quarta na mesa dele, com o seguinte recado:

Querido P'sor Hayes,
Aqui está. A coisa em si, minha vida, meu bebê: o todo-poderoso trabalho de conclusão de curso. É um talho da minha alma, feito inteiramente para você – não tenho palavras para agradecer sua sábia orientação e a incansável ajuda.
Beijos e abraços,
Hannah

Entreguei a tese e o bilhete, mas logo senti uma ponta de arrependimento: talvez o recado idiota fosse meloso demais. Só que eu queria dizer muitas outras coisas. Algo mais ou menos como *Eu te amo pra caralho e penso em você quando transo com meu namorado* – que, na época, era Clay Fisher, um esportista gato que jogava futebol mas não era lá o ser mais inteligente do planeta. Eu havia saído de um looooongo período de seca e estava super feliz por simplesmente estar com alguém; eu ficara tanto tempo sozinha na biblioteca, trabalhando dia e noite na tese, observando casais que surgiam descabelados por detrás das estantes – era um lugar onde as meninas abriam mais as pernas que os livros. Eu estava sedenta por qualquer tipo de carinho, e sabia que esse carinho jamais viria do objeto do meu desejo ridículo. Por isso fiquei com o que estava à minha disposição. Leigh até me deu uma bronca por causa das minhas paixões condenadas e sem futuro: "Hannah, você precisa gostar dos caras que gostam de você". Bom, o Clay gostava de mim. Ele era meio metido, mas era carinhoso e não tinha grandes pretensões. E, é claro, era um colírio para os olhos.

Um mês antes da formatura eu estava caminhando na rua de mãos dadas com ele, a caminho de uma festa, quando encontrei o professor Hayes na avenida Shattuck.

"Hannah – acabei de passar pela sua caixa de correio, deixei sua tese."

Enfarte.

"Ai meu Deus – não é possível! Achei que o resultado só sairia na semana que vem."

"Bom, a banca já devolveu o seu trabalho. Acho que você vai ficar bastante satisfeita." Ele sorriu, mas depois viu Clay e cumprimentou-o com um aceno de cabeça. Olhou para mim novamente, e foi embora.

Naquele momento, fiquei tão dividida entre a felicidade da minha empolgação, pois era evidente que eu me saíra bem, e o desespero que me atraía como um ímã para a imagem daquele homem se distanciando – entrando num café e saindo da minha vida. Eu ouvira dizer que ele estava de mudança para Nova York, que ia dar aulas em Columbia porque os lesados que mandam em Berkeley haviam se recusado a lhe dar um aumento. Será que eu o veria novamente algum dia? Eu não tinha dito a ele que ele mudara minha vida, que eu o idolatrava! Eu disse a Clay que queria voltar e pegar a tese na caixa de correio.

"Hannah, você é muito boba. A essa altura, que diferença faz? Você já sabe que tirou *summa cum laude*."

"Te encontro na festa. Quero pegar o trabalho."

Ele fez uma cara irritada, mas virei as costas e saí correndo. Passei pelas árvores agitadas pela brisa fria, passei por um grupo de maconheiros, pelas lojas *hippies*, entrei pelo *campus* que eu tanto amava e fui feito uma flecha para a caixa. E lá, junto com o trabalho que merecera nota A, estava meu objeto mais valioso. Depois de ver aquilo, eu estava cagando para o A unânime que a banca me dera.

Meu bilhete original estava preso com um clipe que era praticamente uma peça de antiquário:

Querido P'sor Hayes,
Aqui está. A coisa em si, minha vida, meu bebê: o todo-poderoso trabalho de conclusão de curso. É um talho da minha alma, feito inteiramente para você – não tenho palavras para agradecer sua sábia orientação e a ajuda incansável.
Beijos e abraços,
Hannah

A palavra *talho* estava circulada pelo conhecido tom de cobalto da caneta-tinteiro dele. Junto do círculo havia uma flecha, que me conduziu à margem direita do pé da página. Ali, ele escrevera:

Querida Hannah,
Sua opção pela palavra "talho" sugere que sua alma cintilante é feita de madeira. De certa forma, é verdade; você é forte, dona de um granulado evidente, feita de diversas camadas douradas de vida.
Por outro lado, esta metáfora não é correta. A não ser que se trate da madeira cor de mel de um violino laqueado, que ecoa melodias.
T.H.

Uma onda de calor percorreu meu corpo e senti um alvoroço na barriga, como um mendigo que encontra um baú cheio de barras de ouro. O bilhete tremia na minha mão; eu o li mais uma vez, e outra vez, até o momento em que pensei que fosse desmaiar. Além do mais, eu nunca havia sentido uma excitação sexual como aquela. Eu tinha vontade de correr atrás dele e estuprá-lo. Eu não queria nem dobrar a folha de papel, por isso peguei uma revista vagabunda de arte e coloquei o bilhete ali dentro, levando-o comigo como se fosse o documento original da Declaração de Independência. Passei a noite num jantar de aniversário em uma espelunca mexicana. E, enquanto todos viravam doses de tequila, eu fiquei sóbria, sentindo a textura da bolsa de couro guardada no meio das minhas canelas, pensando na pedra preciosa que eu levava ali dentro.

No dia seguinte, caminhei à tarde até o departamento de História da Arte e dei uma batida nervosa na porta do escritório dele. Abri com cuidado, e ele fez um gesto para que eu entrasse enquanto terminava um telefonema. Sentei numa surrada poltrona de couro cor de conhaque e observei os livros nas prateleiras atrás dele – que incluíam as obras de Simon Schama e as lombadas da coleção encadernada de *October*, uma revista de crítica de arte contemporânea. "Está ótimo", disse ele, sorrindo e fazendo uma cara de tédio, como se a pessoa do outro lado da linha não parasse de falar. Dava para ouvir a voz anasalada da mulher guinchando no bocal, como a professora do Charlie Brown. Finalmente, ele desligou. E olhou para mim. Ficamos em silêncio.

Depois de alguns minutos, consegui falar.

"Aquele bilhete... foi um presente... para minha vida. Não sei o que dizer."

"Escrevi com toda a sinceridade. Eu disse que você iria tirar A. A nota foi totalmente merecida."

"Obrigada. Bom, na verdade agradeço a você. Eu estava tão nervosa, na verdade não estava nem aí para o que eles iam achar. Para mim, só a sua opinião importava. Eu não queria que você me achasse uma idiota."

"Hannah", disse ele, levantando-se para pegar o *blazer* pendurado na porta ao meu lado, "eu jamais acharia isso."

Pensei que ele estava de saída e me levantei. Envergonhada, dei de ombros. Meu coração começou a palpitar mais rápido. Eu nunca tinha ficado tão perto dele – apenas alguns centímetros de distância. Olhei para ele, e percebi que estava ferrada: eu não olhei para o rosto dele, mas sim através da lente da armação dourada dos óculos, para além do vidro e para dentro dos olhos verdes. Queria ter um vocabulário rico como o dele para descrever o verde daqueles olhos, mas não tenho. Tudo bem, vou tentar: era o verde radiante e clorofilado de um carvalho pintado por Albrecht Altdorfer. Não passou nem perto.

Perdi a noção do tempo olhando para aquela íris – acho que foram uns três segundos. Quando me dei conta, ele estava olhando para os meus olhos. Ficamos parados, nos olhando, e foi preciso uma muralha mental para eu não me aproximar. Mas então ele chegou perto, mais um milímetro, bem na minha direção, e percebi que o espaço entre nós fora penetrado por seu passo febril.

Num movimento difuso, com uma paixão tão violenta quanto um imenso retrato épico de guerra, ele colocou a mão no meu pescoço, chegou mais perto ainda e me beijou. Atirei os braços nele com o ímpeto de um escultor, e aquele beijo quase me levou às lágrimas. Ficamos mais ou menos um minuto envolvidos no amasso mais pecaminoso e descontrolado que eu já tive a bênção de experimentar, e depois nos separamos, olhando um para o outro. Os olhos dele permaneceram iguais, mas os meus... essa não. Os meus estavam cheios do orvalho gozoso e paralisante do prazer. E aí ele saiu do nosso transe de fim de tarde. Meu feitiço tímido fora repentinamente desfeito pela varinha de condão da minha emoção evidente, que acabou quebrando o clima.

"Meu Deus, sinto muito", disse ele, aflito, passando a mão na testa.

"Não, não tem problema. Eu..."

"Isso não é certo. Você é minha aluna. Isso é..."

"Eu também queria", gaguejei. "Não tem problema."

"Tem, sim", disse ele, ajeitando o paletó e passando a mão na lapela.

"Mas..." Num esforço inútil, tentei trazê-lo de volta ao nosso paraíso.

"É antiético, está errado. Além do mais, você tem um namorado, não é? Aquele rapaz com quem você estava."

"Clay, ele é..."

"*Clay*, isso mesmo. Ele faz bem aos olhos, não há dúvidas. Mas parece não ser alimento suficiente para a sua inteligência."

Espere aí. Será que ele estava, tipo assim, com ciúmes? O zagueiro com quem eu tinha um namoro *fast-food* de cinco semanas?

"Olha, eu estou..." Eu estava rastejando, era uma mulher humilhada e infantilizada. Antes de terminar a frase, dei uma engasgada. "... apaixonada por você há muito tempo."

"Fico lisonjeado. Não posso negar que temos uma química. Mas não pode passar disso. Sinto muito."

Ele pegou a pasta, me olhou mais uma vez e saiu da sala.

Nunca mais nos vimos.

Isso até o dia em que ele me encontrou com Violet em meio a naturezas-mortas. Em meio a um oceano de flores pintadas a óleo. Parecia que as cores vibrantes dos quadros tinham ganhado mais vida na presença dele.

Doze

No dia seguinte, Josh me acordou com um beijo e pediu desculpas por ter voltado para casa às duas da manhã. Ele estava se matando de trabalhar, mas pelo menos os colegas eram legais (ele detestava o chefe que tinha na Califórnia, um cachaceiro que só pensava em trabalho e ainda por cima era burro). Ele me disse que provavelmente conseguiria chegar na hora para jantar com Leigh. Já estava pronto para trabalhar, de terno e tudo, mas entrou debaixo das cobertas comigo e ficamos alguns minutos abraçadinhos – o que me deu uma sensação aconchegante e gostosa.

Começamos a nos beijar, e a pegação foi avançando até o momento decisivo – aquela faísca sutil que brilha quando a gente percebe que vai até o fim (que coisa mais adolescente). Eu tinha um olhar sedutor semi marilyn, nosso código para dizer que o terno dele iria parar no chão dentro de alguns minutos para a nossa rapidinha. Mas aí ouvimos um resmungo baixinho vindo do quarto de Violet, praticamente grudado no nosso. E isso dificultou um pouco a esfregação.

Suspiramos aquele velho e conhecido suspiro de quem diz *a trepadinha fica para depois*. Fomos até o quarto de Violet e nos abraçamos os três, embolados juntos. Levamos o papai até a porta e demos beijinhos de despedida na porta do elevador. Eu disse "tchau", torcendo para que hoje eu fosse revê-lo antes das duas da manhã. Voltamos para a cozinha e vi o cartão do corretor de imóveis que Bee me dera. O papel estava preso à geladeira com um dos ímãs de letras de Violet. Fui até o telefone e disquei o número, enquanto Violet pegava uma caixa gigante de lápis de cor para desenhar. Eu estava meio nervosa; sabia que a mulher do cara era diretora da escolinha Carnegie, por isso tinha a estranha sensação de que esse homem me submeteria a um teste.

"Troy Kincaid."

"É... Oi, Troy. Oi. Meu nome é Hannah Allen, sou amiga da Bee."

"Claro! Oi, Hannah! Bee já me deu sua ficha", respondeu ele, com uma voz grave e um acentuado sotaque britânico. "Abri uma pasta para você e tenho algumas opções. Acho que você vai gostar muito."

"Nossa, que rápido!"

"Temos um apartamento exclusivo a um quarteirão de onde Bee mora, na esquina da rua 73 com a Quinta Avenida. É um edifício de antes da Segunda Guerra. Com serviços completos. Primeira linha." Aquele sotaque londrino elegante, à moda da rainha, dava um ar ainda mais chique ao apartamento.

"Ótimo. Quanto custa?"

"Cinco e trezentos. Mas o proprietário vai baixar."

Silêncio absoluto.

"Ci-ci-ci-cinco... milhões e trezentos mil dólares?", gaguejei.

"O preço ainda não está fechado."

"Nossa... Olha, Troy, você foi muito gentil de já começar a procurar apartamentos para nós, e espero que não tenha sido perda de tempo. Mas... esse valor está um pouquinho acima do nosso orçamento. Na verdade, está bem acima", me desculpei. "Você não teria alguma alternativa um pouco mais barata? Quem sabe... Uns quatro milhões de dólares a menos?" Eu estava constrangida.

"Quatro milhões ou menos? Claro!"

"Não, não, não", respondi. "Não é quatro milhões ou menos. É quatro milhões a menos do que cinco milhões e trezentos mil. Ou seja, algo na faixa entre um milhão e um milhão e meio."

"Ah, sei."

Silêncio mortal.

"Em Manhattan?", arriscou ele.

"É. Vimos um apartamento de três quartos no *New York Times*."

"Não. Não existe nada com três quartos nessa faixa de preço."

"Sério? Mas eu..."

"Nada. Mas vou ficar de olho, te ligo de novo. Primeiro preciso fazer uma pesquisa."

A voz dele, a princípio tão charmosa e vaporosa, ficou gelada quando ele viu que nosso orçamento era – supostamente – ridículo, ainda que o valor não me parecesse nada paupérrimo. Mas fazer o quê?, no nosso novo bairro o dinheiro de que dispúnhamos para o apartamento era suficiente para comprar uma cela monástica com vista para o muro da frente. Rezei para a mulher dele não colocar nosso orçamento na ficha de Violet quando nos inscrevêssemos para concorrer a uma vaga no bastião acadêmico da elite. Para bebês. Aaaaahhhh! Josh estava indo muito bem, e nosso orçamento me parecia excelente – seria suficiente para comprar um apartamento mais do que decente em qualquer cidade do país, à exceção de Nova York, a ilha dos multizilionários. Mas, mesmo que Parker Elliott e todos os amigos de Josh tenham empregos ótimos, como o do meu marido, a diferença é que eles têm esposas ricas que podem pingar um ou dois milhões – isso sem falar nos fundos onde administravam suas heranças. Eu contribuía com cerca de 7.891 dólares, quantia que havia na minha poupança no Banco Wainwright quando fomos embora da Califórnia. Mas eu não estava pedindo uma planta com dez aposentos – o que, imagino, era o caso de Bee e suas amigas. Não é de surpreender que Lila tivesse contado com um casamento mais estratégico para Josh, do ponto de vista financeiro. Em Nova York, até os ricos passam aperto para se manter à tona naquele mar de ouro, a não ser quando se associam a outros ricos. Sem dúvida, minha presença desvalorizava as ações da família.

Liguei a televisão, na esperança de que *Vila Sésamo* interrompesse o fluxo de pânico que tomava conta do meu estômago. Hoje Grover estava voltando de um passeio pelo Velho Continente, e vestia uma boina preta *très chic*.

"Olá, meninos e meninas!", disse o querido monstro azul e peludão. "Acabo de atravessar o Oceano Atlântico – e a ponte Triborough –, diretamente de Paris, na França!" Ele mostrou a imagem de uma menininha indo ao *marché avec Papa*, onde os dois compraram legumes frescos antes de dar um pulinho na *boulangerie* do bairro, guardando todos os ingredientes frescos e deliciosos em uma cesta gigante – um *panier*. Enquanto assistíamos à cena idílica, em que os dois personagens reuniam alimentos fresquinhos e recém-saídos da fazenda para a feira da semana seguinte, observei aquele cenário perfeito e me perguntei se Josh algum dia teria vontade de se mudar para lá. Não seria ótimo caminhar por um jardim das Tuilèries repleto de *fleurs*? Eu levaria Violet a construções tão ricamente adornadas que bastaria recortar e colar qualquer velharia para transformá-la numa joia arquitetônica em qualquer cidade americana. As *écoles*, tão rigorosas, seriam gratuitas, e Violet seria bilíngue! E eu comeria um *pain-au-chocolat* matador todos os dias de manhã. Que delícia!

Mas onde é que eu estava com a cabeça? Jamais iríamos pular fora daqui e aterrissar na França. Era divertido criar fantasias, mas eu sabia que não seria capaz de viver como expatriada. Apesar de ser da terra do *shopping center*, dos reacionários esquisitões e da comida *trash*, eu era americana até o último fio de cabelo. Tinha me dado conta disso quando estava grávida de Violet, e Josh e eu passamos duas semanas viajando de carro por todo o país. Vimos de tudo – penhascos de pedra avermelhada no deserto, uma cidade chamada Zzyzzyx, cuja população era de quatro habitantes (juro), os círculos recortados nas plantações, as tradicionais montanhas esculpidas com os rostos dos presidentes; trombamos até com um *rally* de motoqueiros que reuniu 600 mil sujeitos mal-encarados em Dakota do Sul, todos a bordo de suas Harley-Davidson (incluindo um sujeito com uma camiseta com os seguintes dizeres nas costas: "se você está lendo isso, é porque a bruaca caiu da moto!"). Mas aqueles dias no carro, ao lado do meu marido – que fazia cafuné na minha barriga e me dava comidinhas gordurosas e deliciosas a cada três horas –, selaram meu destino ufanista e me deram a certeza de que sou uma cidadã de sangue azul, vermelho e branco. (Apesar disso, confesso que sempre que viajamos para fora tenho vergonha de me ver associada a um povo obeso, que fala alto, usa ternos cafonas e vive pedindo *ketchup*).

Mais tarde, depois que Elmo se despediu e voltou para seu Universo de giz de cera, coloquei uma roupa em Violet e saí para me encontrar com Bee e West para uma caminhada no parque. Rezei para que Troy não tivesse contado a ela as últimas novidades sobre nossas limitações orçamentárias. Quando Bee nos indicou, ele deve ter achado que tinha fisgado um peixe grande, pronto para morder uma isca enorme. Pena que éramos apenas sardinhas.

Empurrei o carrinho de Violet até a entrada do parquinho da rua 72 e vi Bee conversando com um homem bonito, de rosto anguloso. Eles se despediram com um tchauzinho, e observei o homem se afastar. Quando me aproximei, tive a impressão de que Bee fora pega de surpresa.

"Hannah, oi! Você chegou cedo!"

"Pois é, sou uma daquelas pessoas chatas e pontuais." Dei de ombros. Ela falava como se fosse ruim ser pontual – mesmo que ela também tivesse chegado cedo. "Josh tem vontade de me matar toda vez que insisto para a gente chegar ao aeroporto com duas horas de antecedência."

Ela deu um sorriso distraído.

"Tudo bem?", perguntei.

"Mamãe, pepeta", pediu Violet.

"Você não precisa da chupeta agora, meu amor." Tentei manter a calma em relação à temida pepeta, vício que minha filha não conseguia largar.

"*Pepeeeeeeeeta!*", choramingou ela. Naturalmente, baixei a guarda, abri o zíper do compartimento e dei a chupeta – que ela prontamente enfiou na boca, o que a deixou meio parecida com a bebê Maggie, dos *Simpsons*.

"Sabe, Hannah", disse Bee, num tom grave. "Está realmente na hora de tirar essa coisa dela."

"Eu sei, eu sei, é péssimo", concordei, meio irritada por estar levando um pito sobre um assunto que me incomodava. "Espero que ela não fique completamente dentuça."

"O problema não é só esse", disse ela, olhando para Violet. "A chupeta atrasa muuuuito a fala. Ela vai ficar para trás em relação às outras crianças. Bem para trás."

"Sério?", perguntei, já na defensiva. "Estranho, porque ela tem dois anos e fala mais do que muitas crianças de três que eu vejo por aí..."

"Pois eles vão passar a perna nela rapidinho se você deixá-la com esse troço na boca", disse Bee. "Ainda bem que West nunca pegou chupeta. Mas vou te dar o telefone da consultora de chupeta da Maggie."

Não - posso - crer.

"Consultora de chupeta? Isso existe?" Nova York tinha consultor de qualquer coisa para criança. Andar, falar, xixi, cocô, e agora chupeta.

"Claro. Ela foi indicada pelo Dr. Poundschlosser. Custa quatro mil dólares, mas é um investimento na independência dos nossos filhos. Você não pode aparecer nas entrevistas das escolinhas com ela de chupeta na boca. Principalmente em Carnegie. É uma sentença de morte."

"É, pode ser", respondi, tensa. Talvez ela tivesse razão; eu não queria colocar em risco o futuro de Violet. "Mas toda vez que tento tirar a chupeta dela o Josh diz: 'Relaxa, Hannah. Ela não vai entrar de chupeta na faculdade!'."

"Bom, ela não vai nem entrar numa boa faculdade caso não comece com o pé direito logo na escolinha."

Que ótimo. Agora ela estava dizendo que Violet iria parar numa comunidade para idiotas, se drogando e chupando chupeta o dia inteiro, enquanto Weston e os outros estariam defendendo seus doutorados. Tudo porque as mães deles tinham chutado a chupeta. Com a ajuda de uma consultora que cobra quatro mil pratas.

"Ai, meu Deus. Você não sabe da última", recomeçou Bee, mudando de assunto. "Katie Slaughter, uma amiga da Maggie que é da família dona da petrolífera Slaughter, acabou de ter bebê. Faz umas três semanas", disse ela. A alegria de contar uma novidade sobre uma família bilionária fazia os olhos dela brilhar. Para mim, Slaughter* era um nome tão estranho. Tipo: Oi! Meu nome é Susie Morte!

Bee foi em frente, fervilhando com a fofoca quentinha. "É uma menina, e se chama Amelia Celeste. Bom, continuando. Eles contrataram uma enfermeira da agência da Sra. Brown e receberam uma alemã muito

* Em inglês, a palavra "slaughter" significa carnificina, matança. (N. T.)

simpática, mas que praticamente tinha obesidade mórbida e comia tudo o que havia em casa – só faltava comer a casa propriamente dita. Totalmente troglodita. Mas eles gostaram dela, sei lá. E aí, todos os dias às sete da manhã, a Sabina, que é a enfermeira gordona, levava a menina para os pais e ia dormir, porque nessa hora eles assumiam. Só que ontem eles acordaram e perceberam que já eram oito e vinte da manhã! Daí eles foram até o quarto da menina: ela ainda estava no berço, dormindo, e a Sabina estava caída com a cara no chão. *Morta.* Morta, morta, morta." Bee mal conseguia segurar a gargalhada. "Enfarte! Por causa da banha!"

Eu estava chocada, e me peguei rindo também. Mas era um riso de nervosismo, e não de diversão. A pobre coitada tombara enquanto cuidava da menina, toda protegidinha, e agora a história de sua morte era motivo de ondas de riso em todo o Upper East Side. De repente, meu celular tocou. Abri a bolsa e olhei o número piscando: código de área 415.

Meu coração começou a bater acelerado, e atendi. "Alô?". Minha voz tinha a entonação de uma pergunta, mas eu sabia muito bem quem era.

"Hannah, é o Tate Hayes."

"Oi! Tudo bem?"

"Tudo. Estou indo dar aula, mas queria saber se você gostaria de se encontrar comigo na próxima quarta-feira, no Morgan. Para ver as gravuras. Lá pelas quatro, pode ser?"

"Claro, ótimo. Estou ansiosa."

Enquanto combinávamos o encontro, vi que Weston e Violet estavam de mãos dadas. Bee observava os dois com ternura, mas percebi uma piscada de curiosidade.

"Quem era?", perguntou ela, quando desliguei o celular.

"Um velho amigo", respondi, como se não fosse nada. "A gente vai ao museu na semana que vem."

"Estou louca para me atualizar com todas as exposições", disse ela, como se estivesse exausta com tantos compromissos. "Ah, me esqueci completamente de te entregar isso!", disse ela, aflita, vasculhando a bolsa Hermès com a mão. Lá de dentro ela retirou um envelope grande e quadrado. Bee me entregou o papel, e fiquei tão surpresa que arregalei os olhos. O nome "Violet Allen" estava escrito com uma caligrafia exageradamente refinada (e linda), num papel de alta qualidade, cheio de letras rebuscadas e pingos delicados de tinta brilhante. "Lembra da Lara, que almoçou com a gente outro dia? O filho dela, Maxwell, vai fazer aniversário, e ela pediu pra eu convidar você."

Que gentileza. Fiquei comovida, principalmente considerando minha ideia de que as amigas de Bee me achavam uma mãe caipira, que assistia *Shrek* o dia inteiro. "O convite é para toda a família, então o Josh pode ir também", acrescentou Bee.

Abri o envelope elegante, mais chique do que muitos convites de casamento.

"Nossa!", exclamei, lendo os detalhes da festança. "Hotel St. Regis?"

"No salão de baile. Quando ele fez um ano a festa foi lá também, um deslumbre", disse ela, maravilhada. "O tema era fazenda, e tinha um trator de verdade, além de vários animais com treinadores, pôneis para montar."

"Dentro de um hotel?" Eu estava incrédula.

"Claro, com um almoço sentado para duzentas pessoas. De brinde, todas as crianças ganharam um pequeno celeiro da F.A.O. Schwartz, com o próprio nome pintado à mão."

Bee estava visivelmente impressionada. Eu sabia que a *pizza*da boboca que eu fizera para a Violet no nosso antigo apartamento, com uns brinquedos jogados no meio do carpete, não ia colar aqui na Big Apple. "Nossa. Que intenso."

"Vou dizer para a Lara que você e Josh vão. Não precisa ligar para o RSVP."

Olhei para o número de telefone do RSVP, de uma tal Sra. Caldwell, obviamente a secretária do papai. "Ótimo, obrigada!" Minha cabeça estava explodindo com visões emaranhadas da cena que eu testemunharia aquela semana, com a animação para o encontro com Leigh à noite, e – mais surreal do que tudo, mais do que uma festa de bebê num salão de baile de hotel – com meu encontro com Tate Hayes, marcado para a semana seguinte.

Alguns minutos mais tarde...

Mensagem Instantânea de: Bee Elliott

BeeElliott: Acabo de voltar do meu encontro no parque c/ a Hannah.

Magg10021: E aí? Q tal?

BeeElliott: Td bem. Ela vai ao niver do Maxwell. Acho q a gente deixa ela meio intimidada.

Magg10021: Mas é td meio assustador, mesmo. Fiquei c/ pena dela no almoço outro dia.

BeeElliott: Pq?

Magg10021: Sei lá, ela não parece feliz c/ a mudança pra cá.

BeeElliott: Bom, ela se casou c/ um nova-iorquino. Acorda, né? Um dia ele ia querer voltar. Mas olha isso: a filha dela tem DOIS anos e ainda chupa chupeta. Preciso do tel. da sua consultora. Nem contei pra ela q vc contratou a mulher qdo o bebê estava c/ 12 meses. Dá pra acreditar q a filha dela é viciada aos 26 meses?

Magg10021: Vou procurar o tel. Mando por e-mails depois...

Treze

Sentada no chão do apartamento alugado (e já mobiliado), brincando com Violet, eu estava me perguntando se algum dia a gente sairia dali quando Amber, nossa *baby-sitter* fofa, aluna de Barnard, chegou para assumir o posto. Eu disse que gostaria de colocar Violet para dormir, então Amber sentou no sofá e ficou vendo um *reality show* enquanto eu lia *Ralph, o Rebelde* para ela – uma série de livros educativos da minha infância, sobre um gato maluco que faz de tudo para estragar a vida da dona (como morder um pedacinho de cada biscoito num dia de festa, ou desenhar o próprio rosto nos vestidos dela). Mas ela adora o gato mesmo assim.

Quando os olhinhos dela se fecharam, me esgueirei para fora do quarto e vesti um casaquinho, porque dentro do metrô sempre tem um vento gelado. Na plataforma de embarque, um saxofonista tocava uma versão de "Rio", do Duran Duran. Apesar de ser uma escolha estranha de repertório, eu adorava essa música. Joguei um dólar no estojo dele, entrei no metrô e, em questão de minutos, estava no centro.

Encontrei Leigh num bar. Ela estava bebendo uma mistura colorida.

"Nossa, qual é a desse coquetel azul aí?", perguntei.

"É absinto. Voltou com tudo, depois de um hiato de cem anos."

"Tanto faz. Mas você fica com um ar muito Manet. Bebendo para esquecer?"

"Mais ou menos. Tive uma noite ruim ontem."

"Noite ruim? Com quem? E o Craig?"

"Depois que jantei com você aquele dia, pensei: '*o que é que eu estou fazendo com esse cara? A Hannah tem razão, mereço coisa melhor*'."

"Ótimo."

"Não é ótimo, não. Porque aí eu conheci um – abre aspas – produtor de cinema – fecha aspas – durante as filmagens do clipe de uma banda nova com a qual fechamos um contrato. Ele me convidou para sair. Aí fui até a casa dele, que tinha a maior pinta de apartamento de vilão do *Miami*

Vice – cheio de aparelhos eletrônicos, sofás de couro branco, um horror. Daí, depois que ele basicamente enfiou a língua na minha goela e lambeu até minha epiglote, dei um empurrão nele e saí correndo."

"Ai meu Deus!"

"Vai ouvindo. Cheguei em casa e procurei o safado no Google. Descobri que nem produtor de cinema poderoso ele é. Ele é um advogado de porta de cadeia que ganhou uma causa gigante contra uma empresa da indústria farmacêutica e faturou uns dois milhões de verdinhas. Aí ele financiou uns dois filmes e fica dando uma de produtor fodão, mas na verdade ele é um paspalho completo. Não tem nenhum homem que preste nesse mundo, Hannah." Ela estava arrasada. Tinha um olhar apavorado e estava à beira das lágrimas, o que era raro no caso de Leigh. "Estou numa depressão de dar gosto. Não tem mais nenhuma alma que valha a pena. Vou morrer sozinha."

"Não vai, não", garanti. "Os caras te acham maravilhosa! Todos os padrinhos do Josh no nosso casamento ficaram perguntando 'quem é ela?'. Mas na época você estava comprometida com aquele Idiota da Silva."

"Eca, meu ex-primata. Que tipo de droga eu tomei para desperdiçar três anos com ele? Foi uma sangria de tempo precioso."

"Leigh, você é jovem. Ainda tem tempo à beça."

"Não tenho tempo para ter filhos, não. Seria tão bom ter um amiguinho, assim como você tem Violet. Às vezes passo pelo parquinho que fica na esquina da rua Bleeker com a Hudson e meu ovário até dói. Juro por Deus."

Fiquei pensando que Leigh seria uma mãe maravilhosa. Sempre achei que cada pessoa funciona numa cilindrada diferente. É provável que a maioria das pessoas ame os próprios filhos ao máximo da própria capacidade. Mas algumas pessoas têm uma cilindrada emocional menor, com uns três ou quatro cilindros. Leigh e eu funcionamos com dez cilindros. Já filosofamos sobre isso muitas vezes, e concluímos que, quanto mais a pessoa é amada, mais ela é capaz de amar. Leigh tinha um coração tão gigante e um tanque de amor tão profundo que quase transbordava – era mais do que suficiente para afogar um homem de tanto amor e entupir uma criança com dedicação pelo resto da vida. Para ela, a falta de um "recipiente" onde ela pudesse descarregar esse poço de sentimentos era paralisante, e isso me deixava para morrer – principalmente quando eu via Bee e as amigas dela. Tudo bem, eu sei que elas amavam os próprios filhos. Mas também tinham babás 24 horas por dia, em período integral, para que pudessem fazer compras, almoçar fora, comparar uma criança com a outra e malhar feito loucas.

"Qual é a questão com essas saias *hippies*?", perguntou Leigh, olhando para uma criminosa e cruzando, ela mesma, as pernas dentro de uma saia-lápis sensual e preta. "Por que as pessoas querem ficar com cara de bicho-grilo? Não entendo."

"Que engraçado", respondi. "Essas mães ricas que moram em Uptown também usam saias *hippies*, e pensei a mesma coisa."

"Essa moda não faz sentido. Pareço uma baleia dentro de uma saia dessas, mas a mulherada sai comprando mesmo que fique horrível – e fica. Acho que essa saia engorda qualquer pessoa", disse Leigh.

"As mães não ficam gordas." Dei um suspiro e enfiei mais amendoim torrado na boca. "Elas usam calça 34. Elas têm *personal trainers*, fazem pilates. Elas deixam os filhos na escolhinha Carnegie e passam três horas correndo no parque, até a hora de buscar as crianças."

"Tudo bem, talvez eu não inveje esse mundo das mães", disse ela. Mas aí o rosto dela se iluminou. "Olha lá! O Joshie chegou. Espera aí – quem é aquele cara *maravilhoso* com ele?"

Virei para a porta e vi Josh chegando com Parker. Leigh e eu nos levantamos para cumprimentá-los. Leigh mal reconheceu Parker, que ela já conhecia do nosso casamento; isso tinha sido há mais de três anos, e ele estava meio envelhecido.

"Resolvi dar uma de penetra, espero que vocês não se incomodem." Parker deu um sorriso e me abraçou. "Bee disse que tinha um jantar para mulheres, e West já está roncando. Achei que ela tinha me dito que você também iria ao encontro de mulherzinhas, mas aí Josh me disse que vinha te encontrar e fiquei animado. Você está linda, querida."

"Que bom ver você!" Eu realmente adorava encontrar Parker, ele era muito bacana. Mas tenho que admitir que, por alguma razão, eu me senti... meio excluída do jantar de Bee com as meninas. Será que ela disse que ia me convidar e depois mudou de ideia? Não éramos grandes amigas e eu não deveria me sentir deixada de fora. E, para ser sincera, eu preferia passar a noite com esses amigos aqui do que com elas. Mas sei lá, foi estranho.

Qualquer resquício de pensamento sobre Bee desapareceu em questão de segundos. Estávamos nos divertindo tanto, com histórias tão engraçadas, que quase mijei nas calças de tanto rir. Primeiro Parker falou de um suíço maluco que era cliente deles, o conde Alexei Von Hapsenfürer, um bilionário excêntrico de 70 anos que morava num castelo encarapitado nos Alpes, tão isolado que só se chegava lá de helicóptero. O cara tinha sofrido um acidente praticando tiro e usava um tapa-olho, e vivia sozinho numa mansão com uns cem quartos, ao lado de 17 empregados e um macaco de estimação, chamado Josias. Josias usava fraldas de pano, pregadas com alfinetes enfeitados com diamantes. O conde ia de jatinho fazer compras em Dubai, e tinha um aquário cheio de piranhas – que ele alimentava com pedaços dos animais nos quais atirava quando saía para caçar. Parker contou que o sujeito tinha uma traquitana que mergulhava no aquário o último javali trazido da caçada, e, segundos depois, a máquina subia trazendo apenas a carcaça do porcão, devorado pelas pequenas feras.

Depois Leigh contou uma fofoca inacreditável do mundo da música – ela trabalhava no Sky Records, um selo cujos donos eram dois irmãos maloqueiros que faziam dinheiro nascer em árvore e ganhavam um monte de Grammys. Ela falou de um cantor de música *country* que construiu, no quintal de casa, uma piscina com o formato do estado do Texas, e de um cantor *emo* do Brooklyn que foi pego trepando com uma Lolita de 16 anos (ela dissera para o cara que tinha 20). Entre uma história e outra, Parker, Josh e eu rolávamos de rir, a ponto de ficar com dor de barriga.

O jantar foi divertido demais, e fiquei triste quando o encontro chegou ao fim. Mais tarde, quando fomos deitar, eu disse para Josh que sentia muita falta de trabalhar; Parker e Leigh tinham tantas histórias e experiências engraçadas para contar e eu tinha a sensação de que não fazia parte do mundo. Eu estava confinada, junto com Grover e o resto da turma. Mas eu amava Violet e não achava que seria capaz de me separar dela durante um dia inteiro. Além do mais, quem seria maluco de me contratar? Eu não tinha a menor ideia do que queria fazer da vida, então era tudo conversa fiada.

"Você pode fazer qualquer coisa, Han. Você consegue o emprego que quiser. Não existe ninguém igual a você", disse ele, me beijando. O discurso não me deixou muito segura, porque eu não tinha ideia do que me faria feliz. Só sei dizer que a sensação de estar nos braços dele era muito tranquilizante – e era uma raridade, já que ele estava trabalhando até tão tarde. Mas essa sensação de proteção estava prestes a ficar mais remota ainda.

"Hannah...", gaguejou Josh. "Estou super mal com isso, mas sabe o suíço maluco de quem o Parker falou hoje?"

"Sei..."

"Bom, tenho que ir visitá-lo."

"Espera aí: lá no castelo dos Alpes? Quando?"

"Bem, ainda não está certo. Por isso não te falei antes. Mas talvez no sábado."

"*O quê?* Sábado agora? Depois de amanhã?"

Ele fez um gesto relutante e confirmou com a cabeça.

"Por quanto tempo?"

"Acabei de ficar sabendo. Ele quer que eu o acompanhe durante uns dez dias, numa viagem de caça. O Parker costuma ir, mas meu chefe disse que tenho de ficar mais tempo com esse cara, porque agora quem cuida da conta dele sou eu."

"Que saco. Tudo bem, o cara pode até ser uma peça, mas deve ser louco de internar. Só falta *você* voltar para casa com um tapa-olho."

"Amor, estou fazendo isso tudo..."

"Por nós, eu sei." Eu me sentia mal por encher a paciência dele, era óbvio que ele estava com as mãos atadas – por uma corda de couro de javali. Mas às vezes eu queria que ele tivesse um emprego normal, que voltasse para casa às seis da tarde e não às nove da noite – isso quando ele voltava cedo.

"Han, você me disse que tinha pensado em mais uns títulos de filmes pornô."

"Ah, é." Eu ainda estava chateada, mas fiquei mais animadinha. "Lá vai: *O Clube da Puta*, *Sociedade dos Poetas Tarados* e *Penetrando numa Fria Maior Ainda*."

Ele deu uma gargalhada. "Muito bom!" Depois ele viu que meu sorriso estava se desmanchando numa frustração de saudade pré-despedida. "Não se preocupe." Ele tentou me consolar. "Vou voltar tão rápido que você nem vai perceber."

Quatorze

Lila fez um "rã-rãn" delicado com a garganta e passou uma mão graciosa pelo pescoço. Ela estava com um anel de esmeralda que era praticamente do tamanho de uma mesa de sinuca. "Hannah." O tom de voz anunciava o palpite que viria a seguir. "Sabe, para mergulhar totalmente na vida aqui você vai ter que entrar para alguma instituição de caridade ou para um grupo de jovens voluntárias."

"Sei", respondi. Eu tinha um olho na minha sogra e outro em Violet, para garantir que ela não destruiria um dos milhares de *objets* de antiguidade que se espalhavam pela cobertura da família Dillingham. Uma empregada entrou na sala com um bule de prata legítima e serviu um chá pelando (não sei se comentei que a temperatura lá fora era de 34 graus). Eu estava sentada na ponta da poltrona, apavorada diante da possibilidade de que minha filha estilhaçasse uma luminária Tiffany ou um vaso da dinastia Ming. "Tenho mesmo me perguntado o que poderia fazer para passar o tempo."

"Que ótimo. Vou almoçar com a mãe de Bee na semana que vem, antes de ela ir para Southampton. Comentarei sobre isso com ela, porque Bee realmente mergulhou no trabalho assistencial. Você precisa dar um passo adiante e se esforçar para entrar nesse meio. Será extremamente gratificante. E, para ser sincera, você não me parece muito ocupada."

Preferi não comentar que minha ideia era fazer alguma coisa que pudesse se transformar em uma carreira no futuro – certa vez eu a ouvira falar com desprezo de mães que trabalham fora, da mesma forma como Bee e Maggie fizeram no parquinho aquele dia.

"É realmente necessário", aconselhou ela. "Se você quiser conhecer as pessoas certas. Se quiser entrar para os clubes certos. Se quiser fazer parte de tudo. Você não pode ficar sozinha com Violet, se escondendo o tempo todo. Não é bom para ela e não é bom para você, queridinha. É preciso – como direi? – *fazer parte do jogo*."

Sorri ao ouvir essa expressão, agora já tão conhecida. "Pois é, já me disseram isso", respondi, voando como um Mercúrio para tirar das patas de Violet uma caixinha feita de prata e casco de tartaruga. "Sei que terei de enfrentar a mesma situação no caso das escolas, no segundo semestre..."

"Bom, não deixe de seguir os conselhos de Bee nesse departamento. Ela está por dentro e sabe exatamente o que fazer. Ela é uma mãe *excelente*", disse Lila, os olhos brilhando. "Sabia que ela amamentou West durante *um ano*? Na minha época, ninguém amamentava, era coisa de gente largada, de *hippie*! Mas acho que agora voltou à moda, e ela estava decidida a ser a melhor mãe possível, que Deus a abençoe. Aquela moça é uma preciosidade. Uma pessoa definitivamente superior." Lila estava apaixonada por Bee! Sem dúvida ela teria tido um orgasmo se Josh tivesse se casado com ela – seria a nora dos sonhos, com quem ela poderia circular pela avenida Madison.

Achei melhor não comentar que Bee tivera uma enfermeira morando na casa dela durante todo o período de deusa da amamentação – a um salário de 250 dólares por dia. E é claro que isso ajuda.

"E você precisa muito muito *muito* ir com ela a uma das palestras do doutor... Pound-não-sei-o-quê..."

"Poundschlosser", resmunguei. Eu estava começando a achar que esse cara era o Sumo Pontífice das Mamães de Manhattan.

"Isso mesmo. Por favor, dê pelo menos uma olhada. Você não tem nada a perder. E talvez você também conheça algumas boas moças nesses encontros."

Exaustas com as ordens da minha "S", Violet e eu dissemos *adieu* para os salões dourados do apartamento onde ela recebia. Ao sair, por mais que o ar quente do verão exalasse um cheiro fétido, dei um suspiro longo e profundo para agradecer o frescor da liberdade.

Quinze

Olho para a televisão com o olhar fixo de um zumbi, e me pergunto se o Wiggle* da camiseta amarela não nutre um ódio secreto por crianças. Ou se ele não tem umas roupas sado-masô, uns chicotes e umas correntes no fundo do baú. Não é possível que aqueles quatro australianos sorridentes sejam tão perfeitinhos e coloridos – alguém deve ter um esqueleto no armário. Depois eu penso: se apontassem um revólver para a minha cabeça e me dissessem que eu tinha de escolher entre um deles ou a morte, com qual Wiggle eu treparia à força? Que ideia repugnante. Bom, o da camiseta roxa, Jeff, nem pensar, e o da camiseta amarela era nojento também. Anthony? Eca, eca, eca. Eu sentia atração pelo meu marido, mas aposto que os Wiggles apareciam nos sonhos eróticos ou no pensamento de algumas mães, depois que elas viam o mesmo programa sete mil vezes. Ânsia de vômito. Acho que eu me limparia com uma bucha com tanta força que minha pele ficaria vermelha feito um camarão. Mas então o quarteto feliz começou a fazer uma dança completa de trenzinho, com direito à participação dos amigos Dorothy (um dinossauro) e Capitão Feathersword, um pirata. Violet acompanhou movimentando os braços. Fiquei pensando quantas mães estariam aguentando aquelas músicas imbecis naquele exato momento, sem poder mudar de canal porque os filhos estavam no paraíso.

Depois que o quarteto colorido e alegre saiu de cena com uma despedida musical, coloquei Violet no carrinho e fui comprar um presente de aniversário para Maxwell, filho de Lara. Em São Francisco, uma bela caixa com blocos de madeira seria um sucesso certeiro, mas aqui eu provavelmente teria de incrementar um pouco mais. Por isso fomos à

* Referência ao programa The Wiggles, exibido pelo canal a cabo Disney Channel e estrelado por quatro atores que usam camisetas de cores diferentes. (N. T.)

Mary Arnold, nossa primeira parada quando viemos a Nova York quando Violet tinha seis meses; era a loja preferida de Josh quando ele era criança, uma utopia infantil cheia de balões, adesivos, DVDs e montanhas de brinquedos.

"Mamãe, o Elmo!" Violet deu um grito de alegria ao ver o monstro vermelho com quase um metro e meio de altura. Ela implorou para ser libertada do cinto de segurança do carrinho, para poder tocar o horror na loja. Soltei-a e fui andando por um corredor em busca de um mimo adequado para um menino de três anos. E foi aí que vi Hallie, a mãe-modelo-ruiva, examinando as prateleiras.

"Oi", cumprimentei. Ela me olhou com uma cara vazia. "Sou a Hannah, amiga da Bee. A gente se conheceu no almoço."

"Ah, claro", disse ela, com cara de que não estava tão claro assim. Ela tinha nas mãos uma caixa para pintura.

"Você veio comprar um presente para o Maxwell? Eu estava escolhendo alguma coisa para ele."

"Isso aqui?", respondeu ela, incrédula. "Não, não. Isso aqui é para nós. Para o Maxwell eu comprei dois casacos de *cashmere* da Ralph Lauren, um vermelho e um azul marinho. Uma graça."

Ah, sei.

"Não tenho a menor ideia do que comprar para ele. Para mim, uma criança de três anos é praticamente uma idosa." Ela não riu.

"Quem sabe aquele cavalo de balanço. Ultimamente ele anda super ligado em coisas equestres, porque os avós têm uma fazenda em Millbrook. Eles criam puros-sangues. A mãe vive viajando para a Argentina para participar de leilões de cavalos." Virei e vi um cavalo com uma longa crina loira, uma sela de couro e uma etiqueta com o preço de US$ 350. Bom, acho que não.

"Vou pensar em alguma coisa." Dei um suspiro e pedi licença para procurar Violet.

Ela estava afundada no meio de um monte de bonecas. Depois de resgatá-la, fui ao caixa pagar por um caminhão de bombeiro que eu escolhera para Maxwell. Parecia bem legal, com escadas que subiam de verdade e várias ferramentas. Eu tinha uma regra: se eu ficasse com vontade de brincar com o presente, a criança também iria gostar.

Ocorre que Hallie ainda estava na loja, com pilhas e mais pilhas de brinquedos educativos, jogos da memória e livros com atividades pré-escolares. A moça do caixa somou os preços e ela nem viu o total – apenas entregou alegremente o cartão de crédito.

"Oi, Hannah", disse ela, ao ver que eu me aproximava. "Você precisa vir a uma palestra que estou organizando. Faz parte de uma série sobre paternidade, organizada pelo doutor Pondschlosser."

"Ah, sei. A Bee me falou dele." Além do mais, Lila ficaria eufórica se eu "mergulhasse" nesse mundo.

"Ele é realmente um gênio. Bom, ele vai dar uma palestra no Y, lá no Upper East Side, terça-feira que vem, à noite. Você iria gostar muito. Faço tantas anotações que fico até com câimbra na mão! Você pode ir?"

Eu estava livre? Estava. Estava com vontade de fazer anotações sobre como criar filhos? Não muito. Estava com vontade de ser grosseira, de criar uma antipatia com ela *e* de deixar Lila puta da vida porque eu não me esforço para me enturmar? Não. "Claro, posso sim."

"Ótimo. Vou pegar seu telefone com a Bee para passar os detalhes." Hallie foi embora carregando três sacolas imensas. Vi que ela logo foi auxiliada pelo motorista, que a aliviou daquela carga pesada de embrulhos de presente. Depois, ele a levou embora a bordo de um Cadillac Escalade.

"Próximo", disse a vendedora do caixa.

Era minha vez de pagar, e Violet estava me implorando para comprar um brinquedo. "Amor, me desculpe, mas a gente mal tem espaço para guardar os brinquedos que você já tem, que dirá para mais um, docinho."

"Por favooooooor?" Ela fez um beicinho lindo e deu um sorriso.

"Não, sinto muito."

"Tá bom, mamãe."

"Mas a gente pode comprar um balão e amarrar no seu carrinho."

"Êbaaaaaaaaaaaa!" Gritos de alegria.

"Mas vamos comprar um só. Qual a cor que você quer?"

"Hummmm... Azul, por favor!"

Dito isso, a simpática moça do caixa foi para trás do balcão e encheu um balão azul para Violet. Ao voltar, amarrou a bola no carrinho e olhou para mim.

"Você é uma boa mãe", disse ela, olhando nos meus olhos. "A maioria das crianças entra aqui e ganha tudo o que pede. Elas são tão mimadas, não sei como aprendem a dar valor às coisas. Realmente não sei."

"Talvez elas valorizem brinquedos ainda maiores. Porsches de verdade, e não mini-carrinhos...", respondi, dando de ombros.

"Continue assim. Sua filha é uma gracinha."

Meus olhos se encheram de lágrimas. Eu não sabia por que razão eu precisava de um selo de aprovação. Mas balbuciei um "obrigada" com a voz embargada e percebi que aquela mulher sabia tudo. Ela era uma espécie de Obi-Wan do Universo dos pais do Upper East Side, via e ouvia tudo o que se passava – e, de certa forma, o reconhecimento dela era mais importante do que o do tal doutor Poundschlosser.

Na noite seguinte Violet e eu nos despedimos de Josh no *hall* do elevador. Demos abraços tão apertados que era como se ele estivesse indo para o Iraque. Depois de entrar no elevador, ele disse "eu te amo" em silêncio, só com o movimento dos lábios, e comecei a chorar. Mas logo engoli as cataratas que estavam prestes a cair, para que Violet não me visse chorando como uma vencedora do Miss Universo. Eu me sentia tão patética, tão anos 1950, tão antifeminista. Parecia que eu ia desmoronar por causa da ausência de Josh durante dez dias. O que estava acontecendo comigo? Em Berkeley havia um grupo super fechado de alunas lésbicas e judias. Elas se autodenominavam As Super-Sapatas, e usavam camisetas que diziam: "A mulher depende do homem tanto quanto o peixe depende da bicicleta". Mas em Nova York, longe dos mares californianos, eu me sentia como um peixe agonizando fora d'água – e aquela bicicleta estava com uma cara muito boa quando Josh saiu porta afora. Tive de me controlar e parar de ofegar, como se estivesse abandonada no meio do Saara tendo apenas dezessete dólares e uma bússola no bolso. Eu estava no centro do Universo (Josh sempre se referia assim a Manhattan) e teria de aprender a navegar pela cidade usando apenas minha bússola interior – caso contrário, eu morreria dentro da minha cela, devido à superexposição aos Wiggles.

Dezesseis

Caminhei até o Y, onde seria realizada a palestra do doutor Poundschlosser (cujos ingressos estavam esgotados). Na frente do edifício, Mercedes, Lincolns e Cadillacs faziam fila tripla. Motoristas abriam as portas das caminhonetes cabine dupla para que as loiras descessem do carro sem que a leve garoa estragasse suas escovas imaculadas.

Passei pela porta giratória e vi um cartaz: "A Cura para o Mal do Excesso de Riqueza, com o Dr. Emile Poundschlosser". Hordas de mulheres passavam por mim fazendo tlec-tlec com seus saltos agulha, dando beijinhos umas nas outras e fuçando as bolsas Chanel. Olhei para a sala à procura de Bee, e a vi sentada na segunda fileira, ao lado de Maggie, Hallie e Lara. Fui até lá, mas não havia nenhuma cadeira vazia. Me esprcmi então na fileira de trás e fiquei ali, sozinha, até que duas amigas, vestindo paletós coordenados de *tweed* e usando perfumes conflitantes, vieram se sentaram ao meu lado.

"Senhoras", começou o respeitado médico. "É um prazer contar com a presença de todas vocês hoje". "Sei, sei. Principalmente porque as quatrocentas pessoas que estão aqui desembolsaram trinta dólares cada uma", pensei. "Antes de começar, eu gostaria de aproveitar este momento para pedir a todas que desliguem *pagers* e celulares, para que a palestra não seja interrompida."

Ao ouvir o pedido, todas as mulheres – sem exceção – sacaram da bolsa finíssimos Motorolas Razr ou algum outro celular prateado, e o auditório explodiu numa breve sinfonia de bliiings e bzzzzz e prrríííns. Black-Berrys desligados, bolsas firmes no colo, e o silêncio mais uma vez tomou conta da plateia ansiosa, boa parte dela empunhando canetas Tiffany ou Montblancs legítimas e caderninhos para registrar as pérolas de sabedoria que o doutor Poundschlosser estava prestes a compartilhar.

"Bem-vindas. Estamos aqui para falar sobre um mal iminente, infeccioso, contagioso: o Excesso de Riqueza. Na região coberta pelo nosso

CEP, trata-se de uma pandemia. Pois é, a riqueza tem efeitos nocivos..." "Ah, me poupe", pensei. Tem gente no mundo morando em buracos, em cabanas de barro, cagando em fossas no chão e morrendo de fome – e esse cara vem me falar dos efeitos nocivos de ser privilegiado? Que pataquada. "O peso da competição, a pressão exercida pelos bens materiais, o desejo de ter tudo do melhor, de conseguir vagas nas melhores escolas, de morar nos melhores apartamentos – a questão não se resume a manter um padrão semelhante ao do vizinho. O problema é tentar manter o padrão dos *Rock*efeller."

Tudo bem, eu sabia que alguns tipos de agonia eram exclusividade dos ricos. Nos países de Terceiro Mundo ninguém ouve falar tanto de anorexia, por exemplo. E tudo indicava que a galera rica *realmente* se matava bastante; desde a nossa mudança para cá eu ouvira casos de diversos herdeiros que se atiraram da varanda de seus apartamentos na Park Avenue, se lançaram com seus esquis ao encontro de árvores em Aspen ou se arremessaram para o além com suas motos Duccati. Mas aquele papo do Poundschlosser sobre o grande desafio que nossos filhos teriam de enfrentar por estarem crescendo em meio a rios de dinheiro me deixou doente. Essas crianças tinham é uma sorte do caralho! Todos os seus caprichos eram atendidos, todos os desejos satisfeitos. Os pais mexiam os pauzinhos para que elas tivessem acesso a tudo o que seus coraçõezinhos queriam, fossem montanhas de brinquedos pagos na caixa registradora ou roupinhas de bebê dignas de uma *maison* parisiense. Aquele sujeito estava me dando asco. Eu não conseguia acreditar que tinha desembolsado trinta pratas, e muito menos que Bee e suas amigas – e todas as demais discípulas – estavam dispostas a pagar milhares de dólares *a cada semana* para engolir os ensinamentos absurdos e sugar o cérebro desse cara. Depois de trinta e cinco minutos de um besteirol completo e absoluto, ele finalmente encerrou a palestra. Olhei para a plateia em busca de algum outro ser que também parecesse enojado ou quem sabe entediado, mas todas sem dúvida eram reféns do feitiço do homem.

"E agora eu gostaria de ouvir as perguntas de vocês. Pois não? Vamos começar pela senhora do tubinho bege de camurça!"

Todas se viraram e viram uma mulher miúda e elegante se levantar da cadeira.

"Em primeiro lugar, muito obrigada, doutor, por esses comentários *fascinantes*. Eu gostaria de saber como posso evitar que meu filho seja mimado considerando que os avós insistem em dar coisas supérfluas a ele? Meus sogros, por exemplo, compraram recentemente num antiquário um imenso carrossel para o jardim da nossa casa de Bridgehampton. A casa é grande, é verdade; o problema não é o espaço. Eu acho apenas certo exagero..."

"Que pergunta excelente", respondeu ele. "Muitas vezes os presentes fogem ao nosso controle, mas é preciso ser firme e manter a rédea curta no caso de algumas compras. Talvez a solução seja aceitar o carrossel e deixar claro para seus sogros que eles devem dar apenas um presente a cada data festiva – aniversário, Natal etc."

Sem exagero: eu estava a ponto de berrar um palavrão. Uma porra de um carrossel? Nem a pau, Juvenal. A coitada da Violet mal ganhou uma boneca no aniversário de dois anos. Minha mãe sempre diz que quanto menos brinquedos, melhor, porque isso incentiva as crianças a ter imaginação e inventar novas maneiras de brincar com o que já têm. Não adianta nada ficar arremessando brinquedos substitutos na cabeça delas. Pelo amor de Deus. Finalmente, depois de mais umas dez perguntas, o doutor Poundschlosser encerrou a palestra e disse que os formulários de inscrição para os grupos do próximo ano estavam à disposição das interessadas no *hall* do hotel, juntamente com envelopes com folhetos sobre ele. E aí veio a pegadinha final: ele disse que seu novo livro chegaria às lojas no mês seguinte.

Mais tarde, quando a plateia se levantou para sair, eu estava prestes a fazer um comentário sobre a palestra quando fui silenciada pela emoção de Bee, que surgiu dizendo que nunca tinha ouvido nada tão maravilhoso na vida.

"Ele não é um gênio?", acrescentou Lara. "Sabe, a gente tem muita sorte de fazer parte do grupo fixo dele."

"Pois é, parece que a lista de espera tem mais de cem pessoas", disse Hallie.

"O que você achou, Hannah?", perguntou Bee.

"Ah, eu achei... interessante." Minha resposta foi morna.

"Olha, a gente poderia mexer os pauzinhos e conseguir uma vaga para você no nosso grupo", ofereceu Maggie, gentilmente. Acho que não.

"É que... Eu gosto de fazer as coisas do meu jeito. Mas muito obrigada de qualquer forma."

Hallie e Lara se entreolharam, incrédulas. "Acho que você não está entendendo. Metade dessa plateia aqui seria capaz de matar alguém para conseguir uma vaga num grupo dele. *Matar* mesmo."

"Claro, eu sei. É que ainda estou me adaptando e..." Olhei para elas, estavam todas chocadas, me encarando. "Quem sabe no ano que vem", menti. Até parece. Ninguém vai me dar um carrossel, mesmo.

Dezessete

E, quando eu achava que já tinha tido um contato violento o bastante com o Excesso de Riqueza, me vi em meio a um surto. Testemunhei uma visão alucinatória de engolidores de fogo, malabaristas, homens de pernas-de-pau, dançarinas de cassino com penduricalhos nos mamilos e boás de penas, patinadores, acrobatas e palhaços com cabelos rastafáris coloridos. Parecia a cena de um filme sobre drogados barra-pesada. Não era o Cirque Du Soleil. Era a festa de aniversário de três anos de um menino. Assim como a entrada do Studio 54, cordas de veludo vermelho e seguranças guardavam a porta. Munidos de fones de ouvido, homens e mulheres de camiseta preta sussurravam em microfones invisíveis, trocando informações com a equipe do bufê, do florista, do diretor musical, do DJ, do produtor e do calígrafo – que estava a postos caso fosse necessário qualquer acerto de última hora. Era um jantar sentado para quatrocentas pessoas. Nada de casamento, *bar mitzvah*, bodas de ouro: eu nunca tinha visto uma festa de arromba igual àquela.

Violet, naturalmente, estava no céu, se esbaldando com as visões e os sons e se lambuzando com um monte de doces – a ponto de ficar tão acelerada que achei que ela fosse sair voando e arrebentar o teto de vitrais dourados. Havia um pula-pula em forma de castelo, uma casa mal-assombrada, um minizoológico, um aquário gigante, uma sorveteria onde as crianças se serviam sozinhas, um caricaturista e um sujeito que fazia broches na hora. Havia um cara maquiando as crianças, um balão gigante cheio de balas dentro, um homem fazendo tatuagens de hena. O nome Maxwell estava escrito em lâmpadas coloridas que piscavam por todo o salão. Enquanto observava aquele mar de crianças arrumadinhas, de pais comendo caviar em *blinis* e bebendo Bellinis, notei uma torre de presentes da Cartier, da Ralph Lauren, da Tiffany e da F.A.O. Schwartz. Pensei em uma única palavra. *Fodeu.*

Violet e eu entramos no segundo salão e vimos todo aquele cenário. Um homem fantasiado de soldadinho de chumbo procurou nosso nome na Lista. Eu nunca tinha visto os olhos da minha filha tão arregalados. Em uma fração de segundo, ela correu pela sala como um raio e me deixou comendo poeira, sozinha no meio daquelas mães magérrimas, cobertas de grifes da cabeça aos pés, ao lado de seus maridos banqueiros – quase todos de camisa azul, *blazer* azul-marinho e calça cáqui. Não havia um milímetro quadrado de teto sem enfeite: era tudo uma densa selva de balões, cada um com um imenso "M" desenhado. Em todas as mesas e aparadores havia uma tigela com M&M's de uma única cor – um arco-íris de chocolate no qual as crianças caíam de boca. No meio daquele borrão colorido, vi uma mão me dando tchauzinho. Era Maggie, me chamando para ficar com elas.

"Oooooooi. Tudo bem, Hannah?"

"Tudo, tudo bem. Josh vai passar dez dias fora, então fica tudo meio confuso. Imagino como deve ser difícil ser mãe solteira."

"É para isso que servem as babás!", respondeu Bee. Não me dei ao trabalho de dizer que a maioria das mães faz tudo sozinha e não conta com nenhum funcionário para poder dar um pulinho na manicure. Achei melhor mudar de assunto.

"Ah, eu queria saber se vocês podem indicar um bom pediatra para Violet."

"Vá ao doutor Careth", disse Maggie. "Ele é ótimo. É o melhor da cidade."

"E além do mais é um colírio para os olhos", acrescentou Bee. "Seu filho pode estar se esgoelando por causa da picada da tríplice, mas você não vai estar nem aí porque o cara é um gato!"

Ah, sei.

"Ele é muito bom", disse Maggie. "Se você não conseguir horário, diga que fui eu que indiquei. Na prática ele não aceita mais pacientes novos, mas abre exceções para amigos de pacientes. Realmente não há ninguém melhor do que ele."

É claro que eu queria o melhor para Violet. E fiquei super feliz porque elas estavam dispostas a ajudar, que bom. Quem diria que seria preciso ter uma indicação para marcar uma consulta?

"Sabe, Hannah", começou Bee. "Estou preocupada com você. Daqui a pouco vamos todas para os Hamptons e você vai ficar, tipo assim, sozinha. Quem sabe você não vem com a gente. O Josh poderia nos encontrar nos finais de semana. Temos uma casa de hóspedes e vocês são muito bem-vindos."

Fiquei tocada com aquele convite tão generoso, mas não havia nenhuma hipótese de eu deixar Josh. Eu já estava num sofrimento patético desde que ele viajara – e, para ser sincera, nunca entendi esse lance de casamento a distância.

"Às quartas-feiras nós reunimos um grupo de 120 mulheres e fazemos uma festa de despedida de solteira, é ótimo!", prosseguiu Bee.

Adoro um programa de mulherzinha, mas por alguma razão aquela proposta não pareceu muito boa. Josh já ficava tanto tempo fora por causa do trabalho, e passar mais tempo longe dele estava fora de questão.

"Obrigada. É uma ótima ideia, mas... É... Talvez..." Tentei me explicar. Bee e Maggie se entreolharam, e era óbvio que tinham percebido minha hesitação. "Não sei, não gosto de ficar longe do Josh. Estou quase morrendo esta semana."

"Há quanto tempo vocês são casados?", perguntou Maggie.

"Três anos, né?" Bee respondeu por mim. "É isso, vocês são praticamente recém-casados! Park e eu estamos juntos há oito anos, e casados há quase cinco. Você vai superar essa fase, pode acreditar."

Concordei em silêncio, certa de que isso jamais aconteceria. Meus pais estavam casados há 35 anos e mal conseguiam passar uma noite separados; essa história de um numa cidade e outro na outra, com mulher e filhos a três horas de distância, não tinha nada a ver com a costa leste. Isso era muito estranho para a minha cabeça.

Hallie se aproximou com uma taça de champanhe na mão. "Oi, meninas", disse ela, erguendo o copo. "Saúde, senhoritas! Estou comemorando: Julia Charlotte acaba de tirar a fralda. Não usa nem à noite!

Thatcher e eu estamos exultantes", gabou-se. "Como vai Violet nesse departamento, Hannah?"

"Bom... Ainda não chegamos lá. Eu tinha começado o processo com Violet, mas por conta da mudança e tudo mais achei melhor não forçar o peniquinho agora."

"Sério?", perguntou Hallie, pasma. "Nós começamos aos dezessete meses. Você realmente precisa começar logo. A temporada de inscrição nas escolinhas está quase aí!"

Violet veio correndo até onde estávamos, junto com Weston, Maxwell e algumas outras crianças, incluindo Julia Charlotte, que chegou perto de Violet e deu um tapa nela.

"Ai!", disse Violet. Fiquei horrorizada.

"Já passou, está tudo bem", falei para Violet e Hallie, tentando manter a calma.

"As crianças são assim mesmo", disse ela, sem nem pedir desculpas pelo violento ataque de sua filha-gênio contra a minha.

Minutos depois, Julia Charlotte estava puxando o braço de Violet. De repente ela soltou e Violet se estatelou no chão, arrastando Maxwell junto na hora do tombo. Não era nada demais, mas é claro que o aniversariante desatou a chorar, com direito a gritos e lágrimas. Lara veio correndo erguê-lo do chão e lançou um olhar na minha direção.

"Si-sinto muito", gaguejei. "Violet caiu e esbarrou nele sem querer."

"Vem aqui, chuchuzinho da mamãe." Ela falava com o menino e o balançava nos braços, apertando-o contra o peito coberto de Dior. "Essa menina malvada machucou você. Não vamos deixar ela machucar o Maxwell de novo."

Fiquei passada. Minha filha leva um safanão na cabeça e dizem "As crianças são assim mesmo"! Mas quando ela é empurrada contra esse pirralho fresco e fluente em chinês, ela é a menina malvada. Que se foda essa merda toda. Peguei Violet no colo e pulei fora daquele circo riquinho.

"Acho melhor eu ir embora", disse, olhando para Maggie e Bee.

"Tchau", disse Bee. Ela se encostou na minha bochecha para dar um beijinho. "Não se preocupe com Lara. Ela é meio superprotetora."

Na saída, ainda tive tempo de ver Hallie abraçando Julia Charlotte enquanto Bee e Maggie pegavam mais uma taça de *Chardonnay*. E a festa rolava solta.

E numa tela de computador de 17 polegadas...

Mensagem Instantânea de: Bee Elliott

BeeElliott: Hannah = patética.
Magg10021: Pq?
BeeElliott: Sei lá. Ela me enche um pouco. Vc percebeu q ela nem gostou do Poundschlosser? Poxa, o cara é o papa do desenvolvimento infantil. Vai me dizer q ela se acha uma mãe tão perfeita q nem precisa dele?
Magg10021: Não sei, eu acho q às vezes ele é meio exagerado...
BeeElliott: Tanto faz.
Magg10021: Vc ainda vai convidá-la p/ o conselho do NOICOI? Vc deveria – ela é legal, Bee. E ela precisa conhecer gente nova, essas coisas.
BeeElliott: Tudo bem, tudo bem. Então eu convido.

Dezoito

O dia seguinte era domingo. Meu maridinho estava viajando, eu estava sozinha e não tinha grandes planos para passar o dia e distrair Violet. Josh havia mandado um *e-mail* curtinho, com três novos títulos de filmes pornô (*Os Tocáveis*, *Top Gun – Ases Insaciáveis* e *Contatos Imediatos no Primeiro 'Créu'*). Mas, fora isso, eu estava meio para baixo. Leigh estava viajando com uma banda, e não consegui falar com nenhum amigo na Califórnia. Sendo assim, Vi e eu andamos e andamos durante horas e fomos parar no Central Park, onde passamos a tarde inteira. As mães que não deixavam os filhos chegar perto do tanque de areia me olharam torto, por isso Violet e eu ficamos lá brincando sozinhas – e não encontramos nenhuma seringa contaminada ou qualquer coisa do gênero... Só areia, mesmo. Brinquei com ela no balanço, impressionada com a esticada que ela dera – o balanço de borracha, com dois buracos para as pernas, era um barômetro de como ela crescera, feito um casaco que não cabe mais. Os balanços eram iguais aos de São Francisco, e me lembrei de ter tirado um monte de fotos quando ela andou num deles pela primeira vez, logo depois de começar a sentar sozinha. Ela morreu de rir. Depois de algum tempo eu a tirei do balanço e voltamos para casa. Chegando lá ela desabou imediatamente na cama. Levei-a comigo até o sofá e coloquei um cobertor bem grande e quentinho sobre nossas pernas. Não estava nem tão frio assim, mas eu queria apenas algum tipo de aconchego físico para me consolar, e então apelei para o essencial: cobertor e sopinha de macarrão. Enquanto esvaziava a tigela de sopa, sorri ao pensar que todas aquelas mulheres tinham *personal chefs*, e eu tinha um também: o *chef* Miojo. Dei um suspiro, imaginando as chicotadas que eu levaria de Lara e Hallie se elas me vissem comendo essas porcarias engordativas.

Para algumas pessoas, domingo é dia de passear calmamente de mãos dadas, comer queijo quente e relaxar com a leitura despreocupada dos gordos jornais de domingo. Para mim, domingo é dia de ficar com uma depressão de embrulhar o estômago. Me dá vontade de subir num cadafalso, ou então mergulhar numa farra calórica. Acho que domingo é um dia assombrado pelo abismo amargo, causado pelo que chamo de Fantasma da Lição de Casa do Passado. Há uma náusea remanescente dos anos em que nos apavorávamos diante da perspectiva de mais uma semana de escola e da montanha de tarefas que se aproximava, uma perspectiva assustadora que surgia depois que esvaziávamos o prato de sucrilhos e guardávamos o leite e o cereal em seus devidos lugares. Mas, naquela tarde, optei por um macarrãozinho, e não por retalhar os pulsos. À medida que eu devorava meu lanchinho *trash*, eu olhava pela janela e via a confusão lá fora. E fui fechando os olhos antes que as lágrimas represadas nas minhas pálpebras começassem a rolar.

Eu me lembro da minha infância, quando meus pais pediam comida chinesa (11º mandamento: pedirás comida chinesa aos domingos) e ficavam grudados na frente da televisão assistindo ao *60 Minutes*, apresentado por Mike Wallace. Aquele relógio que fazia tic-tac na hora do intervalo me dava vontade de arremessar meus rolinhos primavera. Que porcaria de relógio. Era um cronômetro da vida que escoava a cada semana, e cada movimento do ponteiro gigante dos segundos levava consigo uma batida do meu coração.

Tudo bem, eu era uma adolescente melodramática. E agora estava tendo uma recaída, mas não podia mais botar a culpa nos hormônios ou na escola. Só que a sensação era a mesma de estar na escola, de ser a aluna nova que entra para a turma no meio do ano e é apresentada aos colegas pela professora com um pedido para que os outros "acolham" a novata na hora do intervalo. Eu precisava relaxar. As pessoas mudam de cidade o tempo todo, têm maridos que viajam a trabalho e cuidam sozinhas da casa. Eu não era nenhuma coitadinha. E, apesar do meu cardápio, eu morava num apartamento decente, e não num barraco. Eu era uma pessoa abençoada! Sabia que tinha de parar de resmungar. Além do mais, algumas mulheres moravam em cidades com 547 habitantes, e não numa metrópole pulsante com milhares de coisas divertidas do lado de fora da porta! Mas nada disso me consolava naquele momento. Fui me encolhendo debaixo do cobertor para perto de Violet, que ressonava, e estiquei o braço para pegar outro dispositivo relaxante: o controle remoto. Mas não havia nada para ver. Pastores evangélicos, notícias, que preguiça. Ahhhh, domingo: uma injeção de sal no sangue da minha chaga autoinfligida. Lá estava eu, me entupindo de letrinhas e pensando para onde minha vida estava indo – coisa que eu fazia o tempo todo. Zapeei por todos os canais, rezando em silêncio para os céus cinzentos para encontrar um filme com a Molly Ringwald que aliviasse meus pensamentos tristes e autoflagelantes. A solidão da minha heroína, com seu sorriso meio torto em meio aos corredores dos ricos e sem coração, me ajudaria a superar aquela tarde. Mas, que pena, Molly não estava em lugar nenhum. E ela, coitadinha, passara maus bocados com aqueles panacas de *blazer* branco, nas mãos de herdeiros malvados. A diferença é que eles tinham dezesseis anos e uma vida inteira pela frente! Eu já tinha quase o dobro, o *dobro* da tenra idade deles. Acabei parando no Food Network [O Canal da Comida], meu novo vício para espairecer, e caí no sono enquanto a apresentadora explicava como fazer um molho.

Dezenove

O recado de Lila dizia que era urgente. Com o coração saindo pela boca, corri para o telefone, apavorada com a ideia de que algo pudesse ter acontecido com Josh. Deixei três recados no celular dela, provavelmente inaudíveis por causa da minha respiração ofegante, e tentei ligar para o fixo mais uma vez.

"Residência dos Dílingãm", atendeu a empregada.

"Ah, alô. É a Hannah de novo. Ela já voltou?"

"Não, senhora. Ela ainda não – ah, acho que ela chegou. Um minutinho."

Depois de me fazer esperar durante um minuto, Lila atendeu com uma voz toda animadinha. "Alô?"

"Lila, é a Hannah. Está tudo bem?"

"Oi, querida. Sim, está tudo bem. Eu só queria saber se você pode participar de uma reunião. Do conselho beneficente do Noicoi. Haverá um jantar de senhoras daqui a alguns dias, e acho que este é um conselho importante, do qual você deve fazer parte. Muitos nomes de peso, sabe? A Bee inclusive é presidente da ala jovem. Ela falou com você sobre isso?"

Ela não tinha falado. Não sei por que isso me incomodava, eu não gostava de "jantares de senhoras", nem mesmo sabia qual era a causa.

"O que é o Noicoi?", perguntei.

"Nova-iorquinos Contra a Obesidade Infantil", disse ela. "Uma causa muito, muito importante. O país está mais inchado do que nunca. E as pobres crianças, coitadinhas. Bom, talvez seja melhor dizer *coitadonas*. Elas são imensas. Gigantescas. Vimos fotos de um aluno da terceira série que pesa mais do que eu! Uma tragédia. E às vezes o problema é que eles comem tudo o que veem pela frente, como fazem os pais. Mas em alguns casos a culpa nem é delas. As pobres criaturas estão com as pequenas artérias entupidas! Às vezes é *glandular*!"

Por mais triste que fosse o problema, achei curioso que Lila, suas amigas e Bee estivessem tão empolgadas para abraçar justamente essa causa.

"Claro", respondi, sem empolgação. "Eu vou, sim."

A rigor, a "reunião" do conselho do Noicoi era uma festinha para mulheres. Eu tinha levado Violet ao parque, dado o jantar para ela e chamado Amber para passar duas horas lá em casa, pois meu projeto era voltar antes de a pequena ir para a cama. Fui me encontrar com Lila a pé, e o carro com motorista que ela usava estava à nossa espera. Subimos a Madison até Carnegie Hill, e o automóvel encostou num belíssimo edifício na Quinta Avenida, de frente para o lago do Central Park. Saquei imediatamente que as senhoras que passavam debaixo do toldo cinza da entrada do prédio iam para o mesmo lugar que nós – era uma espécie de clube *fashion*.

Lá dentro, Eloise Skadden Tiverton recebia as convidadas e pedia a duas mocinhas, funcionárias da instituição, que preenchessem crachás com os nomes das presentes, para que elas os pregassem nas roupas. (Deus nos livre daquelas etiquetas adesivas, elas estragariam os modelitos!) Entramos no salão e nos deparamos com dez garçons de casaca, circulando com bandejas cheias de entradinhas que pareciam ser sistematicamente recusadas. Eu não conhecia uma alma viva naquele lugar, e por isso perseguia Lila como uma sombra. Enquanto isso, grupos de senhoras conversavam pelo salão.

"Vamos passar um mês no sul da França!", soltou uma mulher. "Partimos amanhã à noite. Estou animadíssima! Alguém me tire deste buraco!"

"No dia primeiro de agosto vamos para Little Compton, que fica vazia nessa época do ano. Até lá Lawrence ainda vai trabalhar, mas estou contando as horas. Prescott vai voltar de Putney, e Vivi volta de Welby

Van Horn no dia seguinte. E lá vamos nós! Mal posso esperar. Estou precisando tanto de férias!"*

Fiquei me perguntando por que todo mundo precisava tanto de férias. Enquanto isso, Lila falava sem parar com suas companheiras oprimidas da metrópole, sem me apresentar para nenhuma amiga. A certa altura eu disse que ia ao bar pegar uma água, imaginando que talvez a lembrança da minha existência seria uma boa ocasião para ela me apresentar às outras. Mas ela disse apenas: "Faça um favorzinho e me traga uma água Pellegrino? Com suco de limão e pouco gelo."

Que beleza. Fui até o bar, e vi Bee e Maggie entrarem enquanto eu esperava pacientemente pelas águas. Lila foi direto até Bee e deu dois beijinhos nela, e depois apertou a mão de Maggie. Olhei para a Pellegrino que o cara tinha acabado de me dar e contei as bolinhas de gás, numa tentativa de esquecer a irritação crescente que eu sentia.

Maggie me viu ali no canto e veio logo falar comigo, o que foi um alívio para o meu constrangimento. "Oi, Hannah!", disse ela, sempre simpática. "Eu não sabia que você estaria aqui. Que bom que você veio."

"É, eu também não sabia. Minha sogra me contou agora há pouco."

"Ah, eu achei que Bee fosse convidar você – ela me disse que iria te chamar."

"Tudo bem, eu sei que ela anda muito ocupada."

Maggie sugeriu que nos sentássemos em algum lugar, pois a combinação do calor com a gravidez a deixava a ponto de desmaiar. Perguntei a que horas a reunião iria começar.

"Isso aqui já é a reunião!", respondeu ela. "Eu sei, não é exatamente uma reunião. É mais um pontapé inicial."

"Um pontapé... para quê?", perguntei, meio perdida.

"Para o evento. Tipo assim, é uma espécie de pré-evento."

---

* O diálogo faz referência a lugares sofisticados dos Estados Unidos: Little Compton, pequena cidade litorânea no estado de Rhode Island; Putney, no estado de Vermont; e Welby Van Horn, um clube fechado de tênis na Flórida. (N. T.)

Um fotógrafo da *W* registrava imagens dos cisnes sorrindo em grupinhos, incluindo um close de Bee e Lila, uma com o braço na cintura da outra.

Bee finalmente parou de se exibir para as lentes e veio se sentar conosco.

"Estou exausta!", resmungou ela, passando as unhas recém-feitas pelos cabelos. "West está tão doente, coitadinho." Ela olhou o relógio, cravejado de diamantes.

"Provavelmente você tem que voltar para casa", disse eu, solidária. "Eu também tenho que ir."

"Não, não, eu não vou para casa! Tenho um jantar da Saco – Sem Acne, Com Orgulho – e depois vou encontrar uns amigos que estão em Nova York. Vamos ao Bungalow 8."

Nem para voltar para casa e ficar com o filho doente.

Levantei e pedi licença, porque queria voltar para casa e ver minha filha. Tentei achar Lila, sem sucesso. Finalmente, virei num cantinho e ouvi a voz dela. Parei quando escutei meu nome.

"A Hannah não é nenhuma Bee", disse ela, desabafando com outra loira esquelética. "Preciso conversar com Josh, ele tem de pedir para ela se esforçar um pouquinho mais. Não quero minha neta nos *playgrounds*, nas escolas e nas atividades erradas, esse tipo de coisa. É só isso."

"Lila, isso nunca vai acontecer", prometeu a amiga.

"Com uma mãe dessas, nunca se sabe! Veja por exemplo Bee Elliott e as amigas dela. São todas tão elegantes, e os filhos de todas elas estudam em Carnegie. Estou rezando para que o mesmo aconteça com minha pequena Violet. Seria começar com o pé direito para o resto da vida."

Meus olhos se encheram d'água. Corri para o *hall* dos elevadores antes que uma lágrima solitária escapasse. Empurrei as barras douradas das portas, saí para a Quinta Avenida e caí no choro. Minhas piores suspeitas eram reais: para Lila eu era um passivo, e não um ativo. Na verdade, acho que eu sempre soube disso. Mas ouvir essa afirmação com todas as letras serviu para abrir meus olhos. Eu estava louca para dizer *Vá à merda*, mas sabia que tinha de fazer o possível para deixá-la feliz. Eu não queria que ela fosse correndo dizer para Josh que eu era uma péssima mãe, que não estava me integrando. Lila era o único parente que Josh tinha, eu não queria forçá-lo a escolher. Eu teria de passar para o lado dela.

Vinte

A coisa que eu mais odeio no mundo é uma Sermãe. Quanto mais eu me lembrava daquela vaca da Hallie dizendo que eu tinha de "começar logo" a tirar a fralda da Violet, mais vontade me dava de mandá-la para a puta que pariu. Mas esse não era o meu jeito. Eu sempre queria dar a resposta perfeita, o troco imediato, mas no fundo eu era aquele tipo de zagueiro meio lerdo, que só consegue pensar na jogada quando a bola já saiu pela linha de fundo. Naquela manhã de segunda-feira fazia um calor particularmente insuportável. Na hora de sair na rua, cada passo era um esforço e o suor cobria todo o meu corpo. Por insistência de Bee e Lila, eu tinha tentado ligar para o doutor Careth, o pediatra da alta sociedade, mas fiquei esperando na linha, ouvindo musiquinha. Durante vinte minutos. O telefone tocava "Nana neném" sem parar, e eu estava a ponto de arremessar o aparelho pela janela. Pensei que tivesse havido algum engano, que tivessem me esquecido, então desliguei e telefonei de novo. A mulher que atendeu falava mais rápido que locutor esportivo: "ZezinhopassaparaLuizinhoquetocaparaCarlãoquearremessaabolapra-foooora!". Era bizarro.

"ConsultóriododoutorCarethumminutoporfavor."

E então esperei mais *trinta e um minutos*. Achei que ia enlouquecer. Minha vontade era encontrar o autor de "Nana neném" e esquartejá-lo. Finalmente a mulher voltou. "Alôemquepossoajudar?" Ao fundo, um trilhão de telefones tocavam; parecia um concurso de rádio, daqueles em que quem ligar primeiro ganha.

"Alô, é... Eu... Minha família acaba de se mudar para cá e eu gostaria de marcar uma consulta de rotina. Para minha filha de dois anos. Sou amiga da Bee Elliott e ela me disse..."

"Umminutoporfavor." Mais espera. "Alô? Pois não, temos um horário no dia 17 de dezembro às 11h45 da manhã."

Hein? "Você quer dizer daqui a *quatro meses*?", perguntei.

"Sim. Até lá ele está com a agenda lotada."

Que ótimo. E se Violet – Deus me livre – tivesse algum problema? Eu não queria ficar ouvindo musiquinha toda vez que tivesse de marcar uma consulta, nem que ele fosse "o melhor".

"Tudo bem. É que... Acho que preciso de alguém que possa me atender antes. Mas obrigada de qualquer forma e..." *Desligou.*

Violet entrou correndo, cantando a música do Elmo. Hoje Elmo ia falar sobre: aviões! A televisão mostrava uma montagem de crianças viajando para todos os cantos do planeta. Pensei em como seria bom voar para algum lugar – Roma, Chicago, Nova Déli ou até para os Alpes para acompanhar Josh em sua viagem de negócios – mesmo que não tivéssemos sido convidadas e eu não quisesse Violet nem perto de um aquário de piranhas. Depois que a letra K e o número 11 se apresentaram como os patrocinadores da *Vila Sésamo*, saímos de casa e fomos para o Oren's Coffee Roasters, meu fornecedor diário de *crack* – digo, de café. Os atendentes eram super descolados (e totalmente anti starbucks), já conheciam Violet pelo nome e sempre a cumprimentavam animados quando o carrinho entrava pela porta. Aquele lugar me lembrava o endereço alternativo onde eu tomava café em São Francisco, no qual um monte de artistas com *piercings* no nariz trabalhavam para conseguir pagar as contas. Depois de atravessar o país inteiro de carro, Josh e eu chegamos à conclusão de que em qualquer cidade pequena as pessoas descoladas e modernas sempre trabalham num dos seguintes endereços: ou na loja de discos ou no café. Enquanto eu esperava meu café gelado grande com creme de baunilha (eu adorava aquele gostinho de Häagen-Dazs derretido), um senhor simpático começou a sorrir para Violet. Ele fez umas caretas e ela caiu na gargalhada, e depois ele sorriu para mim. "O senhor tem jeito com crianças", comentei. Violet fez uma cara envergonhada.

"Sou pediatra", respondeu ele. Acertei na loteria.

"Sério? Acabo de me mudar para cá e estou procurando um médico para Violet! Seu consultório é por aqui?"

"Um pouquinho mais adiante, nesta mesma rua", disse ele, e me deu um cartão de visitas. "Meu nome é doutor Smith."

"Ela ainda não fez a consulta de rotina dos dois anos, então vou ligar agora mesmo."

"Acho que temos um horário para você, Violet", disse ele, beliscando a bochecha dela.

Que alívio! Assim era melhor. Depois que ele saiu, levando um café expresso, peguei o celular e liguei para o consultório (se fosse pediatra, eu certamente tomaria café na veia). A secretária, muito simpática, atendeu na hora. E, ainda que houvesse telefones tocando ao fundo, eles tinham um horário para aquela tarde. Na mosca!

Violet e eu fomos passear e passamos por um ponto de ônibus com um painel anunciando a exposição do Morgan. A perspectiva de encontrar o professor Hayes me deu um frio no estômago, e caminhei meio atordoada até a hora do almoço. Violet e eu fomos até a lanchonete Three Guys, na esquina da Madison com a rua 76, pertinho do consultório do doutor Smith, e sentamos para almoçar. O restaurante estava lotado de crianças e mães-manequins, todas arrumadas, algumas com as babás à mão para auxiliá-las a dar a comida dos pequenos. A explosão infantil incluía uma cacofonia de choros, batatinhas-fritas arremessadas e leite entornado. Violet se sentou num cadeirão e comeu um queijo-quente, que fatiei em tirinhas para ela. Quando me dei conta de que estava em plena mamãelândia – na hora do almoço, todos os caminhos levam ao Three Guys – Bee entrou com Weston.

"Oi, Hannah!", disse ela, nos olhando de alto a baixo. "Que bom ver vocês! Como foi o resto do fim de semana? Depois da festa e tal?"

"Tudo bem, aproveitamos para descansar. Passeamos bastante e fomos brincar no tanque de areia do Central Park."

"Sério? Eca, detesto aquele lugar! Só tem uns maloqueiros jogando peteca. Não dá medo de apanhar dos drogados?"

"Não muito."

"Toda vez que vou lá saio com a impressão de que preciso tomar um banho de creolina. Tudo bem, nos meus tempos de estudante a gente até ia lá fumar uns cigarros com os meninos. Mas nunca mais voltei."

"Sei."

"Mas então. Troy disse que já faz um tempo que você não liga para ele."

"Quem?"

"Troy Kincaid. O corretor, lembra? Ele me disse que vocês estavam reavaliando o preço do apartamento."

É isso o que eu chamo de sigilo de corretor. "Ah, é. Talvez a gente decida alugar, mesmo."

"Ooooooi, gente!" Maggie entrou com Hallie, Lara e a criançada. Que delícia.

"Desculpe o atraso, Bee!", disse Maggie. "Oi, Hannah; oi, Violet!"

A turma se aboletou na mesa ao nosso lado. Podíamos conversar, mas era evidente que elas pertenciam a um grupo, e eu e Violet, a outro – e que o corredor que havia entre nós era muito mais do que uma simples passagem para o garçom grego.

Aí uma loira entrou no restaurante, com seis filhos ainda mais loiros e três babás a tiracolo. Ela foi direto para o fundo, onde ficavam as mesas maiores.

"Oi, Cindy!", disse Bee quando ela se aproximou.

"Oi, gente." Ela deu um tchauzinho. Tinha um ar exausto, ainda que imaculadamente arrumado.

Depois que ela passou por nós, Bee se inclinou no meio da passagem para falar comigo. "É Cindy Hetherington, ela é bilionária. Os sogros dela inventaram a colheitadeira. Ela é uma parideira competitiva."

Quase cuspi a Sprite. "Hein?"

"Ah, ela pare um milhão de filhos. Ela tem seis filhos com menos de seis anos de idade. Isso dá a ela uma sensação de superioridade. É como se ela quisesse provar alguma coisa."

"Nossa, parabéns para ela."

"Não é bem assim. A família dela era super estranha", disse Maggie, em tom de conspiração. "O pai dela transava com a secretária e a mãe virou lésbica. Um horror!"

Vi Cindy se instalar com sua prole na imensa mesa dos fundos, e me senti muito mal.

"Na palestra sobre relacionamento com os filhos, o doutor Poundschlosser disse que ela está tentando corrigir os erros da própria família. Por isso resolveu ter esse monte de filhos loiros", acrescentou Lara, num sussurro confidencial. "Falando nisso", continuou ela, olhando para Violet. "Hannah, de onde é que a Violet tirou esses cachinhos dourados? Seu cabelo é tão escuro."

As pessoas me perguntavam isso o tempo todo. Só que agora era quase como se Lara estivesse com raiva de mim porque Violet era loira. Quem sabe o problema fosse o fato de Violet ser loira e Maxwell ter cabelos castanhos? "É, eu sei... É que tem gente loira na minha família, e Josh era loiro quando criança."

"Ué, eu achava que o castanho sempre ganhava", disse Maggie, com um ar confuso. Espera aí: será que elas estavam me acusando de dar para o leiteiro? E que história é essa de que o castanho sempre *ganha*? Ela estava falando de genética?

"Bom, nem sempre o castanho... ganha", respondi. "Devo ter um gene recessivo de olhos azuis e cabelos loiros em algum lugar, sabe? É aquele lance do Bzão Bzinho, do quadro de Punnett, essas coisas." Silêncio. "Aula de Biologia, primeiro colegial?" Porra, essa gente não estudou em Princeton?

"É, eu vejo umas coisas assim de vez em quando", disse Bee. "Às vezes acontece. É bizarro."

"Não dá para entender", disse Lara, meio puta da vida. "Sou super loira e o Maxwell saiu com cabelo escuro! É muita injustiça!" Teria Hitler reencarnado? Se ela estava em busca de uma civilização ariana, era melhor se mudar para a Terra de Deus, lá no noroeste do país.*

Injustiça? Sei... Que estranho. Pelo amor de Deus, *que diferença faz*? Além do mais, era meio esquisito e assumidamente narcisista ouvir uma loira dizer com todas as letras que é melhor ser igual a ela.

---

* Referência à região conhecida nos Estados Unidos como God's *Country*, que reúne grupos racistas radicais nos estados de Montana, Idaho, Washington e Oregon. (N. T.)

"Talvez o cabelo dele dê uma clareada nos Hamptons, agora no verão", disse ela, fazendo um cafuné no cabelinho fofo de Maxwell.

Coitado do menino. Eu sabia muito bem que ela estava prestes a derramar litros de chá de camomila, suco de limão e talvez até água oxigenada pura nos cachinhos do garoto, só para voltar para casa dizendo que tinha sido efeito do sol da praia. Até parece. Passei a vida contando piadas de loira burra, e era quase cômico saber que minha filha seria uma delas – com a diferença de que ela seria um gênio, é claro!

"Mudando de assunto", disse Hallie. "Estou procurando uma folguista para substituir a minha. Vocês conhecem alguém? Eu ia chamar a folguista da Miffy Henderson, mas..."

"Não, não, não, não", ordenou Bee. "Jamais divida empregadas."

"Por quê?", perguntou Hallie.

"Não é uma boa ideia. Miffy pode usar a empregada para obter informações sobre você. Ou então roubar a empregada de volta mais para frente, caso precise de mais ajuda em casa. Pode acreditar, não é uma boa."

Gente, que loucura. Eu não sabia que as babás praticavam espionagem.

"É difícil achar alguém que se disponha a dormir só nos finais de semana", suspirou Hallie. "Mas Thatcher gosta de sair e ir para a balada, então queremos alguém que durma. Bom, me avisem se vocês souberem de alguém."

E foi aí que Julia Charlotte, a filha perfeita de Hallie – aquele ser impressionante, que mija no peniquinho e tem um QI gigantesco – encheu a mão de ervilhas e jogou tudo na minha cara, do outro lado do corredor. Era a deixa para ir embora. Eu me despedi de Bee e companhia, peguei Violet e parti rumo ao consultório do doutor Smith.

Entramos numa sala de espera aconchegante, cheia de brinquedos, carrinhos para empurrar, dinossauros e uma cozinha completa de boneca. "Mamãe, codinha, codinha!" Violet estava no céu, e correu para fazer um bolo de mentirinha. Depois de alguns minutos, o doutor Smith apareceu e chamou Violet. Ele cantou o nome dela como se fosse uma ópera. Foi tão bonitinho, ela saltitou pela sala e pulou nos braços dele, num abraço apertado.

Ela se apaixonou por ele imediatamente. E, talvez ainda mais importante, eu também me apaixonei. Ele era um médico da velha guarda, não apenas por causa da idade e da cara de vovô, mas também por causa dos óculos, do guarda-pó, das mãos surradas que já teriam segurado milhares de crianças. Eu logo percebi que não estava sendo uma péssima mãe. Tudo correu bem na consulta. Só de curiosidade, perguntei como estava Violet nas curvas de peso e altura, e ele disse que ela estava totalmente dentro da média. Depois perguntei sobre a circunferência da cabeça, e ele quase teve uma crise de riso.

"Você está brincando."

"Outro dia me perguntaram sobre isso", respondi, rindo. "É sério."

"Olha, preste atenção. Não fique ouvindo o que essas mães malucas dizem por aí", ordenou ele. "Elas criam filhos para competir entre si. São mães-enxaqueca. Elas me lembram o Godzilla."

Dei um sorriso e imaginei Bee no formato de um Tiranossauro Rex, um imenso réptil segurando uma bolsa Hermès com uma das patas e devorando a cabeça das mães que não usam as roupas da moda.

"Eu sei, é que... Às vezes fico meio tensa. Fico achando que sou a pior mãe do mundo porque Violet ainda toma leite na mamadeira!"

"Ela não vai tomar mamadeira na faculdade", disse ele, sorrindo.

"Nossa, meu marido diz exatamente a mesma coisa sobre a chupeta!"

"Ele deve ser um cara inteligente."

"E esse grude que ela tem com o boneco do Bob Esponja?"

"Posso garantir que ela não vai entrar na igreja com o Bob Esponja no dia do casamento dela", disse ele.

Aquele bálsamo de bom senso me deixou aliviada. É como eu disse: o cara é da velha guarda.

"E ela ainda regurgita de vez em quando..."

"Pena que seu marido não é tintureiro."

Dei uma gargalhada. Quais eram minhas outras dúvidas? "Ela também tem diarreia de vez em quando, sem nenhum motivo aparente. É normal? Ela fica com diarreia de repente, e depois passa."

"Quando ela tiver diarreia, evite dar sucos a ela. E, se ela estiver se sentindo bem, evite levá-la a médicos também." Ele fez uma festinha na cabeça de Violet, e eu me senti totalmente protegida, como se estivesse na Califórnia de novo.

Enquanto caminhávamos de volta para casa, tentei me convencer de que nem tudo são flores em outras cidades do país – as mães-enxaqueca não são um fenômeno exclusivo de Nova York. Minha amiga Victoria morava em Los Angeles e vivia me contando do pesadelo que eram as mães de Santa Mônica, uma praga que infestava a zona oeste da cidade – elas davam lições de moral sobre a importância de amamentar, e enquanto isso havia um monte de babás cuidando de seus filhos. E, no quesito entretenimento, os pais faziam um carnaval nas festinhas de aniversário, uma vez que as crianças eram todas filhas de grandes executivos da indústria cinematográfica, de empresários poderosos, produtores e atores famosos.

Mesmo assim, Nova York era diferente. Ainda que fosse óbvio que as amigas de Bee desconhecessem o funcionamento do DNA, não havia dúvidas de que eram mulheres inteligentes. Elas estavam apenas entediadas. Ser mãe em tempo integral é uma trabalheira danada, provavelmente um serviço mais puxado do que a maioria dos empregos comuns. Mas essas mulheres tinham empregadas 24 horas por dia, e eu tinha a impressão de que elas estavam sofrendo uma morte lenta, causada pelo tédio. Eu não me identificava com as tensões e preocupações que elas relatavam sobre as melhores escolas, as melhores roupas, o melhor pediatra. E nem poderia: eu me conhecia muito bem e sabia que esse era um caminho perigoso. Se eu mergulhasse naquele Universo, acabaria definhando. O problema é que Violet realmente merecia o melhor. Por isso, mesmo que eu detestasse aquele clima, eu teria de engolir seco e dançar de acordo com a música. Bee e sua turma queriam passar uma imagem de super-mães, mas na verdade era tudo truque de cena. Elas tinham até uma folguista para a folguista de fim de semana, caso a titular faltasse. Imagine só: ficar sozinhas com os próprios filhos?! Nem pensar.

Pensei numa coisa sábia que Josh tinha dito certa vez, depois de um dia muito cansativo com Violet, que me deixou destruída: "Você pode pagar a conta agora ou pode pagar depois". E era isso mesmo: talvez as amigas chiques de Bee precisassem de babás que dormissem no emprego 365 dias por ano, mas Julia Charlotte, o gênio ganhador do Nobel, poderia se revoltar um dia. E Maxwell poderia virar artista plástico e fazer performances. É impossível controlar o futuro e o desenvolvimento dos próprios filhos. Eu precisava apenas de algo que me tirasse daquele Universo, para não me afogar nele. E esse algo apareceria na tarde do dia seguinte.

Vinte e um

Beijei a testa de Violet, que estava dormindo, e saí do quarto pé ante pé. Depois me despedi de Amber e rumei para o encontro com Tate Hayes. Eram exatamente quatro da tarde quando o vi parado ao lado da porta dupla do Morgan, de calça *jeans*, com um paletó verde-musgo sobre a camisa social.

"Hannah." Ele pronunciou as duas sílabas do meu nome como se fossem a primeira palavra de um poema.

"Oi, profess... oi, Tate." Olhei para baixo, envergonhada. Eu ainda o via como meu professor. Era estranho, agora talvez fôssemos nos tornar amigos. Mas nunca seríamos iguais: ele era uma figura idolatrada demais na minha vida para se transformar num simples colega.

"Vamos?", perguntou ele.

Caminhamos pelas salas de mármore da antiga casa de J. Pierpoint Morgan, encantadora, na esquina da avenida Madison com a rua 36. Mesmo depois de assistir a tantos filmes que retratavam com elegância a arquitetura da virada do século, até hoje eu não conseguia acreditar que as pessoas realmente viviam, em plena cidade, em ambientes tão luxuosos e aveludados. Além do vasto acervo de gravuras em exibição, o museu tinha preservado a biblioteca de livros raros de Morgan e um escritório tão bem decorado e impressionante que era impossível imaginar como alguém seria capaz de trabalhar ali dentro. Eu, pelo menos, teria ficado distraída demais com o brocado das cortinas, o entalhe dos móveis e os óleos pendurados nas paredes decoradas à mão.

Caminhamos por boa parte do espaço ao som das minhas sapatilhas baixinhas, que andavam quase na ponta dos pés no chão de mármore. Chegamos a um óleo sobre cobre e paramos para observá-lo. Eu me lembrava que o professor Hayes sempre tinha adorado essa técnica. Ele chegou bem perto da obra, como se seu olhar penetrante pudesse atravessar o vidro da moldura.

"Veja esta camada aqui", disse ele, fazendo um gesto com a mão. "Observe a fruta no canto inferior direito." Ele colocou a mão sobre o meu ombro e me empurrou para perto da obra; o tema era Adão e Eva. "A tinta está apenas apoiada sobre o cobre; nada é absorvido, como aconteceria no caso das fibras de um tecido ou dos poros de uma tela. Em nenhuma outra situação ficamos tão próximos da tinta, essa tinta cremosa e sensual, dona de uma vibração que é rara em outras superfícies. Com essas pinceladas, o artista nos oferece o próprio Éden." Enquanto ele falava, eu estudava a obra em meio àquela inacreditável aula particular.

Na descrição de Hayes, as folhas eram suspiros vergados pelo peso verdejante e luminoso das pinceladas de tinta, e o primeiro homem e a primeira mulher do mundo estavam domados pelos tons sedosos, como se seus corpos carnudos atraíssem nosso olhar para as peles leitosas e para os cabelos de Eva, que caíam em farta cascata.

A seguir espiamos uma paisagem de Hendrik Avercamp, a vastidão glacial de um canal congelado, com um grupo alegre patinando e voando pelo ar cortante e sobre as águas imóveis. "Este filtro cinza e suave", disse ele, indicando a superfície nebulosa da obra, "não impressiona como leões ferozes ou nus de costas arqueadas; na verdade, trata-se de uma realidade silenciosa, delicada, com todas as classes em exposição – veja só a carruagem deste homem rico aqui". Ele apontou. "Estão todos unidos pelo frio áspero do inverno, e toda uma hierarquia está congelada neste pequeno lago."

Tate Hayes era um verdadeiro historiador, e me conduziu pelo emaranhado político daquele período. "Os holandeses usaram a arte para escrever a própria história", disse ele ao me mostrar uma sequência de pinturas que retratavam o passar do século 17. "As metamorfoses políticas e religiosas foram pinceladas para a eternidade." Expirei lentamente, como fazia quando ainda era estudante, a pele formigando com uma excitação que não era sexual, e sim intelectual. Algumas músicas me causam essa mesma sensação, mas nesse caso sou apenas uma ouvinte passiva. Agora eu realmente sentia que estava aprendendo, desfrutando das palavras dele como uma esponja faminta e ressecada, sedenta por informação – principalmente por informação transmitida de uma maneira tão poética. Depois de dois anos de gu-gu-dá-dá com minha filha tão amada, em meio ao tufão de emoções que senti ouvindo o que ele dizia, percebi que eu estava precisando desesperadamente daquele programa. Para me lembrar de quem eu era, para reacender a paixão latente pela arte, dormente até então.

Quando terminamos de olhar o acervo recém-instalado, fomos até o salão de chá, que estava banhado pela luz do sol. Para falar a verdade, bem lá no fundo eu não gosto de chá. Mas tomei um mesmo assim, dissolvendo colheres e mais colheres de mel dentro da xícara, como uma criança numa loja de doces – e era isso mesmo o que eu era. Falamos sobre a mulher e os dois filhos dele (Leonardo e Marcello – a mulher era de Milão e dava aulas de italiano na Universidade de Nova York) e da saudade que às vezes ele sentia de São Francisco.

"Nova York tem mais textura, mais nuances, mais energia", disse ele sobre nosso novo lar. "E, é claro, tem mais arte, não apenas em museus gigantescos mas também em joias escondidas, em coleções particulares. Na semana passada fomos à uma festa na Quinta Avenida, e havia gravuras estupendas no corredor entre a sala e a cozinha. Um Dürer estava pendurado no lavabo, literalmente! As pessoas ficavam se bajulando, comendo caviar, mas eu fugi para os imensos corredores para observar as obras de arte; mal comi, mas fiquei completamente satisfeito."

A arte bastava para sustentar Tate, mas eu precisava de mais. Ao pensar em sustento, olhei para o relógio e percebi que era hora de ir para casa fazer o jantar de Violet – foi uma saída à moda da Cinderela, cheia de despedidas confusas, recolhendo minhas coisas. Mas, depois da minha partida conturbada, nenhum sapatinho de cristal ficou para trás – apenas a esperança de que talvez ele me ligasse em breve e me convidasse para ver outras exposições com ele.

Vinte e dois

Graças a Maggie e Bee, a escola de música Milford Prescott – também conhecida como Julliard para crianças – conseguiu uma vaga de última hora para Violet e eu no curso Mamãe e Bebê. Lila ficou exultante quando contei a ela que havíamos sido aceitas. Havia duas alternativas para a aula: Pai/Criança ou Responsável/Criança. Como eu já tinha pedido um tremendo favor, achei melhor não revelar meu verdadeiro desejo de participar da turma das babás; aquele Universo das mães me dava certo medo, e provavelmente eu me sentiria bem mais à vontade com as babás. Abri a carta que fora enviada pelo diretor do setor de alunado e encontrei o manual da escola, com direito a orientações sobre o traje a ser usado, as regras da escola e instruções para casos de desistência – o escritório deveria ser informado, uma vez que havia uma "extensa lista de espera", lista essa que devo ter furado graças a uma generosa doação da fundação pertencente à família de Bee. Por sorte fomos colocadas na classe das babás, o que me deixou felicíssima. Acho que a maioria das mães preferia ficar com outras mães e evitar "forasteiros" – fossem eles legalizados ou não.

Eu queria apenas relaxar; as babás não faziam perguntas sobre a curva de altura ou a circunferência da cabeça. Também inscrevi Violet na aula de balé, uma vez que o *baby-sitter* dela quando Amber não estava disponível era Rudolf Nureyev: durante as primeiras três semanas, enquanto desencaixotava a mudança, eu a colocava na frente da televisão e passava vídeos antigos de *O Lago dos Cisnes* e *A Bela Adormecida.* As fitas de VHS eram tão velhas que até rangiam, mas mantinham minha filha hipnotizada durante duas horas. Fui informada pela Academia de Estudos de Balé Clássico de Manhattan de que o uniforme dela seria *collant* rosa, meia-calça rosa e sapatilha rosa, e que o cabelo deveria estar preso num coque. Coque? Eu nunca tinha nem cortado o cabelo de Violet – ela tinha um *mullet* de bebê, os tufinhos loiros não davam nem para um rabo de cavalo, eu tinha de apelar para fivelinhas. Coque, então, nem pensar. Mas tudo bem, na alta roda é preciso exibir o verdadeiro penteado das bailarinas.

Faltavam três semanas para o feriado do Dia do Trabalho, data que marca o retorno da elite nova-iorquina à cidade: os portões se abriam e todas as Mercedes e BMWs desfilavam de volta dos Hamptons, cheias de tralhas sujas das areias de verão, e as crianças iam às compras para adquirir materiais para o novo ano letivo.

Bee e seu clã tinham passado os últimos tempos indo e vindo, mas agora se preparavam para as últimas semanas "lá no leste", na praia. Na verdade, a "praia" era um mar de saltos agulha, imensos óculos escuros e sessões de compras em Southampton – nada a ver com sandálias de dedo e areia nos pés. O negócio era se estirar nas espreguiçadeiras dos clubes, e não em toalhas perto das ondas; mergulhar em piscinas imaculadas, e não nas águas turvas do oceano.

No último encontro da turma de Bee antes que cada uma partisse para seu destino de veraneio (isso mesmo, esse pessoal *veraneava*), nos reunimos todas para o almoço anual de senhoras que apoiavam o Noicoi; depois disso, Lara foi para Millbrook e Martha's Vineyard; Maggie foi para East Hampton e Hallie para Ewan's Peak – a ilha particular da família dela no litoral do Maine onde, segundo Bee, havia festas nas quais os convidados vestiam apenas trajes brancos de gala. Fiquei imaginando senhoras cobertas de pó-de-arroz, com roupas elegantes à moda da virada de século, e homens de casaca comendo patinhas de lagosta. Se pudesse escolher, eu sem dúvida iria preferir hambúrguer, cachorro-quente, calça *jeans* e camiseta a todas essas coisas pseudo-glamourosas. O dia em que eu der uma festa a rigor com trajes brancos será o dia em que Hallie vai dizer que Julia Charlotte fez uma coisa idiota – ou seja, nunca.

Lila e Watts passariam seu período de descanso de agosto na Inglaterra. Enquanto todas as mulheres estavam em cócegas para fugir da cidade, eu estava louca por um período de calma e tranquilidade antes das tempestades de outono, livre das aparições de Lila ou da presença por vezes sufocante de Bee. Não sei por que, e talvez fosse paranoia minha, mas eu estava começando a sentir que Bee não gostava de mim. Eu não tinha feito nada errado e não poderia ter sido mais simpática. Mas eu tinha uma estranha impressão de que ela era semigentil comigo, só para cumprir uma ordem da mãe, a pedido de Lila.

Antes do almoço beneficente do Noicoi, passei a manhã com Violet na Times Square, onde comprei ingressos para um espetáculo da Broadway naquele quiosque lotado de turistas bem no meio da praça. Demos também uma paradinha numa loja de brinquedos, para andar numa roda-gigante interna. O rosto de Violet estava tão aceso quanto os painéis de cristal líquido que piscavam pela loja; aquele movimento todo a deixava boquiaberta. Foi gostoso vê-la aproveitar a nova cidade, e aquilo me deu um barato de alegria. Não sei por que razão decidi me meter numa odisseia para comprar ingressos, mas Josh e eu adorávamos ir ao teatro, e acho que esse programa detonava memórias românticas das nossas visitas anteriores a Nova York. Eu queria reviver aqueles momentos, como fazíamos antes, e me lembrar do prazer que a ideia de morar aqui me dava. Caminhamos de volta para o norte da cidade, à beira do parque, e ainda faltavam duas horas para o almoço de senhoras. Eu não queria desagradar Lila mais uma vez e aparecer com a roupa errada, e fiz todo o possível para deixá-la orgulhosa de mim. Entrei na Bergdorf com Violet, e havia uma mega-liquidação de verão. Depois de desfilar três modelos na frente de Violet, experimentei um vestido preto de crepe, super elegante, com botões nas laterais, uma mistura de Audrey Hepburn e anos 1940 que era simplesmente um amor. Eu me senti muito bem. Fiz um coque bem arrumado e calcei um sapato elegante que eu comprara com Josh na Emma Hope, em Londres. Li uma historinha para Violet antes da soneca da tarde, e logo Amber chegou. Ela ficaria lá em casa lendo revistas de fofoca até eu voltar do almoço.

Um toldo vermelho cobria um pedaço da avenida Lexington, e uma aglomeração de *paparazzi* fotografava as diversas famosas da sociedade nova-iorquina que surgiam para lutar contra a obesidade infantil, antes de partir para o êxodo de verão.

Observei cada uma delas parar diante das câmeras, fazer pose de atriz de cinema, com a mão na cintura, e fingir que estava conversando com a outra enquanto os fotógrafos registravam "flagras". Era estranhíssimo – quando o assunto era moda, parecia que eu estava completamente fora de sincronia com as mães do Upper East Side. Sempre achei que em Nova York todo mundo usava preto o tempo todo, mas não era o caso: conjuntinhos de *cashmere* salmão, vestidos turquesa e terninhos amarelos flutuavam num desfile de tons pastéis. Acho que antes de nos mudarmos para cá costumávamos passar mais tempo no centro da cidade; agora, instalada em meio a esse pelotão de loiras que vestiam cores claras, eu realmente me sentia como a viúva siciliana à qual minha mãe me comparava.

"Você vive de preto!", disse Bee, que veio me cumprimentar num vestido verde bem justinho. "Está fazendo uns 27 graus na rua. Você deve estar *derretendo*!" Que ótimo, será que eu estava suando em bicas?

"Pois é, sou igual à Wednesday Addams. Lembra?"

Ela não riu. "Magg!", disse Bee, toda contente ao encontrar sua amiguinha.

Maggie chegou e deu dois beijinhos em cada uma de nós. Calma aí. Eu sabia que a Europa ficava mais perto de Nova York do que da Califórnia, mas essa história de dar dois beijinhos era muito estranha. Além do mais, ela nunca tinha me dado beijinhos antes. Talvez a questão fosse o fato de estarmos naquele ambiente chique, e não no parquinho. E, afinal de contas, todo mundo ali estava representando o papel de grande dama da filantropia.

Vi Lila entrar, olhar para mim e fingir que não tinha me visto. Decidi ir até lá e falar com ela.

"Hannah! Oi!" Ela fingiu que tinha acabado de me ver. "Que bom ver você, querida." Uma moça assanhada, de cabelos escuros e chapéu enfeitado com um imenso pássaro, foi cumprimentá-la, e as duas encostaram as bochechas uma na outra. Voltei para a "mesa das crianças", onde me sentei com Maggie e Bee.

"E aí, meninas? Vocês também estão loooooooucas para sair de férias?", perguntou Maggie, animadíssima. "Estamos de malas prontas, mal posso esperar!"

"Ai, eu quase *não me aguento*!", exclamou Bee. "Estou morrendo de vontade de sair deste buraco. Nossa...", disse ela, se contendo. "Desculpe, Hannah."

De repente, um silêncio constrangedor tomou conta da mesa. A pena que elas sentiam de mim, da mulher que ficaria trancafiada em Gotham City, calou a animação geral. Eu me senti como aquela criança que estuda graças a uma bolsa e inspira a compaixão de todos.

"Bom, acabamos de chegar, então por mim está ótimo!", comentei, num tom descontraído. Silêncio mortal.

"Oi, mamães-delícia!", disse Hallie, passando os dedos cheios de anéis pelos cabelos ruivos. "Desculpem o atraso! Julia Charlotte estava lendo um livro sozinha e não consegui sair de casa! Juro que essa criança tem uma memória sem igual! Ela é um gênio diplomado." Naturalmente Hallie deu início a um interminável monólogo sobre Julia Charlotte. Para mim, o simples fato de que as iniciais do nome da menina eram JC já era uma estranha coincidência; estava claro que a mãe realmente achava que a filha era a reencarnação.

"... E aí ela disse: 'mamãe, quero mais *foie gras*, por favor!' Sabe, *não dá para acreditar*! Até as papilas gustativas dela são maduras. Julia Charlotte é uma *gourmet muito* criativa." Hallie estava tagarelando sobre a capacidade de JC de recitar todos os números primos em Mandarim quando Lara surgiu debaixo de um imenso chapéu coberto de flores.

"Oi, meninas. Fui buscar meu chapéu e a floricultura estava lotada!" A cabeça dourada dela estava coberta por um arranjo repleto de flores frescas. Com meu cabelo escuro e meu vestido preto, tive a sensação de estar boiando num mar de seda amarelinha e de flores vivas.

Uma mulher pegou o microfone enquanto nos acomodávamos nas mesas – todas com lindas louças, copos de cristal e talheres de prata, e cada lugar marcado com um cartão feito por um calígrafo. Pensei: "Poxa, se elas não tivessem contratado um calígrafo e escrito todos os nomes à mão, talvez tivessem mais dinheiro para apoiar a luta contra a obesidade infantil. Observei a multidão de mulheres-palito e pressenti que a causa lhes era cara – Deus me livre de uma dessas "mães-delícia" ter um filho imenso de gordo em casa.

"Senhoras, obrigada por sua presença aqui hoje", disse uma senhora mais velha, de terninho branco. Ela deu as boas-vindas às cerca de cem mulheres que estavam no salão. "Em primeiro lugar, eu gostaria de agradecer às nossas maravilhosas e dedicadas co-presidentes, que tanto fazem por esta causa de importância crucial: Sra. Burke Tiverton Terceira, Sra. Hyram Balsap Sétima, Sra. Wesminster Covington Junior, e a presidente da nossa ala jovem, Sra. Parker Elliott." Uma delicada salva de palmas recompensou os "esforços" dessas senhoras – esforços que, suspeito, não passavam de "reuniões" com direito a canapés e fotógrafos, enquanto a equipe da instituição ralava nos bastidores. Uma segunda mulher subiu ao palco quando as convidadas começaram a brincar com a salada de alface crespa, servida em porcelana de moldura dourada. "Gordura trans. Óleo de cozinha. Produtos químicos", disse ela, num tom grave. "A obesidade infantil é uma maldição terrível, obscura, trágica e apavorante, que está devorando nossa nação."

Sem trocadilho, pensei.

"Trata-se de uma epidemia de proporções assustadoras e perigosas", prosseguiu ela, abalada em suas estruturas pela súbita e ameaçadora praga de gordura. "Nem mesmo sabemos quais ingredientes fazem parte do almoço de nossos filhos! Sejamos francas, senhoras: nenhuma de nós realmente prepara o almoço de nossos filhos, mas mesmo assim a questão é de suma importância!" Ouviram-se risinhos na plateia. Ela prosseguiu, debatendo a violenta explosão de crianças imensas, que mais pareciam bolotas. E eu fui me desligando, pensando na saudade que sentia de Josh e na possibilidade de Tate Hayes ligar novamente.

Vinte e três

Naquela noite, mais tarde, depois de colocar Violet para dormir, falei com Josh pela primeira vez em trinta e seis horas – intervalo sem precedentes para nós. Eu estava totalmente fora de prumo, a saudade dele me dava até dor de estômago; eu tinha até feito uma imensa lista de nomes de filmes pornô para matar a saudade, incluindo *Precocidade Máxima*, *O Esporrento do Meu Melhor Amigo* e *O Homem que Fodia Demais*. Ele disse que também gostaria de estar em casa. Perguntou o que eu tinha feito e contei do almoço beneficente que se arrastara por horas. Falei também sobre a mulher que caíra no choro ao dar um depoimento sobre Augusto, seu filho gordo, e eu que não conseguia parar de pensar no pobre Augustus de *A Fantástica Fábrica de Chocolate*, afogado num rio de chocolate, coberto de marrom como um porco na lama.

Ele riu. "A cerimônia da minha circuncisão deve ter sido mais divertida do que esse almoço. Por que você foi a esse troço?"

"Achei que você queria que eu saísse com Bee e o grupinho dela", respondi. "Além do mais, sua mãe faz parte do conselho. Eu não tinha alternativa."

"É claro que tinha! Amor, eu não dou a mínima se você vai ou não. O importante é você se divertir", disse ele, dando uma risada. "Han, você pode sair com quem quiser. E daí que minha mãe quer que você seja amiga delas? A vida é sua!"

"Elas são legais, a Bee é legal. Tudo bem, elas não são iguais a Leigh. Mas ela está sempre viajando a trabalho, e não tenho nenhuma amiga que também seja mãe. Fico tão sozinha que isso é melhor do que nada. Além do mais, acho que sua mãe tem razão, preciso mesmo aprender como as coisas funcionam por aqui. Sei que vai ser melhor para Violet se eu entrar no jogo", suspirei. "Mas, por sorte, já fiz toda a pesquisa sobre as escolas e sei exatamente para onde temos de ligar, portanto não se esqueça de marcar essa porcaria na sua agenda. Eles começam a receber telefonemas logo depois do Dia do Trabalho, e nesse dia você será todo meu."

"Sim, senhora!"

"Ah, amor! Mais uma coisa: comprei ingressos para a gente ver uma peça nova na semana que vem. *Swimming at Night* [Mergulho Noturno], parece que é uma história de amor bem picante."

"Legal, estou animado."

Perguntei como iam o bilionário excêntrico e seus macacos de fraldas. Ele disse que não poderia ter imaginado antes de viajar, mas na verdade o cara era mais maluco do que disseram. Ainda assim, eles estavam se divertindo com a caçada. Para ser mais exato, a cada presa "abatida" o Conde Von Hapsenfürer despachava o cadáver para Asprey, para que o animal fosse banhado em prata. Havia animais de prata legítima em todos os gigantescos quartos da casa, com cada tufo de pele congelado em uma versão sinistra do Rei Midas – só que feitos de prata, e não de ouro. Horripilante. Era um vilão do James Bond, multiplicado por dez.

"E a comida, que tal? Você está comendo cérebro de ovelha com uma colher de prata?"

Josh riu. "Passou perto. Nós literalmente comemos um carneiro assado ou qualquer coisa do gênero. Uma refeição totalmente medieval."

"Eca! Prefiro a morte." Apesar da minha vontade de estar com ele, eu sabia que a questão da comida passaria longe do meu gosto pessoal.

Depois de algum tempo de conversa Josh foi dormir, porque já eram três da madrugada na Europa. Desligamos e me enfiei na cama com a nova edição da revista *Spin*. Dois segundos depois, o telefone tocou de novo.

"Oi, amor", atendi.

"É... Oi, Hannah." Não era a voz de Josh. Puta merda. "Aqui é o Tate."

"Nossa! Desculpe, acabei de desligar o telefone com meu marido."

"Ele está viajando?"

"Está, ele volta na segunda."

"Que engraçado. Minha mulher foi para Como com as crianças, vão ficar duas semanas. Tenho que preparar um monte de aulas, então despachei os três e fiquei aqui, derretendo neste calor."

"Nem me fale", suspirei. "O Upper East Side está tão vazio que parece que jogaram uma bomba H. Acho que a Park Avenue vai ser tomada por ervas daninhas."

Ele riu, porque sabia exatamente do que eu estava falando. "Hannah, você não existe."

Ele me perguntou se eu poderia ir com ele ao Guggenheim na terça-feira seguinte, à tarde. Eu disse que seria ótimo, e acrescentei que levaria meus patins – uma referência a Diane Wiest no meu filme preferido de todos os tempos, *Hannah e Suas Irmãs*.

"E quais são seus planos para hoje?"

"Ah, sei lá. Ver um pouco de televisão, ler umas revistas...", respondi. Era muito estranho estar na minha cama conversando com Tate Hayes.

"Duvido que você adivinhe o que eu li ontem à noite na cama."

"Um romance água com açúcar?"

"Não, não...", respondeu ele, em tom de troça. "Para falar a verdade, eu li sua tese."

Fiquei em estado de choque. Como assim?! Eu estava paralisada, lisonjeada, me perguntando se ele tinha tomado heroína na veia. Mas não perdi a pose. "Por que, você estava com insônia? Será que minha tese é um Lexotan de papel?"

"De forma alguma", disse ele, falando completamente sério. "É realmente muito bonita, Hannah. Você tem talento de verdade."

"Nos últimos tempos, o único talento que tenho é saber as musiquinhas do Discovery Kids", respondi, com a sensação de que meu lado mãe triunfara sobre meu lado intelectual.

"Não, você não perdeu seu talento. Todo o trabalho que você teve, seus dons, está tudo à sua espera, para quando estiver pronta."

"Obrigada."

"Vou deixar você ler suas revistas, então."

"Tudo bem", respondi com uma voz suave.

"Boa noite, Hannah."

Vinte e quatro

Depois de um período que me pareceu uma eternidade, Josh finalmente voltou da Suíça. Eu sou muito ridícula. Algumas mulheres tinham maridos na guerra, caramba, e eu fiquei tão perdida sem o meu que grudei nele como um daqueles bonequinhos do Garfield com ventosas nas patas, do tipo que as pessoas grudam na janela do carro. E, por mais que eu estivesse muito grudada em Violet por causa do tempo que passamos juntas, ser mãe solteira era exaustivo. Minha cabeça estava inundada por um redemoinho de brinquedos espalhados pela sala, ervilhas arremessadas na hora do almoço e pela voz esganiçada da locutora do Disney Channel (uma voz que tinha uma semelhança muito suspeita com a da secretária de *A Gata e O Rato*). Trocando em miúdos: eu estava morrendo de saudades do amor da minha vida, mas também estava com saudade da ajudinha que ele me dava. Fizemos um jantar aconchegante em família, durante o qual relatei as mais recentes palavras aprendidas por Violet e ele contou as novidades da viagem. No avião, ele pensou em um nome de filme pornô tão óbvio que não sei como não havíamos pensado nisso antes: *Indiana Jones e o Templo da Sacanagem.*

No dia seguinte, Violet e eu nos despedimos de Josh quando ele saiu para trabalhar, e tentei inventar alguma coisa para fazer. Estava fazendo 34 graus e pensei que eu mal conseguiria andar um quarteirão, quanto mais ficar assando num *playground* de cimento. Eu tinha ouvido falar de um espaço legal para brincar em Uptown, chamado Kidsplosion, onde pagava-se uma entrada e a criança podia correr solta, pular em piscinas cheias de espuma, fazer bolinhas de sabão e literalmente pirar o cabeção em uma sala toda forrada. Pensei: bom, desde que tenha ar condicionado, estou pouco me lixando se as crianças vão brincar de fazer malabarismo com lâmina de barbear. Brincadeirinha.

Pensei que a espelunca estaria vazia, porque em agosto era como se uma bomba de nêutrons tivesse despencado sobre o Upper East Side: o costumeiro movimento de mulheres com pérolas de duas voltas no pescoço e filhos vestidos de marinheiros se reduzia a zero, e as únicas criaturas que caminhavam pela Park Avenue eram baratas d'água – nome que, logo percebi, era um eufemismo nova-iorquino para uma puta barata gigantesca.

Violet e eu entramos no Kidsplosion, e fiquei surpresa ao perceber que estava bem lotado. Havia um monte de babás, e supus que algumas mães que trabalhavam não podiam tirar uns dias de folga. Havia também um grupinho de mães sentadas num canto. Inscrevi o nome de Violet e ela imediatamente saiu correndo para abraçar uma garotinha, que se transformou em sua mais nova amiga de infância. Fiquei olhando de longe e me acomodei perto do grupinho das mães, todas com um copo de Starbucks na mão. O tema da conversa era sexo.

"Ontem à noite o Jonny veio se esfregar nas minhas costas, ele estava querendo, mas eu pensei: 'eca, não vai rolar'", reclamou uma delas. "Já faz dois meses, e minha vontade é zero. Zero."

"Tome uma taça de vinho, deite de costas e resolva esse caso em cinco minutos! Você tem que se obrigar a fazer", respondeu outra, e logo acrescentou: "Deixa eu te contar uma coisa: se você não trepar com o seu marido, alguém vai fazer isso."

Fiquei chocada; que conversa mais triste. Mas eu conhecia esse tipo: eram as Malhadoras de Marido. Para algumas mulheres, esse era o passatempo preferido. Em comum, elas tinham o elo das reclamações – o marido trabalhava demais, jogava golfe demais, tentava transar com elas etc. Verdade seja dita: se eu tivesse uma ocasião adequada para desabafar sobre os horários de trabalho de Josh desde a nossa chegada, eu ficaria tentada a me abrir e falar sobre minha solidão. Mas, mesmo que fosse com minhas melhores amigas, eu teria a sensação de estar traindo Josh; ele era a pessoa mais importante da minha vida, meu parceiro, meu melhor amigo. E era óbvio que a maioria dos casamentos não funcionava assim. A única coisa pior do que isso era a Malhação dos Filhos, que começou em seguida.

"Ai, essas duas pestes estão acabando comigo. Às vezes me dá vontade de morrer, Amory está indo muito devagar!", reclamou uma mulher. "Ela ainda toma leite na mamadeira, acredita?"

Fiquei com vontade de me intrometer e garantir que ela não iria para a faculdade tomando mamadeira, conforme o Dr. Smith dissera. Mas aí uma das amigas da mulher falou: "Isso é uma palhaçada! Você precisa tirar a mamadeira imediatamente. Não tem choro! Nós tiramos a mamadeira do Harrison quando ele tinha dez meses! Ele nem sabia segurar o copinho, então acabou perdendo um terço do próprio peso, de tanta fome que passava. Mas às vezes é preciso demonstrar carinho de uma maneira mais dura."

Eu estava a ponto de pegar o celular e ligar para a delegacia do menor quando Violet apareceu de mãos dadas com Mia, uma menininha morena que tinha cabelos encaracolados e estava de vestido-avental.

"Oi, mamãe! Amiguinha nova!" As duas estavam de mãos dadas quando de repente uma das mães loiras que estava por perto se aproximou.

"Mia, meu amor, quem é essa?"

"Ela é a Violet e eu sou a Hannah", respondi, sorrindo.

"Mimi Quackenbush Skite", disse ela, estendendo uma mão feita na manicure, coberta de anéis. "E esta é minha filha, Mia Skite." Ela deu uma olhada em Violet, e depois me olhou de novo com uma cara suspeita. "Ela é... *sua* filha?", perguntou, olhando para Violet e para mim mais umas cinco vezes. "Porque ela não tem *nada* a ver com você! Nunca vi mãe e filha menos parecidas!"

"Pois é, ela é minha filha. A genética às vezes engana."

"Mas ela é tão loirinha! E você é *inacreditavelmente morena*!" Do jeito que ela falava, parecia que eu tinha acabado de entrar no país rastejando pela fronteira com o México. Era como se ela tivesse me rotulado como uma imensa bola de pelos escuros cuja filha, um querubim loiro de auréola na cabeça, fora trocada na maternidade. Dei de ombros, sem saber o que dizer. Era o tipo de comentário que sempre partia das loiras – era óbvio que ela estava puta da vida porque seus genes recessivos não haviam sido transmitidos para sua filha de cabelos pretos, ao passo em que meus pelos sujos e escurinhos tinham sido perdoados e haviam se transformado nos cachinhos claros e macios de Violet.

"Em quais escolas você vai tentar matriculá-la?", perguntou ela, do nada, conferindo minha roupa: *jeans* preto, camiseta cinza e sapatilha preta rasteirinha.

Ela, assim como todas as amigas que me observavam do alto de seus tronos, vestia o que logo percebi ser o uniforme de verão das mães--enxaqueca: sandália metálica Jack Rogers, calça branca, bata bordada com miçangas da Tory by TRB e um rabo de cavalo loiro.

"Ah... Acho que nas de sempre, né?", respondi, inquieta.

"Em quantas escolas?", perguntou ela, desconfiada.

"Em quatro, as que ficam mais perto da nossa casa. Sou preguiçosa demais para me despencar para o outro lado da cidade."

"Só *quatro*?!" Ela estava em estado de choque. "Sério? Nossa, você deve ser bem confiante. A maioria das pessoas inscreve os filhos em umas oito, nove. Eu vou inscrever a Mia em onze, mas esse é o meu jeito. Ela é um pesadelo e tem um humor do cão, então estou apostando que ela vai botar tudo a perder em pelo menos umas três ou quatro escolas."

Que maldade. Afinal de contas, a menina só tinha dois anos.

"Oi, meninas!" Era uma voz conhecida. Virei para trás e vi Hallie com a mesma roupa que as outras, balançando os cabelos ruivos. "Hannah, nossa! Oi! Vim passar a tarde em Nova York. Thatcher teve um jantar de negócios e era para levar as esposas, por isso tive que entrar nessa barca. Julia Charlotte, venha cá!" A famosa Julia Charlotte, a menina que peidava raios de sol, se aproximou e viu Violet e Mia. Imediatamente mostrou a língua para as duas. Ela realmente era um gênio, um poço de boas maneiras, um mini-Einstein fluente em mandarim.

"Ah, vocês se conhecem?", perguntou Mimi, estupefata. "Hallie, por favor, diga para a sua amiga... Hannah, é isso? Diga que ela tem de matricular a filha em mais do que quatro escolas."

Hallie mal olhou na minha cara. Na verdade, ela estava extremamente preocupada com uma de suas unhas que – oh, céus! – estava com o esmalte rosa-claro lascado. "Não faz tanta diferença", suspirou ela. Fiquei surpresa e aliviada. Mas aí ela completou: "se Violet não for aceita em nenhuma escola você pode inscrevê-la novamente no ano que vem."

Vaca. Não sei o que ela ganhava soltando aquele petardo, mas achei que era hora de sair do Kidsplosion antes que eu mesma explodisse. Anunciei educadamente que eu tinha de ir embora, e só consegui respirar fundo quando cheguei na esquina. Só que aí eu já estava bufando de calor. Mas, naquele momento, o poço perfeito para afogar minhas mágoas virou a esquina: um carrinho de sorvete. Àquela altura do campeonato, até a musiquinha sinistra do carrinho, uma música de palhaço assassino, parecia a Filarmônica. Um copinho e duas colherinhas foram suficientes para Violet e eu sentirmos um gostinho do verão no meio daquele asfalto escaldante.

E então Bee deu um alô de sua temporada naquela porcaria de Hamptons...

Mensagem Instantânea de: Bee Elliott

BeeElliott: Os Hamptons são um saaaaaaco. Td bem c/ vc?
Magg10021: Td. Curtindo os últimos dias antes da chegada da cegonha, tentando descansar o máximo possível!
BeeElliott: Alguma fofoca?
Magg10021: Não, tudo igual. Só faço tomar sorvete e passar filtro solar.
BeeElliott: Hallie mandou uma mensagem. Ela encontrou a Hannah no Kidsplosion e disse q a mulher é mto bizarra – ela só vai inscrever a Violet em duas ou três escolas! Sem noção. Não sei como o Josh aguenta.
Magg10021: Tranquilo. Violet é mto inteligente, com certeza vai ser aprovada.
BeeElliott: Não sei não. Minha mãe disse q a Lila Dillingham está UMA PILHA DE NERVOS e acha a Hannah péssima. Coitada da criança.
Magg10021: Tomara q ela seja aprovada em alguma escola... No fim, td dá certo.

Vinte e cinco

Grover está visitando um haras em Saskatchewan, no Canadá. Os garanhões têm nomes como Trovão, Cordilheira e Alado. Nossa guia, uma garotinha, anda a cavalo, dá banho neles e os alimenta com maçãs crocantes. A fazenda vizinha fica a quilômetros de distância, os campos sem fim estão cobertos por orvalho e o pôr do sol salpica raios de luz na grama, que balança ao sabor da brisa.

Eu estou presa numa selva urbana de asfalto, em meio a um monte de gente que se esconde em torres que furam o céu e estripam minha confiança. Violet é uma criança tão feliz que poderia se divertir horrores em Alcatraz. Ela está absorta na alegria de Grover, em seu passeio pelo norte, e enquanto isso eu olho para o nada. Sou chamada de volta à Terra pelo toque estridente e cortante do telefone irritante do nosso apartamento funcional.

"Oi, amor", disse Josh, num tom grave. Essa não. Condoído, ele me disse que nosso programa marcado há tanto tempo teria de ser cancelado – exatamente como eu temi que aconteceria no momento em que a mulher da bilheteria disse, com uma voz anasalada, que os ingressos não poderiam ser trocados.

"Como assim, um jantar de negócios? Comprei ingressos para a gente ver uma peça da Broadway!"

"Amor, não é culpa minha. Parker e eu temos de rever um monte de coisas, e talvez demore."

"Mas você acabou de voltar de uma viagem de negócios! Trabalhou dez dias sem parar!"

Que maravilha. Minha noite romântica fora sabotada. Eu estava tão ansiosa para fazer um programa *sexy* na noite de Nova York. E, como todo mundo estava nos Hamptons curtindo as duas últimas semanas do verão, seria nosso momento de dar uma relaxada. A calmaria que precede uma tempestade de merda.

"Vá sem mim, amor. Convide a Leigh."

"Ela está no Brasil fazendo aulas de surfe. Está todo mundo viajando!" Que saco. Desliguei o telefone super decepcionada. Eu já tinha pedido a Amber para ficar lá em casa, e os ingressos estavam pagos. Talvez eu conseguisse vender um deles na porta do teatro, para um turista do Kansas. Depois de uma hora de tensão, o toque estridente daquele telefone horripilante soou mais uma vez.

"Alô."

"É... sou eu, Hannah, Tate Hayes. Imagino que você já tenha planos, mas você disse que seu marido está trabalhado muito e fiquei pensando se você gostaria de sair e fazer alguma coisa hoje à noite."

"Para falar a verdade, seria perfeito."

Vinte e seis

"A lua está tão bonita, parece uma fotografia." A atriz dizia o texto em um palco coberto por sombras.

"Por que a lua precisa parecer uma fotografia?", disse um homem, surgindo por trás da atriz, acariciando o corpo, os braços, os seios dela.

Lentamente, ele desamarrou o nó do biquíni dela e deixou o sutiã cair no chão. Aquela cena, de carga erótica elevada, fez eu me remexer na cadeira, tomada por uma estranha onda de rubor.

Vinte minutos depois da morte trágica do dito casal, o pano caiu e as luzes do teatro se acenderam. Olhei para Tate.

"Edificante!", exclamei, irônica.

"Acho melhor a gente beber alguma coisa. Ou quem sabe sair para comer?"

"Bom... Eu gostaria, mas acho melhor voltar para casa e pagar a *baby-sitter*."

"Tudo bem, vamos dividir um táxi. Deixo você em casa no caminho."

No táxi, ele agradeceu o ingresso e confirmou nosso plano de ver mais uma exposição no Guggenheim. Era bom estar com alguém para passar o tempo, imersa num interesse antigo. Mas, por alguma razão, ficar perto dele me deixava meio nervosa, considerando minha antiga obsessão. Era como se eu achasse que nossos encontros deveriam se restringir às exposições, como se fossem um eco da sala de aula. Mas, diante da minha tensão, eu disse a mim mesma que ele também era casado. Por isso eu sabia que, felizmente, ele estava bem intencionado, e eu podia respirar aliviada.

O táxi encostou na frente do meu prédio. Tate pagou o motorista e saiu do carro junto comigo.

"Acho que vou dar uma caminhada", disse ele. "Está uma noite tão agradável. E o frio vai chegar mais rápido do que imaginamos."

"Espero que sim", respondi. "Esse calor está me matando."

"Até breve, Hannah." Ele pegou minha mão, aproximou-a do rosto e deu um beijou nela.

Êpa.

Fiquei tão surpresa que quase desabei. Quer dizer, sei que é uma coisa totalmente platônica, mas... Eu não podia nem imaginar Josh beijando a mão de outra mulher. Foi como se os lábios dele na minha mão tivessem enviado um raio através daquela veia que as pessoas cortam para se matar, como se tivessem mandado uma carga nervosa, um choque de felicidade até o meu peito.

"Boa noite." Virei as costas e entrei no prédio. Fui embora o mais rápido que pude – queria esconder o fato de que minhas bochechas, como uma pincelada de tinta num saiote de Degas, estavam rosadas.

Que Deus abençoe a tecnologia! É a melhor maneira de espalhar uma fofoca...

Mensagem Instantânea de: Bee Elliott

BeeElliott: VC ESTÁ ON-LINE? VC NÃO VAI ACREDITAR!
Magg10021: Oi, tô aqui. O q foi?
BeeElliott: Não AGUENTO! Vc está sentada?
Magg10021: Claro, né? Vc acha q fico teclando em pé? Conta logo!
BeeElliott: Hannah Allen está TOTALMENTE traindo o Josh!
Magg10021: Não pode ser. Não acredito.
BeeElliott: É VERDADE! Eu vi, eu mesma! Park disse q Josh está trabalhando dia e noite. Além disso, vim para NY para uma consulta com o alergista de West e EU VI q ela estava com um cara bonitão. Ele deu um beijo nela e não há dúvidas de q estão juntos.
Magg10021: Estou chocada.
BeeElliott: Eu não. Nada mais me choca. Que piranha.

Vinte e sete

Tate estava certo – agosto passou voando e setembro já estava quase começando. Era o fim de semana antes do Dia do Trabalho, e não havia uma alma viva no bairro. Na manhã de sábado, Josh foi um fofo e levou café da manhã na cama para mim. Ficamos chamegando até tarde com Violet. Depois ele anunciou que teria de trabalhar no feriado: na Europa não era Dia do Trabalho, e ele precisava fazer um monte de coisas para o conde Von Hapsenfürer. Fiquei muito puta e descontei no coitado do Josh, mas não era culpa dele.

Era impressionante a diferença entre o fim de semana, tão vazio, e a loucura da segunda-feira. O Dia do Trabalho era um fluxo interminável de camionetes chiques desfilando de volta de Cape Cod, das ilhas litorâneas, dos Hamptons, de Connecticut. A mesma Park Avenue onde há vinte e quatro horas o silêncio era sepulcral havia se transformado num congestionamento de carros, de dentro dos quais saíam montanhas e mais montanhas de malas Louis Vuitton e bolsas de mauricinhos. Mães em pânico descarregavam filhos e tralhas, e pais bronzeados ajudavam a tocar as crianças para fora da calçada, como se fossem gado, e para dentro dos edifícios grandiosos.

No Dia do Trabalho, meu coração palpitou mais rápido o tempo todo. Eu sabia o que me aguardava na manhã seguinte: a infame maratona de telefonemas para as escolas. Eu tinha feito uma lista, e é claro que a escola Carnegie era minha primeira opção, uma vez que todo mundo dissera que era "a melhor" (um cara chegou a doar um milhão de dólares em nome da empresa, só para garantir uma vaga para o filho). Mas eu recebera instruções para tentar outras alternativas, por isso meus dedos também estavam prontos para ligar para a Escola Fifth Avenue (que ficava no porão de uma igreja), para a London (uma escola britânica com uniformes lindos, de modo que eu não teria de me preocupar diariamente com as roupas de Violet) e a Escola Temple, onde Josh havia estudado.

Bee havia proclamado a Temple como sendo meio "fora de circuito", e disse que era um milagre Josh ter conseguido entrar numa boa escola de ensino fundamental ao sair de lá. Antes de voltar da Inglaterra, Lila deixara três recados para me lembrar de ligar para as escolas no dia seguinte. Como se fosse possível esquecer – não se falava em outra coisa.

Josh achava aquilo tudo uma loucura, uma palhaçada.

"Amor, ela tem *dois anos*. Caramba, *que diferença faz*?"

"Para mim faz! Além do mais, suas amigas me disseram que é preciso ter alternativas, caso a primeira opção não dê certo."

"Mas eu sou ex-aluno da Escola Temple!"

"Não acredito que você me arrastou para morar num lugar onde é preciso ter uma lista de alternativas de escolas para uma criança de dois anos brincar de casinha e onde é uma mão na roda ter um papai que é ex-aluno!"

Meus olhos se encheram d'água.

"Hannah, presta atenção: você está ficando maluca. Por que você está chorando?"

"Porque você trabalhou o dia inteiro! Porque eu fico sozinha o tempo todo! Porque eu odeio essas vacas que me dão a sensação de que não basta amar Violet! Porque elas vivem competindo por tudo, e porque eu estou de saco cheio de passar o dia todo obcecada, pensando que minha vida poderia estar melhor."

Josh me abraçou, mas eu sabia que ele achava que eu estava tendo um ataque histérico. E aí, enquanto eu secava as lágrimas, ele soltou a bomba.

"Bom, amor, amanhã tenho que acordar cedo para trabalhar, então é melhor a gente ir dormir."

Silêncio.

"Como assim? Acabei de dizer que amanhã é o dia de ligar para as escolas!"

"Amanhã? Pelo amor de Deus, esse esquema é uma loucura. Quando eu entrei na escola, bastou minha mãe ir até lá e pegar a ficha de inscrição."

"Mas não é mais assim!", gritei. "Eu *te falei* isso!"

"Amor, sinto muito mesmo. Não sei o que dizer. Estou começando nesse emprego, não posso pisar na bola. É claro que quero ajudar, mas estou de mãos atadas. Amanhã tenho uma reunião super importante por telefone com o Hapsenfürer e o escritório do Japão, eu e mais uns oito caras."

"Que ótimo. Então vou fazer isso *sozinha*. Ela vai acabar indo para aquela creche onde espancaram uma menina no ano passado."

"Você está fazendo tempestade num copo d'água."

"Acho que você não está entendendo: eu fico *o tempo todo sozinha*! Com a sua mãe! Com Bee e as amigas dela, e isso me deixa muito infeliz. Não estou nem aí para o dinheiro."

"Han, por favor... Desculpe. Estou..."

"Eu sei, eu sei: *fazendo isso por nós*. Mas, para ser sincera, eu preferia que você fosse professor de escola pública. Assim pelo menos você chegaria em casa às cinco da tarde todos os dias! Eu fico *o tempo todo* sozinha! Eu cuido sozinha da Violet e você desaparece no escritório! Até a semana passada você nem sabia quem é o Pablo do *Backyardigans*! Você nunca está em casa, porra!"

"E quem é que iria pagar a mensalidade dessas escolas para as quais você vai ligar se eu ficasse em casa o dia inteiro com você?"

"Espera aí. Você está dizendo que só porque não ganho dinheiro eu tenho que fazer todo o resto?"

"Não é isso. Estou dizendo que..."

"Quer saber? Deixa para lá. Estou exausta." Que ótimo. Apaguei o abajur e virei para o outro lado. Eu realmente não tinha imaginado que minha vida ficaria assim. Mas era preciso encarar a verdade: Josh amava o trabalho, e eu simplesmente tinha que me conformar com a ideia de ser uma mãe solteira. E eu teria de enxergar os momentos em que ele realmente estivesse conosco como um prêmio. Josh tentou acariciar minhas costas, mas não reagi. Apenas fechei os olhos e adormeci aos poucos.

Vinte e oito

Acordei com Josh saindo do chuveiro. Meu coração disparou no exato momento em que recobrei a consciência depois da noite de sono. Não dava para acreditar que eu teria de ganhar um concurso de rádio só para conseguir uma ficha para poder inscrever Violet nas escolas. Às sete e meia da manhã Josh me deu um beijo de despedida, pediu mil desculpas pela briga da noite anterior e por me deixar sozinha na maratona dos telefonemas. Dei Sucrilhos com banana para Violet, e aguentei firme durante meia hora para não ter um enfarte. Sou a pior mãe do mundo – enquanto servia o cereal da caixa azul, lembrei de Bee dizendo que West comia um ovo caipira e uma fatia de bacon orgânico todos os dias no café da manhã. Bem como o filho de Lara. "Comida para o cérebro", diziam. Eca. Só que elas tinham quem lavasse a frigideira, os pratos e a tigela coberta de gema de ovo depois do café. Se isso era comida para o cérebro, o que seria um prato de Sucrilhos todos os dias? Comida para os quadris?

Liguei para Leigh e escolhemos um lugar para nosso jantar à noite – Josh supostamente iria nos encontrar, mas naturalmente ele "não podia prometer nada". Cada vez mais eu tinha a sensação de que meu próprio marido estava me dando o bolo. O telefone tocou, e achei que fosse Josh para me desejar boa sorte. Era Lila.

"Hannah, querida, seus dedinhos estão prontos para discar?"

Respondi que sim, na esperança de que ela se oferecesse para me ajudar, mas ela logo me disse que tinha uma reunião no Waldorf, do conselho filantrópico do Cimancol – Cidadãos de Manhattan Contra Lesões de Pele, uma fundação sem fins lucrativos dedicada à erradicação da acne. Ela me desejou boa sorte e desligou.

O momento dos telefonemas logo chegou. Coloquei Violet no quarto, com um monte de brinquedos e livros, e me sentei ao lado dela. Eu fingia que estava brincando mas, na verdade, estava à beira de um ataque de nervos – os dedos tremendo enquanto discava o primeiro número. Ocupado. Ocupado. Ocupado. Ocupado. Ocupado. Gente, os anos 1970 já acabaram! Eu não ouvia um sinal de ocupado há uns 25 anos! Eu apertava o botão para rediscar. E apertava e apertava e apertava e apertava e apertava e apertava e apertava e apertava e apertava e apertava e apertava e apertava e apertava e apertava e apertava e apertava e apertava e apertava e apertava... Meu coração ficou ainda mais acelerado. Alguém atende essa porra desse telefone, *por favor*!

Em seguida pensei que talvez fosse melhor discar o número inteiro, e não apertar o botão de rediscagem. Nada. Então decidi trocar o número de telefone e ligar para outra escola. *Niente*, a mesma droga. Fui tomada pelo pânico. Aí me perguntei: será melhor fazer um rodízio e tentar todas as escolas ou insistir em uma escola até conseguir? Optei pela primeira alternativa, simplesmente porque parecia ser um método mais aleatório. E continuei discando. Ocupado ocupado ocupado ocupado ocupado ocupado ocupado ocupado ocupado. *Ahhhhhhhhhhhhh*! Eu já tinha escutado a expressão "arrancar os cabelos" um monte de vezes, mas nunca soube o que isso queria dizer até ouvir o sinal de ocupado pela setecentésima vez. Juro que comecei a agarrar as raízes dos cabelos. Eu estava preparada para arrancar tudo, à la Sinéad.

Eu já podia ver as manchetes dos tabloides sensacionalistas: "Mãe morre vítima de excesso de telefonemas" – com uma foto do meu cadáver coberto por um plástico preto, depois de perder a consciência por causa do estresse. Eu estava literalmente ofegando quando ouvi: "Escola de Educação Infantil Carnegie, bom dia?"

"*Alô?! Nossa, oi! Oi! Não acredito!*" Nossa, Hannah. Que ótima apresentação. Quanta tranquilidade.

"Alô?"

"Oi! Então, olá. É... Meu nome é Hannah Allen. É... eu gostaria de uma ficha de inscrição para Violet, minha filha." Meu coração batia batia batia.

"Muito bem. Aqui fala a senhora Kincaid. Sou diretora do departamento de novos alunos e posso ajudá-la. Vou abrir uma ficha para a senhorita Violet."

"Tudo bem..." Fiquei esperando, ouvindo um barulho de alguém mexendo em papéis e um trilhão de telefones tocando ao fundo.

"Nome completo?"

"Violet Grace Allen."

"Quantos anos ela terá em setembro do ano que vem?"

Merda, eu era péssima em Matemática, merda! "É... é... Três anos e três meses e meio?"

"Profissão do marido?"

Como assim? Para ter certeza de que podem meter a faca nos pais?

"Administrador de fundo hedge. Quer dizer... banqueiro?"

"Em qual universidade a senhora estudou?"

"Berkeley."

"Certo. E seu marido?"

"Stanford."

"Muito bem, senhora Allen. Vamos enviar a ficha esta semana."

Viva!

Muito bem. Próxima escola. Quem sabe agora eu estava no embalo! Quem sabe eu conseguiria todas!

Nada disso. Noventa e sete minutos depois eu finalmente consegui falar com a Escola London. Uma mulher com um sotaque britânico bem sério pediu as mesmas informações e disse que iria "enviarafichaimediatamente".

Em seguida, tentei a Escola Temple. Depois de uma tentativa, ouvi o telefone... chamando! Vivaaaaaaa! Uêbaaaaaaa! Anjos cantam no céu! Àquela altura, o toque do telefone chamando era igual aos trompetes da *Ode à Alegria*, de Beethoven.

"Bom dia, você ligou para a Escola Temple. Todas as vagas para solicitar fichas de inscrição já foram preenchidas e, por causa do grande número de irmãos de alunos este ano, não podemos mais enviar nenhum formulário. Boa sorte no processo de matrícula na escola infantil."

Clique. O telefone voltou a dar linha para discar. Era como barulho de vidro quebrado. Merda, merda, mil vezes merda! As vagas estavam esgotadas? Justo na escola onde tínhamos contatos, onde éramos "quentes". Que droga. Respirei fundo, não havia tempo a perder, e liguei para a Escola Fifth Avenue. Lá eles anotam os nomes de todos os interessados e depois sorteiam quatrocentas pessoas para receber a ficha de inscrição. Não sei por que raios eles fazem isso, uma vez que os telefonemas já são uma loteria. Mas, pensando bem, por que não torturar as pessoas mais um pouquinho, só para tirar um sarro? A gravação dizia que receberíamos um comunicado por *e-mail* caso "ganhássemos" uma chance de inscrição. Pe-sa-de-lo.

Corri então para meu guia de escolas e acrescentei mais uma à lista: liguei para a Browne-Madison, sobre a qual eu tinha boas referências. Depois de apenas umas onze tentativas, a senhorita Baumgarten, da secretaria, atendeu e abriu uma ficha para Violet.

"Vamos entrar em contato com a senhora, por escrito, para marcar o horário da entrevista", disse ela. "Não ligue para a escola. Nós entraremos em contato com a senhora." Era igual à Fifth Avenue, que fazia tudo pelo *site*: não ligue para nós, nós ligaremos para você.

"Está bem." *Clique*.

Exausta, humilhada e convencida de que minha filha seria devorada numa creche qualquer, levei Violet para tomar um pouco de ar na rua. Caminhamos pela Madison, agora fervendo com o movimento, cheia de mamães almoçando ao ar livre nas mesas da calçada, enquanto outras corriam para lojas cheias de mercadorias novas da coleção de outono – tipo Jimmy Choo, Barneys e Hermès.

Passei pela porta da loja infantil da Ralph Lauren na Madison. Estava tão abarrotada de carrinhos que havia fila na porta para entrar. Belas judias ortodoxas, todas de peruca, tinham sete sacolas cada uma, penduradas nos carrinhos, sacolas de lojas como Bonpoint, Polo e Spring Flower. Passei pela Calypso e pela Flora and Henri – ambas lotadas – e, mais adiante na Madison, pelo "Quarteirão das Vovós": Marie Chantal, Petit Bateau, Magic Windows e outra Bonpoint (que, segundo Bee, tinha menos personalidade). Todas exibiam lindos vestidos de outono nas vitrines, mesmo que a temperatura ainda fosse de 27 graus, de acordo com o número exibido no canto inferior esquerdo do canal de notícias NY1. E, por mais que eu tenha de confessar que fiquei tentada a comprar muitos daqueles lindos supérfluos para Violet, achei que não era o caso de ficar na fila. Por isso fomos para o parque, onde deixei Violet correr solta enquanto eu olhava sentada em um banco, minha respiração finalmente voltando ao normal.

Vinte e nove

Eu tinha acabado de relaxar totalmente quando ouvi meu nome.

"Terra chamando Hannah!" Era Bee. "Eu estava te chamando há um tempão!"

"Nossa, oi! Você voltou!"

"Pois é, voltei. O verão foi uma delícia. Poxa, passou voando, voando mesmo!" Ela me olhou de alto a baixo, de um jeito que não me agradou. Depois arqueou as sobrancelhas e me observou com uma cara estranha.

"É mesmo...", respondi. Eu estava exausta, falava como se fosse uma mãe-robô.

"E você, tudo bem?", perguntou ela, num tom de preocupação. "Hannah, meu Deus! Esqueci completamente! Como foram os telefonemas hoje de manhã?"

"Ah, acho que foi tudo bem."

Ela começou a falar sem parar sobre o horror que era esse processo e – mais uma vez – disse que não me invejava nem um pouco. Lara, Maggie e Hallie logo surgiram empurrando um arco-íris de carrinhos Bugaboo. Bee anunciou para todas que eu passara a manhã no telefone (que belo favor), e elas soltaram um grunhido coletivo e perfumado, em uníssono.

"Prepare-se para uma experiência infernal", alertou Hallie. "O processo é pavoroso."

"Acabei de encontrar aquela Euro-vaca Chloe de la Vega", desprezou Lara. "Bastou eu perguntar 'tudo bem?' para ela dizer que está tudo *ótimo,* porque ela conseguiu uma vaga para a Monique na Fifth Avenue, e eram apenas 42 vagas para dois mil candidatos, e 40 dessas vagas foram para irmãos de alunos! Não dá nem para acreditar que no ano passado eles admitiram apenas duas crianças que não fossem parentes!"

"Ouvi dizer que a Carnegie só aceitou uma família nova. Está lotada de irmãos e pessoas que doaram um dinheirão ao centro comunitário mantido pela escola. E a Escola London não aceitou ninguém!"

Que beleza. Agora eu tinha menos chances ainda.

"Aquela Chloe é muito muito muito *trash*", decretou Hallie. "É tão óbvio que ela colocou silicone!"

"E as joias?", acrescentou Maggie. "Meeeega-cafona. A mulher vive coberta de diamantes. Onde ela pensa que está? Em Dubai?"

"Sabem", disse Bee, num tom conspiratório, "talvez ela tenha impressionado alguém no setor de novos alunos com aquele sotaque dela, mas duvido que aquela criança consiga entrar em alguma pré-escola. Eles querem pais classudos, discretos, e não essas peruas da Riviera".

Ótimo. Quer dizer então que, depois da primeira barreira, haveria um segundo obstáculo. Eu sabia que ainda faltavam alguns anos até que Bee e sua turma tivessem de tentar vagas para os filhos nas escolas de novo, mas era evidente que o assunto já assombrava todas.

"Então, Hannah", perguntou Maggie. "O que você fez no verão?"

Antes que eu pudesse responder, ela trocou um olhar com Bee – provavelmente elas estavam com pena de mim porque eu ficara em Manhattan o tempo todo, enquanto elas se moviam em câmera lenta no pôr do sol de alguma praia reluzente.

"Ah, a gente passeou por aqui."

"Ouvi dizer que Josh passou *muito* tempo fora", completou Bee. "Que saco. Poxa, e você nem tem empregada!"

Eu adorava a mania que as mães daqui tinham de contar quantas horas as pessoas contavam com uma babá. "Bom, a Amber está no último ano da faculdade, então ela tem muito tempo livre", comentei.

Bee deu um sorriso. "Sorte sua."

Trinta

Na semana seguinte, Violet teve o primeiro dia de aula na Escola de Música Milford Prescott, também conhecida como minijulliard. Exultante porque eu finalmente estava colocando Violet "nos eixos", com a pré-escola correta, Lila telefonara para nos desejar boa sorte. Também ganhei pontos porque "nós" havíamos conseguido fichas de inscrição para as escolas "certas" – fichas estas que eu preenchera em tempo recorde e enviara prontamente.

A escola ficava em uma casa linda. Quando chegamos, fiquei subitamente intimidada ao olhar para a construção imponente e ver um monte de crianças de dois anos tocavam tambores. De uma hora para outra, a aula de música para Mães e Filhos que eu fazia na Califórnia – uma coisa bem bicho-grilo, com todo mundo descalço – me pareceu a coisa mais caída do mundo. Placas em homenagem a benfeitores estavam enfileiradas nas paredes, com nomes de grandes doadores. Muitos eram sinônimo de empresas que figuravam na lista das 500 maiores da revista *Fortune*. No meio do *hall* da escola, que tinha um pé-direito de seis metros e onde tudo fazia eco, vasculhei os nomes dos doadores. Depois fomos recebidas por uma mulher de *tailleur*. Ela nos entregou envelopes e pequenos cartões que seriam solicitados caso alguém que não fosse o pai ou a mãe buscasse a criança na escola, medida cujo objetivo era evitar sequestros. Aquilo me deu um frio na espinha, mas aí vi uma criança entrar na escola acompanhada por uma babá e um segurança, enquanto outra, vestindo um pequeno *blazer* com um brasão no bolso, vinha com mãe e babá à mão. A mãe prontamente desligou seu celular de última geração.

"Tyrone, por favor, leve o carro para lavar naquele lugar na Primeira Avenida, e venha nos buscar daqui a 45 minutos. Aí vamos deixar Ming e Gates e depois seguir para meu almoço no Four Seasons. Mais tarde você precisa ir ao *pet shop* buscar Ducasse e Jean-Georges. E temos de estar às quatro em ponto no Ao Cão d'Ouro."

Dei um sorriso ao ouvir falar em Ao Cão d'Ouro.

"Não podemos nos atrasar!", alertou a mulher. "Todos os cachorros da alta sociedade estarão lá – Dodo Trump, Bonnie e Clyde Kravis, Truffle Soros, Chelsea Lauder Zinterhoffer, Van Fanjul – todas as patas que importam nesta cidade vão estar por perto!"

Ao meu lado, uma moça descolada percebeu que eu estava descaradamente prestando atenção na conversa alheia, e viu meu queixo caído. "*As patas que importam?*"

"Que loucura, não é?", sussurrou ela, enquanto o motorista recebia as instruções para buscar roupas de cachorro feitas sob medida num lugar X. "Seria impossível inventar uma merda dessas."

"Acabamos de nos mudar para cá, então esse tipo de coisa ainda me deixa meio... surpresa."

"Não se preocupe, nem todo mundo é assim aqui na escola", disse ela. Olhei para a filhinha dela, que brincava calmamente com um cobertorzinho bordado.

"Sua filha é muito fofa."

"Ah, ela não é minha filha. Meu nome é Kelly. Na verdade, sou a tutora de Morgan", disse ela, acariciando a cabeça da menina. "Estudei em Columbia, e tenho um diploma de especialização em primeira infância."

"Nossa, que legal."

"Pois é. Os pais dela viajam muito, passam dois meses seguidos na Europa. Acho que foram eles que começaram essa história de construir *shoppings* dentro de aeroportos, alguma coisa assim."

Abracei Violet. Eu não podia conceber a ideia de ficar nem dois dias longe dela, quanto mais dois meses. Fiz uma careta; eu não queria falar mal dos pais na frente da menina, tão bonitinha. Kelly entendeu o recado.

"Eu sei... É muito louco", disse ela, olhando a sala cheia de mães-enxaqueca, com seus tradicionais uniformes. "Esse bairro é muito louco, de maneira geral. Quando não estou morando na casa de Morgan, moro em Williamsburg. Você deveria conhecer o grupo de mães que frequento por lá nos finais de semana. É bem mais tranquilo. Bem mais. Eu levo

Morgan comigo, a gente vai com o motorista deles. É um belo descanso dessa coisa toda."

"Que tipo de grupo é? Um grupo para as crianças brincarem?", perguntei.

"Mais ou menos. Chama-se Balada dos Bebês. Fica numa sala muito descolada que é uma discoteca à noite. Mas de dia é bem calmo. É um grupo de pais bacanas, tem muitos artistas e escritores."

Hummmm, parecia muito interessante! "Acho que tem tudo a ver comigo, seria ótimo."

"Legal, vou te dar meu telefone."

Naquele momento, as portas duplas da impressionante sala de aula de Violet se abriram (a sala era tão grande e bonita que poderia ser um salão de baile). Não havia nem um, nem dois professores: quatro professores saíram de dentro da sala para nos receber e nos convidar para entrar. Sentamos em círculo e cantamos várias músicas. Fiquei impressionada com o pianista, saído diretamente da Filarmônica de Nova York, absurdamente talentoso. Tive a impressão de que estava assistindo a um concerto gratuito. Bom, não era exatamente gratuito – Josh e eu tínhamos empatado uma montanha de dinheiro no curso, mais ou menos o equivalente a 75 dólares por aula. Então aquilo tudo estava longe de ser de graça (Josh fizera os cálculos). Mas, de qualquer forma, era inacreditável, principalmente considerando que eu estava esperando um violão e umas dancinhas bobas. Estava longe de ser apenas "Cai cai balão": lá, o negócio era harmonias impecáveis, grandes tambores, triângulos, gravadores, xilofones e *glockenspiels*.

Fiquei embasbacada com a aula. A única coisa ruim foi um grupo de mães loiras que ficou falando o tempo todo. A irritação crescente dos professores era perceptível, mas acho que eles estavam de mãos atadas – as mulheres provavelmente faziam parte dos grandes doadores cujos nomes estavam gravados nas placas do *hall* de entrada.

Ouvi uma mãe perguntar "e aí, tudo bem?" para outra mãe, toda empetecada. Fiquei com a impressão de já ter visto aquela mulher dando tchauzinho para Bee e Maggie no parquinho.

"Pior, impossível", respondeu a outra, exasperada. Fiquei mal, pensando o que teria acontecido. Talvez ela tivesse perdido um parente. "O pedreiro de Bridgehampton fugiu para Puerto Vallarta. Então agora a gente precisa levar os artesãos de Portofino, de avião, para eles terminarem de azulejar a cozinha. É tudo pintado a mão, não posso correr o risco de trabalhar com alguém desleixado. Prescott vai ter que pegar o hidroavião para ir até lá amanhã, dar uma conferida. Parece uma zona de catástrofe. A gente tem que esquecer a possibilidade de passar o Dia de Ação de Graças lá. Vamos ter que pegar um avião e passar o feriado em Palm Beach com meus sogros." Nossa, que tragédia. Me poupe.

Depois disso, um professor pegou uma caixa cheia de bichinhos de pelúcia, e cantamos "Old McDonald".

"E na fazenda tinha um..."

As crianças ficaram quietas.

"Leão!", disse Violet, sorrindo. Fiquei toda prosa.

"Não, bobinha", disse a Besta de Bridgehampton. "Não tem leão numa fazenda!"

Não seria exagero dizer que me deu vontade de dar um bote em cima daquela gazela, como se eu fosse uma leoa. E queria fazer carcaça do couro dela. Queria matar aquela mulher que estragara a festa da minha filha. (Vale acrescentar que o idiota do filho dela não disse porra nenhuma. É melhor dizer o nome de qualquer animal a ficar mudo, com um fio de baba pendurado na boca!) Que se foda. Até parece que uma criança de dois anos conhece todos os hábitats do espectro zoológico. Mas fiquei na minha. Eu estava muito passada, muito irritada.

"Não tem problema! Na nossa fazenda tem um leão!", disse o professor, piscando para mim.

Muito obrigada, muito obrigada, muito obrigada. Mesmo assim, Violet ficou um tantinho menos orgulhosa.

Quando a aula acabou, voltei para casa com Violet, e ela logo desmaiou no carrinho. Acho que atividades em grupo a deixam muito agitada – eu não tinha muitas amigas com filhos, então ela fica super acelerada quando tem companhia, e depois capota. Por isso, quando passamos na frente do Whitney, decidi entrar e passear pelas salas com meu docinho dorminhoco. No terceiro andar, vi um grupo guiado passando e resolvi acompanhar de longe, só de orelhada. Mais uma vez, beber aquelas gotas de informação e todas aquelas descrições me deu a sensação de estar completa, de estar intelectualmente satisfeita.

Saímos do museu e comecei a pensar: deve haver outras mulheres na mesma situação que eu por aí. Mas como encontrá-las? Talvez esse grupo no Brooklyn fosse a resposta.

Trinta e um

Naquela noite, liguei para Josh às nove horas para saber quando ele viria para casa. Naturalmente ele não iria tirar a bunda da cadeira por pelo menos mais uma hora. Que ótimo. Naquele meio tempo fiquei com tanta fome que estava a ponto de desmaiar. Tive de recorrer às últimas gotas da minha força de vontade para não cair de boca quando preparei o miojo da Violet, às seis e meia da tarde. Eu não queria cair no esquema MCDV (Mamãe Come Duas Vezes), padrão que inclui quatro refeições por dia e tem como efeito não apenas o uso do "*jeans* de mãe", mas também a sensação de não poder mais desfrutar de um jantar com o marido – porque você já mandou ver um monte de coxinhas de galinha por debaixo do pano.

Liguei para Leigh enquanto olhava os cardápios dos restaurantes que entregavam em casa. Quem sabe eu dava sorte e ela estava livre.

"Aquele advogado idiota *acaba* de cancelar um jantar comigo! Isso porque eu tinha comprado um gloss de 55 dólares da Jean Louis David e feito uma escova na hora do almoço só por causa desse encontro. Foda-se ele. Vou para aí agora."

Pedi uma montanha de comida chinesa. Leigh chegou junto com o jantar, meia hora depois.

"Que saco. Acho que vou procurar alguém na internet", resmungou ela. "Na semana passada marquei um encontro e descobri que o cara era sósia do Danny DeVito. Gêmeo. Não um gêmeo como no filme do Schwarzenegger. Gêmeo idêntico. Clone. Uma baleia. Gigante mesmo, Hannah. Parecia um barril. Os dedos do cara pareciam linguiça calabresa. Um salsichão de verdade. Falando seríssimo."

"Leigh, não estressa. Tenho certeza que você vai encontrar alguém!"

"É mesmo? Por quê? Você tem uma linha direta com Deus, é? Hannah, você não tem uma bola de cristal! Vou ficar pra titia."

"Deixe-me ser sua bola de cristal." Olhei séria para ela. "Eu sei, no âmago do meu ser, que você vai encontrar alguém muito especial."

"Sabe o que eu mais queria? Que eu, velha, voltasse no tempo para dizer ao meu eu, jovem: *Relaxa, querida! Um dia você vai se casar e ter três filhos, então divirta-se!* Como no *De Volta Para o Futuro*. Aí eu iria respirar aliviada e aproveitar as vantagens de ser livre e solteira. Espera aí: quais são as vantagens, mesmo?"

Ela disse que estava numa armadilha, nadando contra uma corrente de estagiárias ninfetas que as universidades despejavam anualmente em Nova York, depois da formatura. Elas estavam de férias durante o verão, mas agora aterrissavam na Big Apple e fisgavam todas as quitinetes da cidade – e todos os homens solteiros da nossa faixa etária. Leigh se recusava a fazer safári de marido, uma vez que as caçadas a céu aberto colocam em risco a personalidade natural de cada um. Por outro lado, quem não se esforça para conhecer gente nova talvez jamais tenha uma oportunidade.

"É o velho ardil 22, incompreensível para mim", disse ela, beliscando devagarzinho um rolinho primavera, usando os palitinhos que ela dominava tão bem. "Dizem que a gente tem que relaxar e não ficar pensando nisso, mas fica aquele cheiro de papel rasgado no ar. Se a pessoa realmente nunca pensa na importância de conhecer alguém, então como é que vai conhecer? Poxa, é preciso ficar à espreita, pelo menos um pouquinho. Eu desisto. Vou ficar sozinha numa cadeira de balanço, vendo reprise de novela na televisão."

"Vamos ver o que diz seu biscoito da sorte." Quebrei um biscoitinho. "Leigh, você não vai acreditar! Olha só: 'O amor está no ar'!!", gritei.

"Até parece. Deixa eu ver." No segundo em que ela pegou o pedaço de papel da minha mão, ouvi a porta se abrir. "É verdade! Já estava na hora."

"Olá, olá, meninas!", disse Josh. Parker vinha atrás dele. "Nossa, vocês pediram comida, que ótimo. Tem para a gente também?"

"Claro! Pedi um montão para sobrar para você." Levantei e abracei Josh. Era como se ele estivesse longe há décadas, e abraçá-lo me dava uma sensação de segurança. Apertei forte, como se ele fosse um espírito, e depois abracei Parker.

"E aí, seus CDFs? Tudo bem?"

"Bom..." Josh começou a falar e olhou para Parker. "Amor, você vai ficar uma fera!"

Essa não. Meu coração ficou apertado.

"Vou ter que viajar de novo daqui a algumas semanas. Mas vai ser só por uns dias."

"Ah, não!" Fiquei muito chateada, mas não queria dar um ataque na frente de Parker e Leigh. Fiz apenas um aceno com a cabeça, para manifestar meu aborrecimento. "Esse negócio de ser mãe solteira é muito cansativo! Além do mais, morro de saudades. Parece que você está desaparecido. Não sei como as noivas dos soldados que vão para a guerra aguentam. Bom, pelo menos você vai estar num castelo bizarro com um macaco que faz cocô na calça, e não levando tiro." Eu estava tentando ver o lado positivo da coisa.

"Desculpa, amor. Não vai ser assim para sempre", disse ele, passando a mão na minha cabeça enquanto eu fazia beicinho.

"E aí, Leigh? Como vai a vida?", perguntou Parker. "Tudo bem no mundo da música?"

"Assim, assim. Sabe como é. E você? Está se divertindo com esse cara?", disse ela, apontando para Josh.

"É. A gente se vira e faz uns negócios aí", sorriu Parker. "Temos trabalhado até tão tarde..."

"Eu sei, vocês estão acabando comigo!", desabafei, tirando um sarro dele. "Fico aqui andando de um lado para o outro, é muita humilhação!" Josh fez carinho nas minhas costas e me deu um beijo na testa, como se estivesse pedindo desculpas.

"A Bee sai toda noite. Às vezes acho que ela nem percebe!", exclamou Parker. "Ela tem tantos jantares beneficentes que de vez em quando chego em casa antes dela", disse ele, dando de ombros.

Josh perguntou a Leigh sobre os últimos lances de sua vida amorosa, e ela começou com uma ladainha que fez Parker rolar no chão de tanto rir. Quando ela chegou à parte do "dedo salsichão" ele já estava passando mal – eu tive um medo real de que ele fosse vomitar as costeletas que tinha devorado, de que fosse se aliviar na sacolinha vermelha onde a comida tinha vindo.

"Para! Para, Leigh! Assim eu morro", disse ele, recobrando o fôlego. "Você é engraçada demais, é de matar."

"É, a Hannah e a Leigh falam uma língua só delas. Com certeza elas têm uma maneira única de se expressar." Josh deu uma piscadinha para mim. Sorri e abracei Leigh. No final das contas, nosso jantar, com todos os quatro, foi inesperadamente gostoso. As velas da Pottery Barn que eu acendera queimaram até sobrar só o pavio no fundo candelabro da Tiffany que havíamos ganhado de casamento. À meia-noite decidimos finalmente encerrar as atividades. Parker disse que Bee deveria estar voltando do jantar beneficente da Jafloma, Jardins Floridos de Manhattan, uma entidade que plantava mudas pela cidade – para depois os *poodles* de lacinho na orelha cagarem em cima de tudo.

Já na cama, fiz cafuné na barriga de Josh, evidentemente entupida de frituras pan-asiáticas. "Hoje não, amor", disse ele, resmungando. "Comi demais." Ele virou para o lado e desmaiou em questão de minutos. Que ótimo. Eu achava que eram as mulheres que tinham "dor de cabeça" e viviam "cansadas". Fiquei olhando para o teto, pensando que, até aquele momento, eu não sabia que era possível ser casada e solitária ao mesmo tempo.

Enquanto isso, em mais uma análise da união do casal Allen...

Mensagem Instantânea de: Bee Elliott

BeeElliott: Adivinha o q o Park disse ontem à noite depois de encontrar a Hannah e o Josh?

Magg10021: O q?

BeeElliott: Q eles estavam "mto bonitinhos juntos", ou seja, q ela estava toda melosa p/ cima dele e super carinhosa.

Magg10021: E daí?

BeeElliott: E daí q isso é culpa! É óbvio q ela está querendo compensar o CHIFRE que botou nele, por isso fica toda afetuosa! Mas ela vai ser pega no flagra.

Magg10021: Ela não parece ser do tipo q faz isso...

BeeElliott: O Park tbém disse que ela ficou "arrasada" pq Josh vai p/ a Europa de novo, mas na verdade é óbvio q ela vai aproveitar p/ ver o cara.

Magg10021: Nossa, coitado do Josh. Ele parecia ser um cara legal.

BeeElliott: Ela está frita. Lila Allen Dillingham vai fazer gato e sapato dela quando a história chegar ao tribunal. O filho dela poderia estar bem melhor na vida, e ela sabe disso.

Trinta e dois

Era sexta-feira à tarde, o fim de uma semana de trabalho. Mesmo que não usasse gravata e meia-calça, como os verdadeiros trabalhadores, eu sentia aquele alívio de sexta-feira. Isso significava que Josh finalmente ficaria em casa. Seríamos uma entidade familiar, sólida e forte. A brisa de novembro chacoalhava as árvores e eu sentia uma grande calmaria diante da perspectiva de um fim de semana divertido e friozinho de outono. Violet e eu rumamos para o metrô e demos de cara com Bee e Maggie na rua. Considerando que Nova York tem dez milhões de habitantes, é inacreditável encontrar gente conhecida com tanta frequência – parecia que nosso bairro era um ovo (um ovo Fabergé, claro).

"Oi, Hannah. Para onde vocês estão indo?", perguntou Maggie.

"Ah, para um grupo de crianças que me falaram que é divertido."

"É o grupo dos RPs?", perguntou Bee.

"Hein?"

"Ah, tem um grupo que reúne os filhos dos maiores assessores de imprensa e relações públicas. Tem a mulher que faz o RP da Celine, a da Vuitton, a do Valentino, da Tod's..."

"Não, não. Não é esse", respondi, incrédula. "Acho que eu nem teria roupa para usar num grupo desses!"

"Espera aí", disse Bee, olhando para a escadaria do metrô ao nosso lado. "Você não vai entrar *aí*, vai?", perguntou ela.

Acompanhei o olhar enojado dela, voltado para a boca da estação. "Bom... Na verdade, sim. A gente vai para o Brooklyn."

"Rá rá! Essa é boa!", disse ela, sorrindo e olhando para Maggie. "Você está realmente falando sério..." Bee estava perplexa, achei que ela fosse ligar correndo para a Delegacia do Menor. Todas essas mulheres têm carros e motoristas particulares que as levam para fazer compras, e jamais usam transporte público. Não andam nem de ônibus, quanto mais numa coisa subterrânea. E como se não bastasse eu estava indo para a periferia.

Maggie olhou para Violet com um olhar triste, como se eu estivesse arrastando aquela carga preciosa para um deserto repleto de minas, onde certamente levaríamos um tiro.

"Bee, Maggie? São vocês?" Viramos e demos de cara com Tessa Finch-Saunders, a viciada em marcas.

"Meninas, vocês não vão acreditar! Estou grávida de novo!" Ela estava radiante.

"Nossa, que ótimo. É o terceiro, né?", disse Maggie, com uma perceptível ponta de inveja.

"É, três filhos em três anos. Não é inacreditável? Não sei onde estou com a cabeça! Acho que a cegonha chega toda vez que meu marido pisca para mim!"

"Bom, é como dizem: antes a moda eram dois; agora são três!", disse Maggie.

"É verdade, é verdade", disse Tessa, concordando com a cabeça. "As pessoas sempre perguntam: 'por que será que aquele casal só tem dois filhos?'. Antigamente se dizia isso quando as pessoas tinham um filho! Hoje está na moda ter três. Bom, sempre foi um número de sorte. Tchauzinho! Tenho que ir para a entrevista na Escola de Educação Infantil Temple Emanuel!" Ela cruzou os dedos das duas mãos, todos cobertos de anéis.

Tessa saiu em alta velocidade, em meio a um mar de estampas de oncinha e ao som do salto 12 de seu sapato Jimmy Choo.

"Odeio ela", disse Bee.

"Aposto que ela vai emagrecer em cinco minutos tudo o que engordar durante a gravidez, igual da outra vez. Ela é naturalmente magra", disse Maggie.

"Até parece", riu Bee. "Ela precisou de uma mãozinha do Dr. Baker. Não perdeu tempo. Foi só a placenta sair para o tubo da lipo entrar!"

"Hoje em dia tem muita gente que faz isso. Uma loucura", disse Maggie.

"É como se ela tivesse alguma coisa para provar", disse Bee, se aproximando de nós, em tom de conspiração. "Afinal de contas, o pai dela trabalha no FBI."

"Que legal!", falei.

"Não muito. Na verdade, ele não sai pela rua estourando esconderijos de mafiosos. Não é nada disso", disse Bee. "Ouvi dizer que ele vai atrás da pirataria de filmes. Sabe aquelas mensagens de alerta que aparecem no começo dos DVDs? Parece que ele é o cara que garante o cumprimento dessa lei aí. Bom, mas aí ela casou com um administrador de fundo hedge e se reinventou. Você tinha que ver a roupa que ela usou no baile do Manhattan Contra a Acne Cística, no ano passado. Era como se os dois vestidos mais feios do mundo tivessem se casado, e ela estava usando o filhinho deles."

"Bee, às vezes você pega pesado demais", disse Maggie, nervosa.

Fiquei arrepiada. Bee me dava medo. Maggie olhou para mim, e alguma coisa naquele olhar sugeriu que ela também tinha medo das alfinetadas verbais de Bee. O que será que Bee falava de mim nas minhas costas? De qual demônio minhas roupas simplesinhas seriam o filhote? Olhei o relógio e disse a elas que Violet e eu estávamos atrasadas. Eu estava ansiosa para chegar ao Brooklyn, onde certamente as mães seriam intelectuais e bacanas, muito diferentes dessas vacas malvadas e materialistas do meu bairro.

Entrei e me deparei com uma mãe sentada na posição de lótus, o filho de três anos pendurado no peito dela. Ela estava sem sutiã, tinha algumas tatuagens e uma mecha loira no meio de uma cabeleira castanha que ia até a cintura.

"Oi, bem-vinda!", disse ela, sorrindo. "Esse é o Tito. Eu sou a Darby." Curioso, o nome do filho de três anos, que ainda mamava, parecia *teta*.

"Oi, sou a Hannah e essa é a Violet."

"Oi, Hannah."

Tito desatarraxou a boca do seio da mãe e veio até Violet. Pegou-a pela mão e levou-a até Darby. "Quer um gole?", ofereceu. "Leitinho da mamãe!"

"É... Não, obrigada." Corri para Violet e praticamente puxei-a para longe daquela imensa e pesada teta leiteira.

"Tem certeza? Por mim, tudo bem", disse Darby.

"Ah, ela acabou de comer. Mas obrigada de qualquer forma", respondi, a ânsia de vômito subindo pelo esôfago.

"Você amamenta?"

Que ótimo. Minha adversária era uma Maníaca da Mamada de primeira categoria. "Bom... Não."

"É mesmo? Quantos anos ela tem?"

"Dois."

"Quando você parou?"

Senti que minha nuca estava esquentando, e as bochechas ficando vermelhas.

"É... Quando ela tinha dois meses. Sabe, acho que amamentar não era para mim."

"Bom, claro que não é para você. É para sua filha", disse ela. A vibração suave e maternal desapareceu. "Segundo a Organização Mundial da Saúde, as mulheres devem amamentar pelo menos durante um ano. Alguns antibióticos que previnem doenças existem apenas no leite materno."

Tive vontade de comentar que aquilo realmente era verdade. Com um pequeno detalhe: ela não disse que essas doenças *só existem no Congo*, e não nos Estados Unidos. Que se foda, ela estava tentando me intimidar.

Darby dilatou as narinas e levantou a sobrancelha, que tinha um *piercing*. Depois, completou: "Além do mais, há indícios de que as crianças ficam mais inteligentes."

"Bom, eu mamei na mamadeira", respondi, dando de ombros. "E até que saí direitinha." Eu sem dúvida era mais inteligente do que ela e aquela porcaria de cruz ansata que ela tinha tatuada no braço.

Duas outras mães apareceram. Uma delas era musicista. Ela tinha um *mullet* proposital (é a última moda entre os *hippies*, uma coisa meio Scarlett Johansson em *Encontros e Desencontros*), carregava um violão nas costas e o filho dentro de um *sling* com estampa camuflada. A outra mulher tinha um cabelo descolorido e todo espetado, e uma filha que usava uma camiseta dos Beastie Boys. Percebi que todas as meninas do Upper East Side usavam rosa. Eu, pessoalmente, preferia marrom escuro e bege, mas mesmo assim gostava de um rosinha feminino de vez em quando. Mas todas as meninas que vi no Brooklyn não tinham nem um pontinho de linha cor de rosa nas proximidades do corpo. Era tudo amarelo-mostarda, violeta escuro e preto. Eu até vi uma menina com um casaco que tinha a estampa do rosto do Che Guevara. Não entendi bem, mas supus que fosse uma expressão não apenas de um bebê descolado e rebelde, mas também uma declaração de "abaixo o Sistema". Mesmo assim, fiquei intrigada e curiosa para conhecer melhor o clima do outro lado do rio.

Ficamos por ali, batendo papo. É verdade: eles eram interessantes e faziam coisas diferentes e bacanas. O pai dono de casa tinha uma mesa de edição no *loft* onde morava, e editava lá mesmo comerciais e filmes independentes; a musicista tinha uma banda, The Saints, que fazia *shows* no Lux e em outros bares da região; e a garota do cabelo espetado trabalhava numa galeria de arte em Chelsea, mas estava de licença por causa da chegada do segundo filho, um menino que se chamava Dexter e ficara em casa. Todos pareciam ser jovens – vinte e muitos ou trinta e poucos anos. Não eram muito mais velhos do que Bee, mas ela e as amigas se vestiam como se tivessem 40 anos. Eu lia revistas bobocas o suficiente para ser capaz de reconhecer todas as marcas que elas usavam, e sabia que gastavam uma fortuna em roupas – mesmo nas que usavam para ir à pracinha. Este grupo era mais relaxado, mais jovem e tinha uma aparência mais descolada. Mas, quando eu estava ficando mais à vontade no meio dessa turma artística, eles começaram a falar de uma escolinha no Brooklyn, a St. Ann's, onde era muito difícil entrar. Os pedidos de inscrição tinham batido um recorde este ano. É tudo a mesma merda!

E foi aí que a ficha caiu: se correr o bicho pega, se ficar o bicho come, Hannah. As mães-enxaqueca estão por toda a parte. Algumas competem em relação ao próprio peso, ou às roupas dos filhos. Mas outras competem para ver quem é mais moderninha, quem amamentou por mais tempo. As pessoas sempre estabelecem objetivos que elas mesmas devem superar para se sentir melhor. E essa ambição toda não desaparece quando os filhos entram em cena. É como aquela lei de Newton sobre a energia que se mantém constante: o excesso de pretensões não se desfaz na forma de canções de ninar ou de brincadeiras para ensinar o alfabeto; ele é canalizado para a criança. Todas as expectativas e os sonhos dos pais atravessam um funil que vai dar direto nos filhos. E, mesmo que eu fosse morar num estado no meio do nada, provavelmente eu descobriria que o mesmo vale por lá. *Iris aprendeu a tirar leite da vaca antes das outras crianças! Roberta sabe fazer um ponto cruz mais rápido do que todas as meninas da aula de costura! Nossa Senhora! Missy é tão novinha, mas já sabe assar cada torta de maçã gostosa!*

Depois de mais ou menos uma hora, eu disse a Kelly que tinha de ir embora e me despedi dos pais e das crianças da Balada dos Bebês. Aquela esperança toda de encontrar uma turma bacana para me sentir em casa foi arremessada para debaixo dos trilhos do trem. E fiquei me perguntando se algum dia eu encontraria o que estava procurando – o que quer que fosse isso.

Trinta e três

Chegamos em casa e desabei no sofá. Violet logo veio sentar no meu colo – ela entrara recentemente numa fase de abraços, beijos e carinhos o tempo todo. "Mamãe, eu te amo", disse ela. Meu coração ficou todo derretido. Talvez eu precisasse apenas dela.

"Heróis! Heróis!", implorou minha filhota. Era como se, instintivamente, ela soubesse que era hora do *Higglytown Heroes* na televisão. O programa mostra uma cidade onde todo mundo é – acertou – um super-herói, do entregador de *pizza* ao verdureiro, passando pelo guarda florestal. A ideia é boa, mas acho que eu gostaria mais se os personagens fossem, sei lá, bombeiros, policiais e professores, e não açougueiros. As letras das músicas também eram meio irritantes, tipo: "Não tenha medo-o-ô, chegou a hora do Higglytown Hero-o-ô!" *Medo-o-ô*? Valeu a tentativa, pessoal. Mas pelo amor de Deus, gente: não dava para ter usado uma palavra de verdade?

Violet assistia de olhos arregalados. Na televisão, um macaco surgiu comendo banana.

"Mamãe!" Ela soltou um gritinho e caiu na gargalhada. Realmente rolou de rir. Ela estava urrando, se contorcendo. Foi a coisa mais bonitinha do mundo – eu adorava quando ela ria daquele jeito, não havia nenhum ruído mais alegre do que aquele em todo o planeta. "O macaco está comendo banana!" Ela estava quase desmaiando de tanto rir. Foi um momento que me fez perceber como as crianças são puras. Quer dizer, não conheço nenhum macaco pessoalmente, mas todos os adultos sabem que os macacos gostam de banana. De alguma maneira, o fato de Violet não saber disso me fez lembrar que ela é um copo vazio, esperando para ser preenchido por informações novas. Olhar para ela me encheu de um amor imenso pela maternidade, e me fez ver que todas as batalhas que eu enfrentava agora eram irrelevantes.

O telefone tocou e interrompeu meu devaneio. “Oi, Hannah. É a Bee”, disse ela. “Como andam as coisas lá no Brooklyn? O que você está fazendo?”

“Nada de mais. Estou vendo televisão.”

Silêncio.

“Nossa, a Violet assiste à televisão demais. Parece que toda vez que a gente se fala ela está na frente dessa fábrica de burrice.”

Minha filha não era burra.

“Bom, você sabe que não tenho nenhuma ajuda em casa, então é bom para ela se distrair”, respondi, na defensiva. “Mas a gente também lê um monte de livros.”

“Weston não assiste à televisão. Sei lá, tenho medo que ele fique meio devagar. Não é à toa que dizem que televisão emburrece.”

Morte à Bee. O que ela tinha a ver com o que Violet assistia? Eu vi mais desenhos dos *Smurfs*, do *Pernalonga* e do *Clube do Mickey* do que qualquer ser humano em toda a história, e está tudo ótimo comigo! Mas não disse nada. Minha resposta submissa foi “tanto faz”.

“Bom”, prosseguiu ela, “liguei para saber se vocês não querem ir ao parque na segunda-feira. Vamos eu, Maggie e as crianças.”

“Claro, tudo bem...”, respondi, em alfa. “Ah, não! Espera aí. Segunda--feira não dá – é o dia da entrevista na Carnegie.”

“Que interessante... Bom, boa sorte para vocês.”

“Obrigada”, respondi. “Tem alguma coisa importante que a gente deva saber sobre a entrevista? Alguma pergunta que eles podem fazer? Alguma dica?”

“Não, não. Ah, acho que basta ser você mesma!”, disse ela. “Bom, quem sabe na terça, então. Ligo depois para saber como foi.”

Desliguei o telefone e a televisão. Violet começou a reclamar; talvez ela estivesse viciada. Mas aí fomos para o quarto dela e pegamos uns livros na estante, e ela logo mergulhou na brincadeira e ficou super animada para ler. Quando ela adormeceu fui ouvir os recados na secretária eletrônica. Havia uma mensagem do Tate Hayes.

"Oi, Hannah, é o Tate. Um amigo meu está trabalhando numa exposição do Metropolitan e disse que eu poderia passar lá na semana que vem, antes da inauguração, para ver os quadros que vieram emprestados. Você gostaria de vir comigo? Poderíamos almoçar, eu mostraria o acervo para você. Se você nunca viu, é um banquete..."

Por alguma razão o timbre quente da voz dele estava ainda mais rouco hoje – será que ele estava resfriado? E aquela voz me fez coçar os braços com as mãos. Eu sentia calafrios. Lembrei que às vezes isso acontecia quando eu assistia às aulas dele na faculdade.

Uma vez, no segundo ano, eu estava no escritório do professor Hayes. Estávamos comendo uma comida chinesa bem gordurosa, em cima da mesa dele, conversando há horas. Naquela época, ele ainda fazia umas festas do pijama com Bianca Pratt, minha professora de Arte Moderna, então deve ter sido uns dois anos antes da nossa bicota. E lá estávamos nós, falando sobre coisas pouco intelectuais. Na verdade, eu estava dizendo que aquele glutamato monossódico todo iria deixar meus dedos parecendo umas salsichas no dia seguinte (igual ao cara do encontro de Leigh), e que até às quatro da tarde eu seria incapaz de mexer os anéis nos meus dedos, normalmente tão fininhos. Eu disse que seria tudo culpa daquele festival de galinha frita. Eu estava à vontade, encostada na cadeira, comendo um rolinho primavera e contando a ele da minha insônia (trabalho de conclusão de curso, carreira, opções de vida, etc., etc., etc. e tal). Eu dizia que, na realidade, ficava farreando com minhas amigas até altas horas, empurrando tudo com a barriga, porque no fundo eu *detestava* a faculdade. Ele sorriu e disse que aquela era uma fase tão especial que um dia eu sentiria saudades.

"Impossível", respondi, em tom de desafio. "Pode acreditar, não há dinheiro no mundo que pague o estresse que estou passando agora. Acho ridículo esse povo que diz que esta é a melhor época da vida. Se for verdade, prefiro me atirar do alto do Empire State."

"Você vai ver", disse ele, com ar sábio. "Você nunca mais vai viver um período assim, com todo mundo por perto, almoçando e jantando com amigos que estão à sua disposição todas as noites. É um serviço de apoio 24 horas por dia." Ele tirou os pés de cima da mesa e sorriu. Pegou na estante um livro de F. T. Marinetti, abriu o volume e começou a folheá-lo. E aí vi um olhar quente, uma expressão de identificação no rosto dele. Ele tirou um pigarro da garganta e olhou para mim por um segundo antes de começar a ler. Foi uma troca relâmpago de olhares.

Com os palitinhos da comida chinesa em uma das mãos, ele leu:

> *Passamos a noite despertos, meus amigos e eu, sob a luz dos lampiões árabes pendurados no teto e seus domos de ferro trabalhado, domos tão estrelados quanto nossas almas, tão cintilantes quanto elas, domos que irradiavam a luminosidade aprisionada nos corações elétricos.*

Em Nova York, sentada no meu apartamento, emergi do devancio e percebi, naquele instante, que ele tinha razão. Por mais que eu tivesse sofrido com a tensão da faculdade e que a luz dourada do passar dos anos não pudesse apagar aqueles momentos difíceis, eu sentia certa nostalgia. Foi um tempo cansativo, mas invariavelmente seguro. Um trabalhinho aqui, uma provinha ali – mas no final das contas era tudo um grande sistema, e me dou bem com sistemas. Para muita gente, a faculdade é um mapa grande e cheio de alternativas, e essas pessoas vivem perdidas. Mas eu sabia ler um mapa, sabia muito bem. Sabia navegar, e sempre chegava aonde queria. Só que a vida pós-faculdade não vem com um atlas, é claro – principalmente por aqui. Por isso, às vezes eu tinha saudades do aconchego da grade fixa no calendário, das orientações que vinham no programa escolar. Eu esperava que, algum dia, fosse descobrir o significado daquilo tudo. Mas na vida adulta as orientações vêm de você mesmo. E ainda que meus projetos para o futuro fossem uma grande interrogação, retomar o contato com uma coisa que me animava, que me enchia de vida, poderia representar um passo na direção certa.

Trinta e quatro

O fim de semana foi gostoso e aconchegante. Joshie ficou com Violet e dormi até as onze da manhã – foi a primeira vez desde que ela nasceu que desmaiei daquele jeito. Caía uma chuva forte e gelada, e na verdade meu lado ermitão se deleitou com aquilo, ainda que com um pouquinho de culpa: fiquei feliz por poder ficar em casa e apenas relaxar. Contei para Josh da minha ida ao Brooklyn, e ele morreu de rir. Mais uma vez ele me incentivou a sair da pasmaceira, a simplesmente levar Violet para dar longos passeios e esquecer esse negócio de parquinho.

Na noite de sábado, com medo de sair de casa debaixo do furacão Hermione, decidimos comprar um filme no *pay-per-view*. Olhamos um cardápio que oferecia infinitas opções. Estávamos na letra T quando vi *Team America – Detonando o Mundo*. Lembrei do meu amigo Trip, de São Francisco, que era viciado nesse filme. Para ele, era o filme mais genial e hilariante do ano.

"Josh, é perfeito, porque é com bonecos!", afirmei, tentando vender minha ideia. "Violet vai adorar, e o filme vai funcionar em dois registros, entende? É como o Bob Esponja!" Josh hesitou, porque não estava particularmente animado com a ideia de passar duas horas vendo marionetes. Mas ele era fã inveterado de *SouthPark*, e decidiu arriscar. Após poucos minutos de filme, já estávamos às gargalhadas. Parecia ser a escolha perfeita – Violet morria de rir e nós dois rachávamos o bico com piadas que iam além da compreensão dela, como uma sátira genial de *Rent*. Estava tudo às mil maravilhas quando surgiu na tela uma cena de sexo entre as marionetes, sem cortes. A princípio continuamos rindo, mas a coisa foi ficando explícita, com posições contorcionistas (lembre-se que os bonecos são flexíveis!) capazes de deixar até os devotos mais radicais do Kama Sutra – como Sting – encabulados. Com medo de deixar nossa filha impressionada, e de fazer Bee ligar para o serviço de proteção ao menor caso a história vazasse, decidimos desligar.

"Mamãe, papai, olha! Dois bonequinhos deitados!" Violet apontava para a televisão enquanto procurávamos o controle remoto debaixo das almofadas do sofá. *Clique*. Ufa. Belo programa.

No domingo, Josh trabalhou o dia inteiro para compensar a segunda-feira que ele perderia por causa da entrevista na escola. Decidi levar Violet para dar um passeio sem pressa. Caminhamos pela margem do parque até o lago do Harlem. Depois descemos a avenida Central Park West e passamos pelos edifícios góticos – bonitos e ao mesmo tempo assustadores, com nomes imponentes. Lembrei da história de uma professora de Josh, que morrera quando uma gárgula despencou do alto de um prédio ali, naquela avenida, e matou-a na hora. A mulher virou mingau, como num desenho animado. Dá para imaginar que um duende bicudo, de pedra, possa apagar uma pessoa, sem mais nem menos? É o que eu chamo de uma morte típica de Nova York. Com essa informação em mente, decidi andar na calçada do lado de lá da avenida, à margem do parque, uma vez que a imagem das bestas petrificadas caindo do céu me dava calafrios. Cheguei em casa e conversei com Leigh durante uma hora. Ela estava num quarto de hotel em Dallas, acompanhando a banda The Scratchy Throats [Gargantas Arranhadas]. Ela me disse que encontrara Parker no aeroporto, no dia em que pegou o voo para lá. Os dois tinham meia hora de espera até os respectivos voos saírem, por isso se sentaram numa lanchonete em LaGuardia e brindaram com garrafas d'água que custaram quatro dólares cada uma.

"Ele é um príncipe, Hannah", suspirou ela. "Mas... Que fazer? Todos os homens legais são comprometidos."

"É tão estranho", respondi. Eu pensava no rosto bonito porém rude de Bee, e comparava-o ao sorriso permanente de Parker. "Eles não têm *nada* a ver. Ele é o cara mais carinhoso e protetor do mundo, e ela é fria e competitiva. Não dá para entender."

"O amor é estranho, mesmo", disse Leigh, zapeando pelos canais da televisão do quarto. "Os opostos se atraem. E nunca se sabe o que acontece entre quatro paredes."

"É verdade. No papel, eles parecem feitos um para o outro. Mas não na vida real. Ela é tão apagada."

"Ih, tenho que desligar. O cara do serviço de quarto está na porta, e o filme novo do Ewan McGregor vai começar agora na televisão. Boa sorte com a super entrevista de amanhã lá na miniHarvard!"

Na manhã de segunda-feira, Josh vestiu seu melhor terno e ficou lindo e todo arrumado. Deixamos Violet com Amber e pegamos um táxi para Uptown, até a Escola de Educação Infantil Carnegie. Meu coração estava a mil debaixo da blusa, como no filme do Rogger Rabbit. Josh riu – ele sabia que estava uma pilha de nervos e me disse para relaxar. Nem era tão importante assim, mas eu só conseguia pensar na declaração inocente de Bee: ser rejeitado por aquela escola equivalia a lançar uma bomba sobre qualquer possibilidade de entrar nas melhores faculdades do país.

Nos aproximamos do impressionante edifício de nove andares, estilo Belas Artes. Do lado de fora, babás com uniformes passados e engomados formavam uma frota de carrinhos Bugaboos enfileirados à espera das crianças. Lincolns e Cadillacs estacionavam em fila tripla, enquanto outros automóveis luxuosos literalmente fechavam a avenida, inspirando uma orquestra cacofônica de buzinas de táxis e caminhões. Mas isso não quer dizer que essas mães, com penteados arrumados à perfeição, saltando dos ditos carros de vidros escuros, dessem a mínima para a confusão. Com seus modelitos Michael Kors, Zac Posen e Valentino, elas saíam das picapes de luxo com a ajuda de motoristas uniformizados, que abriam a porta para elas descerem (o aspecto "esportivo" dos carros não tinha nada a ver com os saltos dos sapatos Manolo Blahniks e Jimmy Choos). Elas subiam as escadas e passavam pelas imponentes portas giratórias da escola; a entrada era digna de uma passarela parisiense, considerado o nível do desfile de moda. Josh e eu trocamos um olhar silencioso e seguimos as mães para dentro da escola suntuosa, cujo hall de entrada contava com um detector de metais semelhante ao dos aeroportos, com direito a esteira rolante e tudo. Ali, as mães tinham de deixar suas bolsas Fendi. Haviam dito para mim que, por causa da presença de tantos filhos de bilionários, embaixadores e celebridades, o esquema de segurança era digno da CIA.

Depois que passamos pela segurança, comentei: "Nossa, isso aqui parece um pequeno museu...". Eu observava o *hall* que, com seus afrescos pintados no teto e uma escadaria de mármore, lembrava uma caixinha de joias. A fachada trabalhada era ainda mais rebuscada que a da escola Milford Prescott, com um corredor cujas paredes eram de mogno entalhado, recepcionistas, uma sala de espera decorada com móveis elegantes e uma mesa de centro enfeitada com livros encadernados com capas de couro. Uma assistente tagarela veio nos dar as boas-vindas e ofereceu *cappuccinos* ("desnatado ou integral? Gostariam de uma pitadinha de canela ou chocolate em pó?). Em seguida ela nos guiou através de uma área de espera onde havia sofás de couro e alguns projetos escolares que haviam sido feitos pelas crianças. Nos entreolhamos e sentamos no sofá, folheando livros que continham projetos como "As Viagens do Sapinho". A primeira página trazia um sapinho encapado dentro de um envelope plástico protetor e, nas páginas seguintes, o sapo aparecia em fotografias por todo o planeta. As famílias levavam o bicho em suas viagens ao longo dos feriados que havia a cada ano – e eram muitos: Rosh Hashanah, feriado do dia de Colombo, Yom Kippur, Dia de Ação de Graças, feriado de Martin Luther King, fim de semana prolongado do Dia do Presidente, Quarta-feira de Cinzas, Páscoa e o feriado em homenagem aos Heróis de Guerra. Apesar da anuidade de 20 mil dólares (para crianças de três anos!), a escola estava quase o tempo todo em recesso, o que dava aos alunos tempo para fazer viagens muito glamorosas. O anfíbio de duas dimensões aparecia num templo em Xangai, na Torre Eiffel em Paris, no Palácio de Buckingham em Londres, sustentado pelas mãos de um guarda real, no Coliseu romano, em um *resort* americano em Bali, no maior arranha-céus de Seattle, na Torre Sears de Chicago, numa montanha em Gstaad e em um safári na África! Com direito a tendas de luxo como pano de fundo, evidentemente.

"Amor, talvez essa escola seja pretensiosa demais para nós", sussurrei para Josh no momento em que ele se encostou num sofá macio e fez cara de quem ia tirar uma soneca.

Ele deu de ombros: "Eu achei bonitinho".

"*Bonitinho?* Amor, essa porra desse sapo do projeto das crianças de três anos já viajou para mais lugares do que eu."

Nesse momento uma mulher bonita, alta, grisalha e vestida num *tailleur* da Chanel, entrou na sala de espera. "Suponho que vocês sejam o Sr. e a Sra. Josh Allen?"

Nos levantamos imediatamente.

"Sou a Sra. Kincaid, diretora do departamento de novos alunos. Por favor, entrem."

Nós a seguimos para dentro de um belo escritório, com uma janela que dava para a rua iluminada pelo sol. As folhas alaranjadas esvoaçavam pelo ar. "Bem-vindos à Carnegie Nursery School. Antes de iniciarmos a visita à escola, eu gostaria de falar um pouco sobre nossa filosofia. Acreditamos que as crianças devem entrar na pré-escola completamente alfabetizadas."

Ficamos calados enquanto ela falou durante quinze minutos sobre os métodos adotados por eles: uma leitura como lição de casa, a Roda das Tarefas (que determinava a responsabilidade do dia de cada criança – por exemplo, ajudar a servir o lanche ou limpar a sala depois da aula de artes) – e outros elementos do currículo (dinossauros, Geometria, Grécia Antiga). Ouvimos com atenção, fazendo sinais de concordância com a cabeça e emitindo um "sei" de vez em quando. Para mim, a situação era meio estranha: nós não estávamos escolhendo a escola: eles estavam decidindo se iriam nos escolher ou não.

"Finalmente, um comentário pessoal: sei que os senhores estão em contato com o meu marido em busca de um novo apartamento. Que bom."

"É verdade! Troy – quer dizer, o Sr. Kincaid tem sido muito prestativo e paciente. Espero que encontremos alguma coisa em breve."

"Bem, antes de sairmos para conhecer a escola, eu gostaria que os senhores escrevessem uma declaração sobre a senhorita Violet – um texto de 300 palavras está ótimo. Vou deixá-los a sós por cerca de dez minutos. Queremos saber apenas quais são as primeiras coisas que lhes vêm a cabeça quando pensam nela."

Fiquei... passada.

Uma "declaração" surpresa? Que legal da parte da Bee não ter falado sobre esse pequeno detalhe quando pedi que ela me desse umas dicas. Quem sabe não teria sido simpático ela dizer "Olha, é melhor vocês irem preparados para a prova surpresa". A Sra. Kincaid nos deu algumas canetas e uma folha de papel delicada, com uma marca d'água que trazia o brasão da escola. Depois, saiu da sala.

"Amor, isso é uma loucura."

"Calma, Hannah. Você escreve muito bem, eu li seus trabalhos de faculdade. Vamos manter a calma."

Respiramos fundo. Pela primeira vez na vida percebi que meu marido, sempre tão calmo, tranquilo e concentrado, estava levemente inquieto. Primeiro pensamos na nossa filha em linhas gerais. Ela era maravilhosa e especial demais para ser resumida a uma página. Não importa o que escrevêssemos, eles jamais seriam capazes de ver todas as coisas lindas que enxergamos nela. Todo mundo diz que os próprios filhos são inteligentes, divertidos, cheios de vida, curiosos. Decidimos nos ater à essência da personalidade de Violet – seu jeito tão carinhoso de ser – e ao fato de que não falta afeto no nosso lar. A menina abraça o caixa do supermercado, o cara da floricultura, qualquer criança que encontra na rua. Ela tem mania de andar de mãos dadas e fazer amizade com todo mundo. Sua personalidade e seu amor pelas pessoas são contagiantes, a ponto do sujeito mais rabugento e mal-humorado do mundo se derreter com o olharzinho radiante dela. Quando finalmente terminamos, meu pulso estava cansado de escrever nossos pensamentos. Pensei: por mais que fosse impossível resumir a essência de Violet – quanto mais em dez minutos – ao menos tínhamos mostrado à Sra. Kincaid o quanto amávamos nossa filha. Ela voltou para a sala, pegou a folha de papel e colocou-a na pasta que abrira para nós. "Vamos então dar início à visita?"

Levantamos e caminhamos pelo piso de mármore até chegar a uma escadaria grandiosa. O *tec-tec-tec* do salto do sapato da Sra. Kincaid era o único barulho que se ouvia. As portas das salas de aula eram à prova de som, e lá dentro podíamos observar as crianças brincando – e usando as roupinhas mais lindas que eu tinha visto na vida.

"Está quase na hora da saída, vocês poderão ver as crianças de perto", disse ela. Caminhamos pelos nove andares da escola, que era charmosa e linda a ponto de deixar a maioria das escolas de Ensino Médio no chinelo. Era uma verdadeira mansão. Havia uma piscina olímpica, uma biblioteca com estantes douradas e uma quadra esportiva da melhor qualidade.

O sinal tocou de repente, e as portas se abriram numa explosão sincronizada. Um jorro de crianças bem-arrumadas saiu de cada uma delas.

"Oi, Cossima!", disse a Sra. Kincaid, cumprimentando uma menininha de tranças compridas. "Oi, India! Oi, McSorland! Boa tarde, Lorelei!"

No final da visita, Josh e eu acompanhamos a Sra. Kincaid de volta ao *hall* de entrada. A assistente, antes tão falante, veio ao nosso encontro. Agora ela tinha um ar submisso.

"Sra. Kincaid? A Sra. Elliott, mãe do Weston Elliott, está na sua sala. Ela disse que é importante."

"Obrigada, Tracy", respondeu ela. Depois, virou-se para nós. "Josh, Hannah, foi um prazer conhecê-los. Estou ansiosa para conhecer a senhorita Violet Grace no mês que vem, quando daremos início à etapa de entrevistas com as crianças. Tenham um bom dia."

Ela entrou na sala e ouvi a voz de Bee, que parecia estar muito irritada e começou a falar sem rodeios. "Sra. Kincaid, eu gostaria de conversar sobre um assunto muito, *muito* sério."

"Pois não, Sra. Elliott. Qual é o problema?"

O celular de Josh tocou. Ele disse que precisava atender e depois voar para o escritório – me deu um beijinho na bochecha e foi embora. Eu estava curiosa para saber qual era o problema de Bee, por isso enrolei um pouquinho no sofá ao lado da porta. Fingi que estava amarrando o cadarço da bota.

"Weston chegou em casa ontem pela *terceira vez* com uma mancha de tinta amarela no casaco. É um casaco Ralph Lauren de *cashmere* puríssima, custou 395 dólares!", gritou ela. "Me parece desnecessário repetir mais uma vez que a Senhorita Glassman é totalmente incapaz de manter meu filho arrumado."

A Sra. Kincaid começou a falar num tom que deixava evidente sua experiência para lidar com aquele tipo de mulher. "Com todo o respeito, Sra. Elliott, isto aqui é um jardim de infância. As crianças pintam, brincam no jardim, elas se sujam. Talvez a senhora possa mandá-lo para a escola com roupas mais fáceis de lavar."

"As roupas que meu filho usa são problema meu. Não vou tolerar que ele chegue em casa com cara de quem acabou de sair de um jogo de *paintball*."

Silêncio.

"Pois bem, pedirei à Senhorita Glassman que coloque um avental em Weston. Até onde me lembro, já fizemos uma tentativa antes. Mas o senhor Weston se recusou a vestir o avental, e não vamos forçá-lo a fazer isso."

"É melhor vocês forçarem. Caso contrário, vou mandar a conta do tintureiro para a Senhorita Glassman."

Ouvi a cadeira arranhar o chão ao ser empurrada para trás. Corri para fora da escola para que Bee não me visse. Que horror.

A caminho de casa para me encontrar com Violet, vi como o dia estava lindo, com um vento fresco e folhas caindo no chão. Paguei Amber e coloquei Violet no carrinho para um passeio sem pressa. Violet e eu atravessamos o parque até o Hotel Plaza, onde ela observou os cavalos e as charretes bonitas. Descemos a Quinta Avenida, demos um pulinho na loja da Disney (que também fez um tremendo sucesso) e chegamos ao edifício Empire State. Quando me dei conta, já estávamos no Soho, atravessando a rua Houston. Olhei as crianças descoladas e o pessoal moderninho. Havia modelos e estudantes por toda a parte. No geral, o clima era bem mais jovem.

De repente, Violet disse: "Mamãe, minha loja!".

Virei para o lado e topei com a loja de roupas infantis mais linda do mundo. O nome da loja era Makie, escrito numa plaquinha minúscula de juta presa no alto da porta. Entramos e encontramos a estilista. Elogiei as criações, tão delicadas e originais. Violet circulou por uns 15 minutos enquanto escolhi roupas novas para o inverno. Ela não tinha um sobretudo ou um casaco decente – e lá em Uptown tudo era tão acintosamente caro que eu não tinha coragem de usar o cartão de crédito. Ela experimentou uma botinha fofa em estilo totalmente anos 1920, um modelo que lembrava Annie, a menina órfã. Violet ficou para lá de lindinha com a bota.

Fizemos um almoço de mulherzinha num restaurante tailandês e dividimos bolinhos fritos (era o prato preferido dela). Depois começamos a caminhar de volta para casa. Durante o passeio, meu docinho desmaiou no carrinho. Estava fresquinho, e troquei a sandália de dedo que ela estava usando pela bota marrom novinha que havíamos comprado na Makie. Ela parecia um anjinho, estava perfeita, e decidi aproveitar a soneca dela para me arriscar a fazer umas comprinhas para mim.

Entrei numa loja da Barneys e percorri as araras cheias de coisas bonitas. Vi Kelly Osbourne junto com Richie Rich, o estilista da marca Heatherette que eu admirava à distância. Dez minutos depois vi Liv Tyler entregar compras com delicadeza à vendedora, com seus dedos compridos.

De repente, na fila do provador, ouvi um grito: "Ai, meu Deus!".

Virei e vi uma das mães que estava no Kidsplosion. Ela estava no celular. "Espera um minuto", disse ela, e se voltou para mim. "Onde você comprou essa bota maravilhosa?"

"É... Numa loja no centro..."

"Onde? Nome! Endereço!" Ela parecia estar suando em bicas, e falava com uma voz tão urgente que era como se estivesse comandando uma missão investigativa da CIA, um trabalho vital para a sobrevivência da nação.

"Numa loja chamada Makie. Fica na Thompson, entre a Prince e a Spring, se não me engano."

"Milos, sou eu", latiu ela no celular. "Preciso que você vá a uma loja chamada Makie. Compre uma bota de couro marrom, tamanho 21, para a Calíope. Isso mesmo, 21. Depois volte para Uptown e venha nos buscar no Via Quadronno. Tchau."

Ela fechou o celular, virou as costas e foi embora. Não disse obrigada, não disse nada. Apenas despachou o motorista para comprar uma bota igual à da Violet. Achei péssimo.

Quando chegamos em casa, Violet ainda dormia no carrinho. Aproveitei então para desfrutar de um luxo que eu ainda não tivera em Nova York: um banho vespertino de banheira, quente e demorado. Ahhh. Minhas pernas estavam aos cacos por causa da longa caminhada, mas no fundo eu me sentia ótima. Ao afundar nas bolhas de alfazema, olhei pela janela e vi o sol se pondo, num céu azul-elétrico que me lembrou as pinturas de Maxfield Parrish.

Trinta e cinco

No dia seguinte, inspirada pela maratona com Violet, decidi visitar o Museu de História Natural, no West Side. Violet sabia o nome de todos os dinossauros conhecidos pela ciência, por isso achei que seria divertido conferir os esqueletos daquele pessoal. Dizer que ela ficou eufórica e fascinada não seria suficiente. A exposição era realmente incrível. Visitamos todas as salas, vimos "besôuos", "coêios" e "peixinhos", mas aí as brincadeiras de Violet foram chegando ao fim.

Uma mãe e uma filha bonitinhas, ambas com cachecóis de lã, observavam fascinadas uma imensa baleia pendurada no teto.

"Mamãe, aqui é muito legal!", disse a garotinha, boquiaberta.

"Não é o máximo?", respondeu a mãe. "Podemos vir sempre que você quiser."

Violet foi atrás da menina e lhe deu um abraço apertado.

"Que gracinha, ela é muito carinhosa!", disse a mãe, simpática. "Amy, dá um abraço nela!"

As meninas se abraçaram e ficamos as duas abobalhadas com a meiguice da cena. A mãe me lembrava de uma amiga minha dos tempos de pós-graduação, uma amiga que tinha um bebê e era super tranquila. Quando ia a uma festa, o bebê passava de colo em colo, e às vezes eu a via estudando na biblioteca, com o bebê no canguru. Lembro de ter prometido a mim mesma que eu seria uma mãe tranquila e serena como ela. E a mãe do museu tinha esse mesmo astral, estava numa boa.

"Vocês moram por aqui?", perguntou ela.

"Do outro lado do parque. Não é longe, não. Viemos caminhando, foi uma delícia", respondi.

"Amy e eu frequentamos uma aula muito legal no East Side, chamada Broadway Babies. Vocês conhecem?"

"Não. Qual é a proposta? Transformar as crianças em pequenas celebridades, feito o Macaulay Culkin?"

"Não", riu ela. "É tão fofinho que quase morro. Os professores são atores da Broadway e fazem uma apresentação diferente a cada semana. Então os pais sempre assistem a um espetáculo de primeira."

"Sério? Deve ser o máximo!" Parecia bem mais animado e divertido que os *glockenspiels* e os triângulos sonolentos da Milford Prescott.

"Você tem que ir. Os professores são super talentosos, a gente percebe que morar em Nova York é uma bênção."

A filha dela resmungou: "Mamãe!".

"Está bem, minha linda. Vamos almoçar. Ah, meu nome é Holly Appleton. Se quiser fazer a aula, ligue para lá e fale com Heather Stone. Ela é um amor."

"Super obrigada pela dica."

"Sua filha é uma graça."

"A sua também!"

Saímos do museu e liguei para o serviço de informações, para pedir o telefone do Broadway Babies. Inscrevi Violet ali, na hora. Eles disseram que havia uma vaga na turma de Holly, e a próxima aula seria uma apresentação da peça *Chicago*. Fiquei me perguntando como eles apresentariam para crianças de dois anos um musical sobre sexo, massacre e duplo homicídio, com direito a cadeia e a um sistema jurídico corrupto. Mas uma coisa eu sabia: estava animadíssima.

Trinta e seis

No dia seguinte, o interfone tocou enquanto eu arrumava as gavetas de Violet (abarrotadas de roupas que não cabiam mais, uma pena!). A Sra. Dillingham estava subindo. Merda, eu estava com uma cara de quem acabou de sair do ringue com o Mike Tyson. Arranquei minha camisetinha básica e botei um vestido branco que eu nunca tinha usado – tirei a etiqueta quando a campainha tocou. Era uma situação tão falsa, eu jamais usaria aquele vestido para ficar de bobeira em casa. Mas eu sabia que Lila e sua turma estavam sempre arrumadas e provavelmente não apareciam nem na frente dos empregados com uma roupa tão plebeia quanto uma calça *jeans*.

"Lila! Oi." Dei um sorriso forçado. "Que surpresa." Imaginei que talvez a menção ao fator surpresa faria com que ela repensasse o hábito de aparecer sem telefonar. Mas não.

"Hannah, estou preocupada", começou Lila, me olhando de cima. Identifiquei um indício de aprovação ao vestido, apesar de não ter havido nenhum comentário a respeito. "Estive com Bee hoje à tarde e... Bom, falamos sobre Violet."

Só me faltava essa. Será que esse povo não tem nada melhor para fazer do que falar sobre a *minha filha*? Parece que não.

"E ela comentou que você... levou Violet para a periferia", disse ela, a voz engasgada como se estivesse prestes a vomitar. "De metrô."

"É verdade." Eu sabia onde ela queria chegar. "Fomos conhecer um grupo de pais e filhos que se reúne por lá."

"Bom, para falar a verdade ela também me disse que Violet assiste muita televisão. Seria mentira dizer que isso me deixa feliz – você sabe que o Weston jamais vê televisão –, mas o que realmente me preocupa é o fato de você ter decidido levar minha neta para andar num transporte público *subterrâneo*, naqueles vagões repugnantes! É tudo pichado, um pavor. E aquela *gente*! É a escória da sociedade! Só Deus sabe o que poderia ter acontecido com ela. E é óbvio que o metrô é alvo de terroristas, você sabe disso. E se um suicida maluco tivesse entrado no trem com você? É muita irresponsabilidade!"

Meu sangue ferveu. Eu queria muito que Josh estivesse lá para interceder e me defender, mas ele trabalhava o tempo todo e lá estava eu, sozinha, tendo de me defender mais uma vez da mãe dele e, ao mesmo tempo, tentando evitar uma situação de confronto.

"Lila, o metrô não está mais todo pichado."

"Não importa! Essa ideia simplesmente não me agrada, e quando você realmente *tiver* que sair de Manhattan eu mando meu chofer com vocês."

Eu estava lívida. Mas respirei fundo e expirei minha vontade de acertar um taco – de golfe – na cabeça dela. Senti que a ira se esvaía lentamente. Acenei com a cabeça, e concordei com calma. Eu não queria piorar a situação. Não queria dizer, por exemplo, que ela era uma vaca intrometida e deveria cuidar da própria vida. Por isso fiquei quieta. Depois ela ficou de conversa fiada durante uns dez minutos (perguntou "as últimas" do processo de matrícula nas escolinhas, blá blá blá) e anunciou que precisava ir porque tinha um baile de gala dentro de três horas na Mansão Burden, em benefício da entidade Ajude os Afrescos Internacionais (aparentemente, havia tetos pintados no exterior precisando desesperadamente de ajuda). Ela garantiu que não tinha "nem uma peça de roupa para vestir". Sei. Quando ela foi embora me deu uma vontade louca de sair de casa, e decidi dar um passeio com Violet para desanuviar. Caminhamos alguns quarteirões, e aí ouvi Violet dizer: "Mamãe, olha a loja!". Quis fazer a vontade dela, e fomos parar no famoso empório dos brinquedos chamado FAO Schwartz.

Que equívoco. Hordas de mães, todas com cartões de crédito *platinum*, faziam fila nos caixas segurando sacolas cheias de imensas bonecas e carros de controle remoto – isso porque o Natal ainda estava longe. Caminhando pela loja, eu tinha a impressão de enxergar tudo através de uma lente olho-de-peixe. Num delírio distorcido, os pirulitos das crianças pareciam deformações maiores que as cabeças delas. O *vrum-vrum* dos caminhões era tão barulhento quanto os verdadeiros veículos do horário de pico, e as Barbies pareciam estar mais loiras do que nunca. De repente, um imenso palhaço me deu a sensação real de que estava cambaleando na minha direção e viria me estrangular. Peguei Violet rapidamente e voltei para casa. Talvez Josh tivesse deixado um recado bonitinho. Eu estava morrendo de vontade de conversar com ele e me refazer daquele dia.

Trinta e sete

Josh, no entanto, não havia dado notícias – à exceção de uma rápida mensagem no celular na qual ele dizia que teria uma reunião "até tarde". Troy Kincaid, por outro lado, curiosamente ligara três vezes. Uma oferta particular, feita por uma família que estava de mudança para Portugal dentro de dois meses, havia surgido de repente. A mulher tinha acabado de receber um transplante de fígado, estava convalescendo em casa e não queria gente circulando pela casa. Na surdina, ela colocou o apartamento à venda e contratou Troy Kincaid como corretor exclusivo. Como o preço estava dentro do nosso orçamento (ou quase dentro) agarrei correndo a possibilidade de visitar o apartamento; ele perguntou se poderíamos ir até lá imediatamente.

Eu já tinha visto um monte de cafofos com Troy. Entrei no apartamento, dei uma olhada e logo saquei. É igual ao que acontece com homens: a gente beija um monte de sapos e simplesmente *sabe* quando encontrou um marido. Aquele lugar era a minha casa.

Andei pelo corredor e vi o quarto que seria de Violet, e outro quartinho ao lado do dela – algum dia no futuro, aquele poderia ser o quarto do bebê número dois. Era perfeito.

"Fechado", respondi, decidida. "Este é o apartamento certo. É a nossa casa."

Mas é claro que as coisas não eram tão fáceis. Em Nova York, onde a vida funciona em condomínio, não basta pôr a grana em cima da mesa para receber a chave. Não, não, não. Na terra dos bairros verticais, onde doze nova-iorquinos com doze opiniões diferentes vivem empilhados uns nos outros, teríamos de passar pelo infame conselho de condomínio.

Agora, como se não bastassem as escolas de Violet, também teríamos de nos preparar para o pacotão do condomínio – um tomo de cem páginas contendo uma ficha de solicitação de entrada no prédio, exigindo todas as nossas declarações de imposto de renda, com um sem-número de formulários e pedindo cartas de recomendação. Não eram apenas cartas de recomendação sobre nossas finanças pessoais, escritas pelo chefe de Josh ou pelo nosso contador; seriam necessárias cartas de referência social para provar que éramos bem-vistos pela comunidade, de preferência por amigos da alta roda (ou seja, por moradores de outros bons condomínios da região).

Entrar para aquele prédio era bem complicadinho – o endereço era muito exclusivo, cheio de "boas" famílias que incluíam um apresentador local da NBC e um famoso advogado criminalista. Não era um endereço chiquérrimo e badalado, e sim uma rua calma com árvores na calçada – um edifício realmente "mauricinho", cheio de poltronas de couro surrado no *hall* de entrada e porteiros velhinhos que trabalhavam lá há quarenta anos.

No dia seguinte, depois que Josh e Violet foram conhecer o apartamento e fizemos uma oferta formal, fomos com Troy até um café ali perto e fizemos uma lista de pessoas para quem poderíamos pedir cartas de recomendação. A parte financeira era moleza: Josh tinha um amigão que era corretor imobiliário, portanto isso já estava garantido – bem como as cartas sociais de Parker Elliott e do outro amigo de Josh, Milton McDermott.

"E você, Hannah?", perguntou Troy. "Precisamos de algumas referências sociais dos seus amigos."

Olhei para Josh, nervosa. Eu não sabia como dizer a Troy que eu ainda não tinha amigos em Nova York. Leigh morava num apartamento alugado no centro, o que não era exatamente uma referência elegante para aquela gente. Bee nem mesmo era minha amiga, e ela não contava porque Parker ia escrever uma carta para Josh. "Talvez eu possa pedir... para o meu amigo Tate Hayes. Ele é professor em Columbia e me deu aula em Berkeley."

"Tudo bem, serve", disse Troy. "Perfeito. Mais algum amigo? Você vai precisar de outra carta, quem sabe de uma mulher."

Merda. Nadica. Parei para pensar um minuto e achei que talvez Maggie Sinclair pudesse escrever uma carta para mim. Essas meninas sabiam como as coisas funcionavam. Quem sabe ela não contaria uma mentirinha e diria que me conhecia desde o casamento de Bee? Ai meu Deus. "Acho que posso pedir para mais uma pessoa, Maggie Sinclair."

"Claro, eu conheço a Maggie. Seria o ideal, seria perfeito."

Que ótimo. Agora só faltava pedir.

E as notícias correm... Na velocidade da internet

Mensagem Instantânea de: Bee Elliott

BeeElliott: Ouvi dizer q Josh e Hannah Allen fizeram uma oferta por um apartamento.
Magg10021: É mesmo? Q bom!
BeeElliott: Não sei não. Parece q fica para lá da Terceira Avenida – eca.
Magg10021: E daí?
BeeElliott: É um prédio meio alternativo, mas tanto faz. Escuta, vc tá sabendo do filho da Tessa?
Magg10021: Não, q. foi?
BeeElliott: Parece q ele foi mal no vestibulinho. A Lara me disse q ele tem Aversão a Lição de Casa.
Magg10021: O q é isso? Ele não quer fazer os deveres?
BeeElliott: A terapeuta da escola falou q é um problema sério; Hallie disse q ele não vai conseguir entrar em escola nenhuma. Uma droga.
Magg10021: Vou sair do ar. Estou super cansada hj, o BB está chutando loucamente e não dormi nada à noite...
BeeElliott: Td bem, tchau!

Trinta e oito

A preocupação com a nova história do pacote para o conselho de condomínio me deixou maluca, por isso pedi que Amber ficasse brincando com Violet enquanto eu resolvia um monte de coisas (buscar declarações na Receita Federal, tirar xerox de documentos e outras chatices). Quando terminei, percebi que estava na rua 96, e fui subindo a Quinta Avenida até a parte norte do Central Park, no Harlem. Por alguma razão meus pés me levaram para o *campus* de Columbia. Os edifícios eram lindos; lembrei de Barbara Hershey em *Hannah e Suas Irmãs*, atravessando os prédios com uma bolsa cheia de livros. Por mais que eu adorasse as aulas de Tate, eu detestava quase todas as outras aulas – principalmente as matérias obrigatórias, o que significa que eu odiava a aula de Ciências, Geologia e Psicologia. Afora as matérias específicas do meu curso, que eu amava, todas as outras me davam vontade de arrancar os cabelos e dar o cano. Mas, enquanto caminhava por ali, percebi que eu sentia falta da vida no *campus* – não necessariamente de ser uma aluna, de estudar feito louca para uma prova, mas apenas de estar imersa naquele Universo. Eu sentia falta das hordas de gente jovem. Sentia falta da vida em comunidade. Sentia falta de fazer parte de um grupo.

Perguntei a um cara barbado e moderninho onde ficava o prédio de História da Arte, e segui as orientações dele. Columbia era diferente da minha faculdade – tinha uma cara de Costa Leste, mais glamorosa e grandiosa, com um estúdio fotográfico que mais parecia um museu, repleto de imagens que os alunos tinham de decorar para as provas. Espiei pelas janelas de algumas salas – em uma delas um professor usava uma vareta comprida para falar sobre vasos etruscos; em outra, uma mulher grisalha debatia uma pintura florida do rococó francês; na sala seguinte havia um seminário com imagens agressivas da arte dos anos 1980.

E então vi Tate através da janelinha da porta da sala onde ele lecionava. Ele gesticulava com as mãos e explicava uma imagem para a turma –

era uma paisagem holandesa. Abri a porta em silêncio e corri para uma cadeira vazia no fundo do auditório.

"Aqui podemos ver a topografia empoeirada e silenciosa de uma rua simples, quase monocromática, com uma figura singela caminhando por ali. Mas observem o céu. É vivo, vigoroso, cheio de personalidade; a pessoa é vazia de emoções, mas vejam esta árvore. Ela é antropomórfica, está retorcida como se agonizasse, parece gritar de dentro de suas raízes profundas."

Esqueça o *crack*: a saudade é a verdadeira droga. Nos últimos meses, eu tinha colocado os pés nos barris das minhas memórias, num movimento proposital – as recordações eram um lugar seguro. Estranho: antes de conhecer Josh, quando eu passava por uma entressafra de relacionamentos e curtia uma fossa, minha mente sempre se voltava para Tate Hayes. Eu imaginava como seria ir até o fim com ele. O que teria acontecido se ele não tivesse colocado o pé no freio na hora daquele beijo? Mas todas essas fantasias se desenrolavam no passado, como se estivesse de luto em relação a coisas nunca vividas pelo meu eu aos 21 anos de idade. Era como o sonho erótico que tive certa vez com o ator Jim Caviezel, de *O Conde de Monte Cristo*. No meu delírio ele arrancava minha roupa; mas eu não dava de cara com ele na farmácia da esquina, enquanto comprava uma aspirina, e depois o levava para o meu apartamento. Na fantasia, eu estava com o mesmo vestido de baile exuberante usado pela atriz com quem ele contracenava. O sonho existia no nível do impossível: fugíamos por montanhas cobertas de neblina, ele deitava meu corpo sobre a relva e desatava os laços do meu corpete. Não era um processo de recortar e colar o ator e a minha fantasia na minha *realidade*; eu estava cortando e colando eu mesma para dentro do reino de época onde ele existia. Esta era a abrangência das minhas fantasias.

Nos meus tempos de solteira, quando eu tinha uns vinte anos, meus sonhos com o professor Hayes eram estrelados por uma versão colegial de mim mesma, uma versão do passado – caso Tate não tivesse interrompido o beijo daquela tarde chuvosa. No sonho, éramos amantes, viajávamos juntos e ele me mostrava o mundo. Eu seria sua pupila adorada e assanhada, e daria a ele uma sensação de rejuvenescimento e vida nova.

"Próximo *slide*, por favor... Ah, sim. Este aqui... Este é um dos meus preferidos." Ele olhou a imagem como se tivesse encontrado uma antiga paixão num corredor de supermercado. Era a excitação nervosa de enxergar algo tão familiar, conhecido até na intimidade, mas algo que não se via há muito tempo. A voz dele quase denotava excitação sexual. Ele ofereceu aos alunos um breve histórico da Delft de Vermeer, de como teria sido a cidade quando o artista empunhou o pincel para pintar as pérolas daquele quadro.

"Nesta obra de Vermeer podemos sentir a delicada quietude do quarto no exato momento em que a jovem pesa as pérolas numa balança. A rigidez dos códigos morais refletia a tensão fundamental que havia numa cultura que valorizava a virtude e desprezava a vaidade, mas que, a despeito disso, nadava num oceano de seda e especiarias. O fardo do privilégio recaía sobre os ombros de todos, além da busca pelo equilíbrio em face da dicotomia brutal dos prazeres luxuriantes que se opunham a certa ausência de absorção das coisas materiais."

Pensei que, apesar dos séculos que nos separavam, os holandeses e eu tínhamos algo em comum, e isso era algo impressionante. Eu também caíra num mundo de valores materiais, tentava nadar contra a corrente e chegar a um porto seguro. A única diferença é que a minha paisagem estava repleta de Bugaboos, e não de tulipas preciosas.

Ele prosseguiu, e me perdi no redemoinho de palavras que ele dizia. Fui banhada por elas, e pelas luzes coloridas do *slide*. De repente, a aula acabou, e as luzes ofuscantes do teto se acenderam. Hayes dava instruções sobre a prova final, que seria realizada na semana seguinte, e enquanto isso os alunos guardavam apressados os *laptops* nas bolsas e voavam para fora da sala. Havia um zumbido de zíperes de mochilas sendo fechados, uma confusão de solas de tênis rangendo no chão. Continuei sentada, quieta, observando-o recolher suas anotações e passar a mão pelos cabelos. O projecionista saiu da cabine carregando um carrossel de *slides*.

Esperei a última menina botar a mochila nas costas e sair da sala, e chamei: "Professor Hayes – Tate".

"Hannah, que surpresa agradável! O que você está fazendo aqui?"

"Vim pedir um favor."

"Pode pedir o que quiser. Vamos sentar e tomar um café?"

Dez minutos mais tarde estávamos sentados num café antigo, com cabines escuras e mesas apertadas. Voltei para a mesa carregando uma bebida cheia de espuma, e ele estava mexendo o expresso com a colherzinha.

"O que você pediu?", perguntou ele, observando com olhos arregalados a imensa xícara. Botei tanto açúcar, parecia que a xícara estava pegando fogo e o açucareiro era uma mangueira. Perto da xicrinha adulta de café expresso e amargo que Tate tinha, eu parecia uma criança de sete anos com aquele melado que era a minha bebida.

"É um *mocaccino*. Grandísssssssimo."

"Eu estava mesmo achando que você pediria alguma coisa cheia de espuma, bem chamativa", disse ele. "Acho que é óbvio: você tem tudo a ver com chocolate. Parece até que eu me lembro das dezenas de papeizinhos brilhantes amassados em cima da minha mesa, quando você dava conta da minha tigela de bombons."

Porra, que memória.

"Bom, ouvi dizer que a existência de uma enzima no chocolate, que nos deixa mais felizes, foi comprovada clinicamente", respondi. "Eu já sabia disso, claro. Fiz pesquisas aprofundadas."

"Mas então, minha cara, em que posso servi-la?"

"Nossa, que situação estranha. Bom, vamos comprar – quer dizer, estamos tentando comprar um apartamento. E precisamos de umas cartas de recomendação social, sei lá."

"Fechado. Escrevo esse tipo de carta o tempo todo, não tem o menor problema."

Vivaaaa. Fiquei super animada. "Sério?"

"Claro, todo mundo passa por isso. Sei como funciona. Posso entregar a carta na semana que vem? Por que você não passa aqui na sexta-feira, depois da aula? Estará pronta."

"Perfeito, muito obrigada. Você é um anjo."

Trinta e nove

Lá estava eu no dia seguinte, feliz da vida, misturando o mingau instantâneo de Violet – ao som de gritos de "Mingauzinho! Mingauzinho!" – quando o telefone tocou. A animação matinal de Violet me fazia sorrir, mas aí ouvi a voz irritadiça do outro lado da linha, uma voz que parecia uma lâmina afiada. Minha gargalhada se transformou num arrepio.

"Eu gostaria de falar com a Sra. Hannah Allen, por favor."

"Sim, pois não... Sou eu."

"Aqui fala Nelly Abercrombie, da secretaria da Escola Fifth Avenue."

"Claro, oi!" Meu coração disparou.

"A senhora e o seu marido não compareceram à entrevista agendada para a manhã de hoje."

O quê? Eles não tinham me ligado! Supus que não tínhamos sido sorteados para receber uma das disputadas fichas de inscrição. O *site* da escola dizia, em negrito bem grande, que seríamos avisados por escrito e *não deveríamos telefonar* para a escola.

"Meu Deus, sra. Abercrombie. Não recebemos nenhum aviso sobre a entrevista. Sinto muito."

"Bom, a correspondência também não foi devolvida, portanto..."

Espere aí. Ela estava me acusando de mentir? "Eu juro para a senhora que sou uma pessoa extremamente organizada. Jamais faltaria a um compromisso tão importante assim."

"E por que a senhora não telefonou?"

"Bom, tanto o *site* quanto a pessoa que me atendeu no dia em que liguei me orientaram a não telefonar. Eu não queria parecer insistente."

"A senhora não suspeitou que havia algo errado, considerando que todas as suas amigas já foram notificadas das datas das entrevistas?" Ela estava bufando.

Balbuciei uma justificativa humilhante. Disse que tínhamos acabado de nos mudar e não conhecíamos ninguém que também tivesse se inscrito. Ela respondeu com um suspiro impaciente, e acrescentou: "Não sei o que dizer."

Bom, agora nossas alternativas de escolas estavam oficialmente indo pelo ralo. "Então é isso? Perdemos o bonde?"

Ela fez um silêncio tão demorado que dava tempo de parir quadrigêmeos. "Tudo bem, vou dar uma segunda chance a vocês. A próxima rodada de visitas será amanhã, às nove da manhã", disse ela. Não era uma pergunta, era uma ordem. "Em ponto."

"Feito, estaremos aí. Obrigada, muito obrigada. Eu..." *Clique*. Que vaaaaaca. A palma da minha mão estava tão suada que o telefone quase escorregou. Liguei correndo para o escritório de Josh, ofegante e histérica.

"Ele está em reunião."

"É muito importante – não dá para interromper um minuto?"

"Sinto muito, ele está com alguns clientes na sala de reuniões."

Entrei em pânico. "Por favor, você pode avisar que a mulher dele telefonou? Temos que visitar uma escola amanhã, às nove horas."

"Amanhã? Vou ver na agenda dele..."

Minha testa pingava, e eu sentia uma *pizza* de suor se formando nas minhas axilas.

"Não, não. Amanhã ele tem uma reunião às nove e meia no centro."

"Olha, pode cancelar. É importantíssimo. É uma emergência. Por favor, diga a ele que ele tem que vir comigo." Eu nunca tinha falado com tanta veemência assim, mas sabia que precisava forçar a barra.

Olhei para Violet e expirei, os olhos cheios de lágrimas. Será que eu tinha feito alguma merda, será que tinha jogado a carta fora sem querer? Não, de jeito nenhum. Eu não sou assim. Quem sabe a carta simplesmente tivesse se extraviado. Que bosta! Um pesadelo.

Naquela noite, Josh chegou em casa às onze horas, e eu já estava desmaiada na cama. Tentei ressuscitar rapidamente e dar um beijinho nele, mas ele estava exausto e disse que a visita à escola no dia seguinte tinha estragado a manhã dele.

"Amor, sinto muito. Sei que é uma chateação."

"Tudo bem, Han. A culpa não é sua. A mulher deve ser um pesadelo."

Mal podíamos imaginar.

Chegamos à grandiosa portaria da Escola Fifth Avenue, com direito a uma entrada em cima da calçada, para que os carros dirigidos por motoristas pudessem encostar, e nos deparamos com nove seguranças na porta – uma vez que "os filhos de muitas famílias de renome estudam aqui". Assim como em Carnegie, as salas eram espetaculares, com paredes entalhadas, corredores cobertos por tapetes e uma cozinha completa de última geração. Curiosamente, a visita não incluía apenas um ou dois casais, e sim mais dez casais. Estavam todos se empurrando para conseguir entrar nas salas, esticando o pescoço e brigando para conversar com a Sra. Abercrombie, numa tentativa de puxar o saco dela e demonstrar interesse. Os outros pais eram todos mais velhos, e pareciam ser controladores e exigentes. Quando a visita acabou, nos reunimos numa sala com chão de mármore e uma fileira de poltronas de couro. Haveria uma rodada de perguntas e respostas. O processo começou com uma chamada.

"Família Horowitz?", perguntou ela. Uma mulher retraída e o marido, que usava óculos, ergueram as mãos.

"Família Whitney?". Dois loiros levantaram as mãos.

"Família Allen?". Levantamos as mãos.

"Certo", desdenhou ela, e nos olhou com um ar de superioridade. "Que gentileza da parte de vocês comparecer hoje."

Era como se Thor tivesse arremessado um raio em mim. Meu corpo foi atingido pelo tom corrosivo da voz dela. Olhei para o chão, depois olhei para Josh, que ficou imóvel e me deu um sorriso discreto. Que se foda essa merda de escola! Eu já estava odiando aquela mulher. Se ela mandava em alguma coisa aqui – e ela mandava por pelo menos umas três décadas –, era sinal de que o clima era ditado de cima para baixo. Ou seja: um festival de maldades, comandado por aquela besta.

Depois de encerrar a chamada dos santos pais que compareceram, ela disse: "Comecemos." Ela falou sobre a filosofia da escola (eu adorava essa história, cada colégio achava a própria filosofia super original e exclusiva. Porra, as crianças mal saíram das fraldas!), discutiu o envolvimento dos pais (desde participar de excursões até organizar o baile beneficente de gala, um acontecimento anual) e, em seguida, abriu a conversa para perguntas.

Uma mulher levantou a mão.

"Pois não, a senhora com o *blazer* de *tweed*", apontou a Sra. Abercrombie.

"Bom, a senhora disse que todos os alunos devem sair daqui e entrar na pré-escola totalmente alfabetizados."

"Isso mesmo", disparou ela.

"Sei. Mas e se alguma criança da turma... ficar um pouquinho para trás? Os professores interrompem a aula e ajudam esse aluno?"

Achei a pergunta estranha. Era a mesma coisa que a mulher aparecer lá com um papel escrito "Meu filho é meio lerdo" no meio da testa.

A Sra. Abercrombie fez um sinal de compreensão com a cabeça e explicou que essa situação ocorria com frequência. "Veja, sabemos muito bem o que significa ter alunos um pouco mais lentos", esclareceu. "Isso acontece porque temos muitos, muitos estudantes que são fruto de fertilizações *in vitro*."

Como assim? Josh olhou para mim. Eu estava perplexa. Aonde ela queria chegar?

"Vocês sabem muito bem que a inseminação artificial não é darwinista, gente!", disse ela. Vi pelo menos duas mulheres olharem para baixo. "Quem chega lá não é o espermatozoide mais resistente, e o resultado disso é que temos um monte de crianças atrasadas!"

Que asco! Aquele comentário grosseiro, super politicamente incorreto, aquela "pesquisa" provavelmente equivocada me ofendeu de tal maneira que quase me levantei e saí da sala. Mas eu estava chocada demais para conseguir me mexer.

"Temos sete pares de gêmeos tecnológicos aqui na escola. Sete! E nesses pares sempre há um irmão que fica para trás. É assim que as coisas funcionam, só isso. Eu já disse: o espermatozoide que fecunda o óvulo não é o mais forte, e sim o que foi escolhido pelo laboratorista! Não é darwinista, gente. Não é darwinista."

Do lado de fora da escola, explodi: "Vamos cancelar a inscrição!". Eu estava quase correndo de tanta raiva.

"Calma, amor. Não precisa ficar tão nervosa."

"Nervosa? Josh, essa *vaca* é do mal, ela é *do mal*. Odiei a escola, odiei tudo. Vamos retirar a inscrição."

"Não fica chateada assim, vai." Ele ria com um ar mais divertido do que horrorizado. "A mulher é uma aberração da natureza, mas e daí? A escola parece legal."

"Josh, o que a gente vai fazer? Falta só uma escola, a Browne-Madison. Se não der certo lá, a coitada da Violet tem duas alternativas: ou ela vai parar na mesma sala de aula que as crianças mais arrogantes e frescas do mundo, ou vai ficar com as crias de Darwin cultivadas num *freezer*, sob o comando daquela idiota."

"Calma, amor. Respira fundo", disse ele, sorrindo e acariciando minha cabeça.

Quarenta

Já com a carta de recomendação de Tate Hayes na manga, tomei coragem e liguei para Maggie. Perguntei se ela queria almoçar, e ela sugeriu que levássemos as crianças para brincar no parque. Cheguei lá e ela estava se despedindo de Hallie – que vestia um *jogging* completo e estava acompanhada por um *personal trainer*. Hallie olhou Violet e mal me cumprimentou.

"Nossa, olá. Violet!", cacarejou ela, exalando uma simpatia falsa e melosa em cada palavra. "Como você é fofinha! Ah, eu queria tanto que a Julia Charlotte estivesse aqui. Mas ela está na escola, que pena!"

Com seu conjuntinho Adidas by Stella McCartney, Hallie e seu *personal* continuaram a corrida. Fiquei sozinha com Maggie, e falei sobre nossa jornada em busca de um apartamento.

"Que ótimo, Hannah! A Bee tinha comentado que vocês não estavam encontrando nada pelo preço que queriam, então essa notícia é muito boa!" Pôxa, Bee, obrigada pela discrição. Mas espera aí: como é que ela sabia disso? Ninguém merece essa mulher.

"Bom, essa é a parte boa. A parte ruim é que precisamos de umas... sei lá, umas cartas de recomendação social, sabe? Pensei que talvez você pudesse escrever uma para mim. Sei que é um saco e fico super constrangida de pedir, mas estou desesperada. Vou ficar em dívida com você para sempre."

"Claro, não tem o menor problema!", disse ela, com um sorriso aberto. Ela parecia até emocionada com o meu pedido – mais ainda considerando que, no fundo, tanto ela quanto eu sabíamos que nem éramos tão íntimas assim. Mas ela ficou feliz por poder ajudar. "Deixo na sua casa na semana que vem. Sei que em geral essas coisas precisam ser feitas rápido."

"Obrigada, Maggie. Eu te agradeço muito mesmo."

Ficamos em silêncio durante um segundo, olhando as crianças correrem no gramado.

"Maggie, sabe...", comecei. "Eu... Eu não tenho muitas amigas aqui, e para ser sincera esses primeiros meses foram bem difíceis para mim. Sei lá, é... é um processo de adaptação, sabe?" De repente, senti uma onda irritante e incontrolável de lágrimas subir para os meus olhos. Eu mal conhecia essa mulher, e o lado que eu conhecia nem me agradava tanto assim (tudo por culpa de Bee, Hallie e Lara, as amigas-enxaqueca dela). Mas algo no jeito de Maggie naquele momento, enquanto estávamos só nós duas, sugeria que ela provavelmente era uma pessoa legal. "Meu marido está trabalhando sem parar há dois meses e... eu sinto falta dele." Agora as lágrimas jorravam sem pena. "Sinto falta dele, e me sinto tão sozinha. Sabe, minha vida se resume à Violet. É claro que ela é a filha mais carinhosa, querida e maravilhosa do mundo, mas... eu me sinto muito sozinha."

E então uma coisa inacreditável aconteceu: Maggie me abraçou. As amigas dela eram todas umas frias que mal abraçavam os próprios filhos, quanto mais outra mulher. Talvez um beijinho na bochecha numa festa, e olhe lá. Mas, por algum motivo, aquele abraço era exatamente o que eu queria.

"Olha", disse ela, "eu sei que as coisas podem ser difíceis. Está todo mundo cuidando da própria vida, e a gente se estressa com facilidade. Mas você acabou de chegar! Não se preocupe. Provavelmente Josh está mostrando serviço porque começou agora."

"É tão difícil. Eu me sinto tão perdida, parece que vim de Marte. Acho que as coisas seriam diferentes se eu tivesse nascido aqui."

Maggie me consolou: "Sabia que a maioria das pessoas que você conheceu também não é daqui? A Hallie é de Ohio. E a Lara nasceu numa aldeia de pescadores em Portugal, com uma população de 576 pessoas, literalmente".

Du-vi-do. "Sério? Você está brincando", respondi, pasma, limpando as lágrimas do rosto.

"Não! Engraçado, não é? A Bee é de Manhattan, e por isso ela é meio que a líder. Mas Lara e Hallie não, não mesmo! Elas ficam tão perdidas com o clima de Nova York que compensam se preocupando dez vezes mais com os filhos, pensando em conseguir vagas para eles em tudo quanto é curso. Elas competem sem parar."

"Nossa, eu achava que eu era uma aberração!"

"De jeito nenhum, Hannah. Você é descolada! Você é moderna, é... você mesma. Essas mulheres se preocupam tanto em fazer parte da turma e não ficar para trás que perdem a própria personalidade."

"Pôxa...". Sequei a última lágrima.

"Não se preocupe", disse Maggie, fazendo carinho nas minhas costas. "E por favor: não mude."

"Minha sogra não gostaria de ouvir você dizer isso. Ela está louca para eu deixar de ser simplesinha e me transformar numa mulher chique", confessei. "Acho que ela teria ficado bem mais feliz se Josh tivesse se casado com uma mulher como a Bee."

Maggie ficou quieta e não reagiu.

"Não se preocupe", disse ela, depois de alguns segundos. "O que importa é a sua família, a relação de vocês. Não se deixe atingir pelo que vem de fora."

Eu sabia que ela tinha razão, e no fundo me senti bem por ter me aberto com ela. Leigh era quase uma irmã para mim, mas era chato reclamar com ela – eu já tinha tudo o que ela queria na vida, um marido e um filho. Maggie parecia entender a pressão que eu sentia. E aí me dei conta: por mais que ela fizesse parte daquela suposta elite, ela também se sentia pressionada.

Depois que nos despedimos eu percebi que estava me sentindo um pouquinho melhor. Felizmente o dia seguinte daria um novo rumo à minha vida, com a aula do Broadway Babies, já que todos os dias da semana pareciam páginas em branco que eu tinha de preencher. Eu chegara a um ponto em que ficava feliz quando o papel higiênico acabava, porque isso era uma desculpa para sair e comprar mais; era uma tarefa com um propósito, um objetivo, uma maneira de me sentir útil e preencher o vazio. Não apenas o vazio do porta-papel higiênico, mas o meu vazio. E agora eu pressentia uma guinada. Eu estava oficialmente convencida de que tinha de mergulhar na vida em Nova York. E quem sabe, aos poucos, eu passaria a me sentir em casa aqui.

Quarenta e um

Estou no museu Metropolitan com Tate Hayes, caminhando pelo templo de Dendur e olhando as paredes de vidro. Através da imensa vitrine, veem-se as últimas folhas secas presas às árvores serem arrancadas pelo vento.

"Isso aqui é tão lindo. As árvores já estão quase totalmente secas. Nem acredito que o outono esteja acabando", digo.

Tate olha as janelas e diz: "Tenho uma ideia".

"O quê?"

"Quer ver as obras que ficam na reserva técnica do museu? Sabia que menos de 10% do acervo está em exposição? Podemos ir até o porão, e mostro para você os verdadeiros tesouros."

"Nossa, seria maravilhoso."

Vou atrás dele, passando por salas e mais salas de sarcófagos, por átrios cobertos de tapeçarias, descendo escadarias de mármore até chegar a uma porta escondida, daquelas que a gente nunca percebe quando vai aos museus. Há câmeras de segurança e guardas por toda a parte, mas ele tem um crachá magnético que nos permite penetrar cada vez mais fundo nos santuários internos do labirinto que é o Metropolitan.

Tate olha para cima e vê uma câmera. Continuamos andando, como se fosse normal eu estar ali. Ele digita um código num pequeno teclado que fica ao lado de uma vasta porta reforçada. Uma luz verde se acende. Entramos numa espécie de cofre gigantesco, à prova de fogo, que abriga toda a coleção de obras em papel. Armários com gavetas rasas e profundas guardam fileiras e fileiras de desenhos e gravuras. Há um estúdio de gravuras, onde Tate pede que eu me sente numa cadeira. Ele coloca luvas nas mãos, abre uma gaveta fechada à chave e, com todo cuidado, coloca um pedaço de papel na minha frente.

É *Adão e Eva*, de Dürer. Os traços estão tão próximos, sinto uma intimidade inacreditável com a mão que se moveu para frente e para trás e criou aquela obra. Posso ver cada talho do buril; é como se cada lampejo de pensamento estivesse gravado em todos os milímetros de tinta preta.

A seguir veio a gravura *Cem Florins*, de Rembrandt. Depois, um Lucas van Leyden. Os detalhes das pás de um moinho de vento. A luz que emana da brancura do papel, que espreita em meio a dezenas de finíssimas linhas cinzas. Não acredito no que vejo.

"Isso é... Um milagre. As obras são tão lindas, não acredito que eu esteja vendo isso tudo de perto."

"Todas as gravuras deveriam ser vistas desta maneira. Elas foram disseminadas justamente para ficar famosas, para que fossem sustentadas pelas mãos do observador, como você está fazendo agora."

"As linhas", suspirei, a voz vacilando. "Eu me sinto tão próxima do artista."

"Para ele, fazer gravuras era o mesmo que respirar."

Olho para Tate. Os olhos dele parecem genuinamente emocionados com minha gratidão pelos segredos que ele me revelou nesta coleção secreta. Ele olha para mim, sentada na cadeira, olha para a ex-aluna muda de admiração, e passa suavemente os dedos pelos meus cabelos.

"Venha." Ele se vira e sai da sala, e sinto um frio na barriga ao segui-lo, obediente.

Penetramos ainda mais no corredor e entramos em uma sala gigantesca, uma caverna de concreto com um pé-direito imenso e um grande mostrador de metal, com vários nichos, como numa loja de pôsteres. A diferença é que cada divisória é feita de aço e está fechada com um cadeado. Ele pega um molho de chaves e destranca cada uma delas, passando os dedos pelas divisórias. Escolhe uma obra, sorri para mim e pega-a nas mãos. É um Pieter de Hooch, uma delicada cena doméstica com um piso xadrez, retratando mãe e filho. Perco o fôlego; não acredito que estou tão perto da pintura, posso até ver a tinta depositada sobre a tela.

"Ah", suspiro. E logo percebo que foi um suspiro quase sexual.

"Veja esta." Ele abre outra moldura de metal, uma divisória com dois Caravaggios. Do outro lado da sala há um Whistler, e também um Robert Henri. Aquele momento me deixa entorpecida, a arte ao nosso redor, a experiência inigualável de ver um sonho se transformar em realidade – na verdade, um sonho superado pela própria realidade.

"Ele pintava crianças de uma maneira que me lembra você."

"Obrigada. Você está me dizendo que sou um bebezinho?"

Ele olha bem nos meus olhos, talvez até através deles. A sala é feita de concreto gelado, molduras de meus, cadeados. Mas as emoções e as cores em cada divisória selada parecem ferver, explodir dentro das proteções de metal frio. Nós também; agora, neste instante, a sala é um eco do nosso passado – uma interação direta entre professor e aluna, no *campus*, na sala do professor. Concreto. Organizado, assim como a ordem e as fórmulas que regem o armazenamento das obras ao nosso redor. Mas sob a superfície (pelo menos para mim), debaixo do *jeans* e da camiseta adolescentes, para além das mochilas cheias de livros didáticos, há cor e calor: pinturas da intimidade, naturezas mortas de doação, um mar agitado pela saudade.

"Não", responde ele, como se eu de fato fosse uma criança. "Você não é uma criança. Mas tem os mesmos olhos líquidos."

Ele se aproxima de mim, passa a mão nos meus cabelos e me puxa para perto com um movimento decidido. Coloca as mãos no meu rosto, como se eu fosse um objeto precioso, e se inclina para me dar um beijo de alta voltagem, elétrico, arrebatador – como o beijo de anos atrás, na sala dele. Ele pressiona os lábios contra os meus, lábios doces e quentes como cidra. As mãos dele vão do meu rosto para meus ombros, depois deslizam de volta, me apertam mais e mais contra ele, num beijo ainda mais profundo. Fico sem fôlego, como se estivesse debaixo d'água. Agora já fomos mais longe e mais fundo do que naquele beijo da sala dele, já deixamos o passado para trás e adentramos águas desconhecidas e assustadoras. Eu me afogo nele, sugo meu desejo por ele como se fosse oxigênio, tateio com as mãos em meio a um borrão submerso – e agora, em sua boca morna, meus pulmões finalmente se abrem. Coloco minha mão por trás da gola dele e sinto os primeiros centímetros de pele nas costas. Ele me levanta do chão cinza e frio, me ergue nos braços, e o beijo fica ainda mais febril e desesperado.

Ele tira os óculos e tenta colocá-los sobre a mesa, mas eles caem no chão com um ruído estridente. Ele se volta para mim, sorrindo, e me beija com tanta força que meu corpo é todo arrastado para dentro dele. Ele vai ser meu. Ele passa a mão pelos meus seios, por cima da roupa, e depois por debaixo da blusa, na carne. Pela primeira vez ele parece ofegar, e me leva para um canto ao lado da última fileira de divisórias de metal, onde há um espaço vazio. Estamos protegidos, escondidos naquela quina. As mãos dele acariciam meus seios, e depois minhas coxas. Ele levanta minha saia e me ergue até me sentar em cima de uma plataforma de concreto, atrás da fileira de obras. Faz frio, mas a temperatura do meu corpo não diminuiria um décimo nem que eu estivesse em um frigorífico. Agora que estou mais alta, ficamos face a face. Eu o beijo, passo as mãos nas costas dele como se quisesse agarrá-lo para ter certeza de que é real. A mão dele sobe pelas minhas coxas e rasga minha calcinha. Estou quase gritando, de susto e de prazer. E ele tapa minha boca com a mão e me penetra de um jeito que me faz fechar os olhos a cada movimento. Minha cabeça cai para trás, ele beija meu pescoço; tento prender um gemido crescente de entrega, e ele cobre minha boca com mais violência e mais proteção. As pinturas estão ao nosso redor, querubins italianos cantam nos céus, trombetas proclamam nosso elo, as cordas dos bandolins de todas as naturezas mortas espanholas vibram comigo, e todas as telas de banquetes e saraus ao ar livre reverberam nossos movimentos. Tradicionais retratos de festas falstaffianas brindam em nosso nome, folhas reluzentes flutuam em todas as paisagens, como se estivessem nos homenageando ao sabor dos suspiros que exalamos. Neste momento, os sorrisos recatados das virgens de tinta se voltam para mim, viajam através da mesma parede contra a qual ele me pressiona, através da muralha cinza para a qual ele me empurrou. E então ele perde o fôlego durante um segundo desesperado, carregado de prazer. "Ah, Hannah!"

"Mamãe? Mamãããããããe!"

Hein?

"*Mãe!*"

Violet está aqui no Metropolitan? Imersa na confusão, eu me sinto no fundo do mar, como se a voz de Violet fosse o céu lá no alto, me chamando de volta do meu estado sem fôlego, léguas abaixo do nível do mar, me convidando a voltar para a superfície da realidade, da vida. Engasgo como um peixe fora d'água, as guelras batendo desesperadas ao deixar o mundo submarino, ao respirar o ar cortante da consciência.

Acordo. E levanto da cama para pegar minha filha.

Quarenta e dois

"Isso é normal."

"Não é, não, Leigh. Sou uma mulher casada!", respondi naquela mesma tarde, balançando a cabeça de um lado para o outro enquanto Violet brincava com cubos de madeira. "Eu amo o Josh, nunca tenho fantasias com outras pessoas."

Enrolei o fio do telefone no dedo. Com uma pontinha de culpa, lembrei de uma participação especial de George Clooney em uma ou duas noites de sono.

"Então você é uma aberração da natureza!", exclamou ela. "Fantasiar com outros homens é saudável, Hannah! Não tem problema, você só está culpada porque foi com alguém que você conhece, e não com o Orlando Bloom, como acontece com outras mulheres."

"Pode ser."

"Lembra na faculdade, quando você teve um sonho erótico esquisitíssimo com aquele CDF que fazia laboratório de Biologia com você? Vocês quebravam todos os tubos de ensaio no chão do laboratório e trepavam na bancada, do lado dos bicos de Bunsen."

"Obrigada pela lembrança."

"Não é isso. Eu só estou dizendo que não quer dizer nada! Você não tinha um desejo secreto por aquele panaca! Para de analisar tudo. É um sonho, pronto! Não é uma traição."

"Fazia muito tempo que eu não dormia tão pesado. Nos primeiros dez minutos, fiquei em estado de choque. Eu nem costumo lembrar dos meus sonhos. Só me dei conta que não tinha sido real quando abri a geladeira para pegar a mamadeira de Violet e tomei uma lufada de ar frio na cara."

"Isso é bom, Hannah! Você quase se matou depois do sonho com o cara do laboratório. Pelo menos agora foi com um cara gostoso. Quem me dera ter uns sonhos assim."

"Credo. Mas eu não quero nem pensar nisso. Bom, a gente se vê hoje à noite. Preciso desligar."

Desliguei e sentei no chão ao lado de Violet. Fomos fazendo uma torre de cubos mais e mais alta, e ela ficou na pontinha dos pés para colocar mais um cubo lá em cima, com todo o cuidado. Pensei que a pilha de cubos fosse despencar. Eu estava tão fora de prumo quanto a torre. Mas, assim que respirei fundo e finalmente me acalmei, todos os cubos caíram pelo chão.

Quarenta e três

Ainda meio grogue e zonza por causa do sonho desconcertante – e proibido para menores –, peguei Violet e fui dar uma olhada no nosso futuro apartamento, para tirar algumas medidas. Troy havia dito que o conselho se reuniria naquela semana, e depois só dentro de dois meses. Sendo assim eles tinham concordado em debater apenas nossas referências financeiras, já que as cartas de recomendação social ainda não haviam chegado. A resposta sairia em breve, a depender da ficha completa. Era um alívio estar mais perto de receber as chaves para um lar de verdade, mas ainda assim a possibilidade parecia remota. Apesar disso, eu já sentia uma ligação com o prédio. Tony, o porteiro, era muito simpático, e o edifício parecia aconchegante e acolhedor. O zelador estava no *hall* de entrada e me disse que Troy acabara de sair, mas achou uma cópia da chave num armário do *hall*. Como já tínhamos dado 10% de entrada e os antigos proprietários tinham se mudado para a Europa há uma semana, me achei no direito de dar um passeio e imaginar nossas raízes no apartamento, a vida depois do caixote branco e sem graça que era nosso apartamento funcional. O zelador fez uma festinha na cabeça de Violet e disse: "Esta aqui é a sua nova casa!". Torci para que realmente fosse verdade – para que sobrevivêssemos à sabatina do conselho de condomínio.

Ao chegar lá em cima, fiquei alguns segundos brigando com um molho que tinha umas dez chaves penduradas. Abri a porta e ouvi uma gargalhada: fiquei surpresa ao ver Troy na sala. Será que ele estava mostrando o apartamento para outros clientes? Eu estava estarrecida. E foi aí que vi que a "cliente" era ninguém menos do que Bee.

"Ah... Oi", cumprimentei, a voz fria. Que porra eles estavam fazendo aqui? Eu sabia que ela não representava uma ameaça, que não passaria a perna na gente para comprar o apartamento. Ela só sairia de seus aposentos reais se estivesse de mudança para um endereço ainda mais grandioso

– e o apartamento dela era duas vezes maior do que aquela espelunca. Violet pulou do carrinho e correu ao redor deles, e eu fiquei paralisada.

"Oi, Hannah", disse Troy, nervoso, o sotaque britânico mais forte do que nunca. "Eu só estava mostrando o apartamento de vocês para a Bee, já que tenho a chave..."

"Sei."

"É ótimo", disse Bee. "Eu não sabia que os apartamentos aqui eram tão espaçosos. É um prédio tão desconhecido."

Não entendi muito bem o que ela quis dizer com *desconhecido*, mas não gostei do comentário. "Bom, eu só vim tirar umas medidas...", respondi. Passei por eles e fui para o quarto.

"Tudo certinho, Hannah. Eu te ligo daqui a uns dias, antes da reunião do conselho", disse ele. Os dois viraram as costas e saíram, batendo a porta. Bizarro. Não gostei nem um pouco de ver meu corretor trazendo a Bee escondida para o apartamento. Eu sabia que nossa relação não tinha nenhum tipo de sigilo, como acontece com médicos ou advogados. Mas por alguma razão eu achei aquilo meio sinistro e pouco ortodoxo. Provavelmente ela tinha implorado para ir lá conferir o apê – eu sabia que ela era obcecada com a vida dos outros, uma vez que ela vivia fazendo comentários que mais pareciam editoriais sobre os apartamentos, os gostos, as contas bancárias e tudo o que dizia respeito à vida alheia. Que mala.

Troy e eu não nos falamos antes da reunião do conselho. Brincamos de gato e rato na secretária eletrônica – eu deixava recados pedindo dicas importantes, e fui ficando cada vez mais apavorada. Eu ainda estava chateada porque ele tinha levado Bee ao nosso apartamento; quanto mais eu pensava nisso, mais estranha a situação parecia ser. Também fiquei meio puta porque ele não estava se esforçando para falar comigo.

Eu tinha dado um sermão em Josh para ele não se atrasar para a entrevista, e felizmente ele chegou na hora. Deu um beijinho na minha bochecha e entramos no *hall* com vinte segundos de antecedência.

Maggie me dissera que, na verdade, a entrevista era mais uma festinha de boas-vindas ao prédio. Só que este não era o caso aqui.

Entramos num apartamento e nos deparamos com cinco homens engravatados. Todos banqueiros. Perdão, um deles era um advogado do setor imobiliário: nosso anfitrião, o presidente do conselho, basicamente despachara a mulher para que a reunião pudesse ser realizada na sala da casa deles – que era toda branca. Toda branca mesmo. Eu não sabia se estava num hotel de gelo ou num hospício. Eu tinha colocado minha bota mais descolada, uma bota que ia até o joelho (Leigh dizia que era a "Bota da Mulher Fodona"). O modelito passava uma imagem durona, daí a escolha. Além do mais, eu ficava uns dez centímetros mais alta, me sentia muito mais confiante e mais arrumada em comparação ao meu tradicional visual de mãe com calça de moletom.

Mas espere um momentinho aí, Hannah.

"Perdão, Sra. Allen", disse Wynn Sutherland, o anfitrião, me olhando de alto a baixo. "Vocês poderiam tirar os sapatos, por favor? Nesta casa só se entra descalço."

Inspirei fundo e expirei a raiva. Josh percebeu minha irritação e deu um sorriso.

"Espero que sua meia-calça não esteja furada", brincou um dos engravatados. Assim que ele pronunciou aquelas palavras, com sua boquinha aristocrática, eu me lembrei: sim, a meia realmente estava com um furo de quase três centímetros. Bem no meio da batata da perna. Eu tinha uma meia-calça velha, tipo Nina Hagen, para usar especificamente com aquela bota e uma calça por cima. E obviamente eu não imaginava que me pediriam para tirar o sapato. Não estamos em Osaka.

Abri o zíper da bota com toda a tranquilidade do mundo e revelei o furo *punk-rock*. Sentei calmamente. Josh deu um sorriso amarelo; fiquei com medo que ele fosse sair do sério. Respirei fundo.

Os cinco integrantes do conselho se sentaram num imenso sofá branco e em duas poltronas brancas que ficavam nas laterais. Para nós, sobrou um banco. Sim, um banco modernoso, sem almofada, do tipo que causa hemorroidas. Não quero nem saber quem foi o *designer* que projetou aquela porcaria: era muito desconfortável.

"Pois bem", começou Wynn, dando um gole num copo de água com gás (que não nos foi oferecida). "Hannah, você não trabalha, só cuida da filha de vocês, é isso?"

Você não trabalha. Palavras fulminantes. "É, pois é. Nós temos uma filha..."

"Sei. E você, Josh? Trabalha no Jupiter Capital, não é?"

Ao longo dos 45 minutos seguintes, Josh falou e eu consenti com a cabeça, como se espera de uma boa esposa. E tentei cobrir o naco de carne à mostra debaixo da meia-calça furada. Tive a impressão de ser invisível. Que se foda essa gente. Será que eu queria morar no mesmo prédio que eles? Das outras vezes que estive aqui, não vi ninguém passando. Ainda que morem uns em cima dos outros, parece que os vizinhos aqui não convivem. Na verdade, parece que não se encontram nem no elevador.

Finalmente, quando a conversa estava terminando, um dos entrevistadores perguntou sobre Violet. Que escola ela frequentava? Josh falou da Milford Prescott, e ele ficou impressionado.

"Nosso pequeno Wynn – é a quarta geração da família a preservar nosso nome – adorava a Milford Prescott. É excelente." Ele deu uma piscadinha para mim. Seria um sinal de que havíamos sido aprovados? Eu estava começando a perceber que, para esses pais, a escola era uma espécie de clube exclusivo que servia para rotular as pessoas como "semelhantes".

Saímos de lá e Josh me esculhambou por causa da meia furada, morrendo de rir.

"Desculpa, amor. Mas aqui não é o Japão, porra!", desabafei. Ele sorriu e tentou me consolar.

"Han, não é nada demais."

"É sim! Eu estudei História da Arte e sei muito bem que tirar o sapato é um gesto que denota inferioridade. Fui humilhada!"

"Ah, pelo amor de Deus! Não me venha com essa iconografia barata", brincou ele, e me deu um abraço.

"É sério! Para de rir! Eles só queriam saber de você. Era como se eu fosse vento. Você viu o que ele disse? 'Você *só* cuida da Violet?'"

"Não liga, não. A gente vai ter que entrar no esquema se quiser conseguir o apartamento dos nossos sonhos."

"Em Nova York a gente tem que entrar no esquema para fazer qualquer coisa, não é?"

E por falar em sigilo...

Mensagem Instantânea de: Bee Elliott

BeeElliott: E aí? Fiquei sabendo q vc escreveu uma carta de recomendação p/ Hannah e Josh.

Magg10021: É verdade!

BeeElliott: Como assim? Q cara de pau ela te pedir!

Magg10021: Não tem problema, não custa nada.

BeeElliott: O prédio é bacaninha, mas não é nada demais.

Magg10021: Eu gostei! Clara Peacock morou lá antes de se mudar pra Greenwich.

BeeElliott: Tanto faz. Coitado do Josh. Vai comprar um apê para ela sem nem saber q está levando o maior chifre.

Magg10021: Tem certeza? Ainda não consigo acreditar.

BeeElliott: Vou contar pro Park q eu a vi com um cara. Eu não tinha falado nada, mas qto mais penso nisso, mais eu acho q Josh tem o direito de saber.

Magg10021: Bee, não faça isso. Não é da sua conta.

BeeElliott: Josh é nosso amigo. E se ela transmitir uma doença pra ele? É o melhor amigo do Parker, ele precisa saber.

Quarenta e quatro

Como de costume, Lila apareceu para visitar Violet na pior hora do mundo. Trouxe uma sacola com um vestidinho pouquíssimo prático, de seda engomada.

"Olá", disse ela, passando por mim como se estivesse dançando uma valsa. Ela observou a sala – como era de manhã cedo, a situação por ali lembrava vagamente o caos no Afeganistão.

"Lila!", disse Violet, correndo para abraçá-la. Os dedos dela estavam todos melecados de mingau, e a avó quase se contorceu de pavor com o abraço da netinha. Imagine, sujar o terninho de linho com uns grãos de aveia. Nem pensar.

"Quer beber alguma coisa?", ofereci.

"Eu adoraria um copo de San Pellegrino", respondeu ela.

Bom... Lá em casa não tinha Pellegrino. Que tal... Um copo de água do filtro? Ou talvez... Um copo de água do filtro? "A San Pellegrino acabou", menti. "Pode ser água sem gás? Ou suco? Tem suco de maçã e de laranja."

"Suco? Não, de jeito nenhum! Obrigada. Eles colocam tanto açúcar... Pelo amor de Deus, não me diga que você dá esse tipo de lixo para a Violet! É cheio de xarope de milho rico em frutose. Bee me disse que pede para as professoras da Carnegie substituírem o suco de maçã por um copo de água gelada na hora do lanche. É *bem* mais saudável."

A raiva fazia meu sangue ferver. "Sabe, Lila", respondi, tentando me conter. "Ninguém nunca morreu por causa de um pouquinho de suco. Eu mamei um monte de Tang quando era criança e não aconteceu nada."

Ela me olhou com desdém e ficou calada. E foi aí que tive certeza. Tive certeza de que ela me achava uma baleia imensa que só tomava suco e não era digna de Josh, nem digna daquele bairro.

"Mudando de assunto", disse ela, de repente. "Ontem estive com Bee e a mãe dela, e ela comentou que é de suma importância escrever uma carta de preferência."

"Para a escola que a gente prefere, é isso?"

"Sim. Você tem que escrever uma carta para a Carnegie e informá-los imediatamente que a escola é sem dúvida sua primeira escolha."

"Mas... Eu nem sei se é..."

"Preste atenção, *Hannah*", disse ela, como se pronunciar meu nome fosse a mesma coisa que dizer *cocô*. "Você não tem tempo a perder. Estamos falando da educação de Violet e este é um processo que precisa ser levado a sério!"

"Eu estou levando a sério! Só não tenho certeza de que Carnegie é nossa primeira escolha. Este é um assunto que quero discutir com Josh quando ele voltar."

Agora ela estava furiosa. "Mas este é o tipo de decisão que costuma ser tomada pelas mulheres. A carta deve ser escrita num papel com as suas iniciais. Terei prazer em encomendar eu mesma um papel de carta novo, uma vez que me lembro de ter visto algo muito desleixado por aqui. As iniciais devem estar em alto-relevo, tudo tem de ser de qualidade. Eu me encarrego disso."

Eu não estava acreditando naquela vaca, entrando na minha casa como um general, me dizendo que meu papel de carta, meu gosto, meu peso e minhas habilidades como mãe eram de quinta categoria.

"Lila", respondi, literalmente a ponto de partir para a ignorância. "Sinto muito, mas Violet e eu temos que ir. Ela tem aula. Podemos discutir esse assunto depois."

"Esteja certa de que discutiremos", disse ela, e se levantou para ir embora. "Quando Josh estiver em casa este fim de semana, acho que devemos nos sentar os três para uma conversinha."

Quarenta e cinco

O dia seguinte foi uma loucura: aulas na Milford Prescott, em Uptown; passar na lavanderia; fazer supermercado. Violet adorava ir comigo ao Food Emporium, eles tinham uns carrinhos de supermercado pequenos com umas plaquinhas que diziam "Cliente em Treinamento". A boa notícia: ela ficou animadíssima com o programa. A notícia ruim: levei duas horas para sair de lá, uma vez que ela não parava de zanzar pelos corredores e quase atropelou umas velhinhas e umas babás que traziam imensas listas de compras. Chegamos em casa, comecei a guardar as compras e a pensar no que fazer para o jantar. Josh não tinha ligado a tarde inteira. Eu deixara dois recados para ele e estava preparando um jantar gostoso – bom, um jantar gostoso dentro das minhas possibilidades. Eu estava ligando para o celular dele quando o ouvi entrar pela porta. Eram oito da noite, cedo para Josh chegar em casa, e fiquei super feliz.

"Joshie, é você?", perguntei. "Que milagre!"

Corri para falar com ele, e vi que o rosto dele estava molhado por causa da chuva lá fora.

"Oi, amor! Que bom que você chegou!" Fui abraçá-lo, mas quando cheguei perto percebi que a expressão dele estava séria, dura feito uma pedra. Ele colocou o braço na frente do corpo para me impedir de abraçá-lo.

"Não, Hannah."

"O que foi?"

Ele respirou fundo, estava com raiva. Fiquei preocupada, achei que alguma coisa havia acontecido no escritório. Mas eu não tinha ideia do que estava prestes a acontecer.

"Hannah", começou ele. "Eu sei de você e Tate Hayes."

"O que tem o Tate Hayes?"

"Eu sei que vocês estão... tendo um caso."

O quê? Meu sangue congelou nas artérias.

"Isso é uma loucura. Não estamos tendo..."

"Não diga isso, Hannah. Eu *sei*. Você não está entendendo, eu sei que é verdade."

"Então você está errado! Amor, eu *juro* que nunca toquei nele."

"Primeiro vocês vão juntos a museus, depois vocês ficam tão íntimos que ele escreve uma carta para o conselho, depois descubro que vocês se encontram fora dos museus, que vocês se beijam."

"*Beijar?* Josh, isso nunca aconteceu! Tudo bem, é verdade que a gente tem se visto, mas é uma amizade inocente – o que eu deveria fazer? Eu me mudo para cá por sua causa e você fica trabalhando até meia-noite! Eu fico sozinha o tempo todo."

"E aí você trepa com seu ex-professor?" Ele parecia prestes a cair no choro.

"Eu não fiz isso!" Agora eu já estava às lágrimas – era a culpa horrível que eu sentia por causa do sonho.

"Você é minha melhor amiga", disse ele, balançando a cabeça. "Nós éramos uma equipe, mas nos últimos meses você... se afastou. Não negue, Hannah. Nós nos falamos cada vez menos ao longo do dia."

"Porque você sempre está em reunião! Eu nunca consigo falar com você no telefone!"

"E agora fico sabendo que você anda saindo com um cara que eu sei que você idolatrava. Ponha-se no meu lugar, Hannah! Como você se sentiria se eu fizesse isso? Enquanto você trabalha dezesseis horas por dia?"

Fiquei paralisada, tremendo, enquanto meu mundo desabava. Eu estava traumatizada de diversas maneiras, mas Josh sempre fora meu centro, minha rocha. Ver essa rocha ruir era demais, não dava para aguentar.

"Vou para a Suíça hoje à noite, tenho que fazer as malas. Eles precisavam de alguém disposto a ir e eu me ofereci, porque não consigo nem olhar para a sua cara."

"O quê? *Hoje*?"

"Vou no voo das 11h50 da noite."

"Você não pode ir agora. A gente precisa conversar. Amor, você é minha vida! Eu juro que não aconteceu nada com o Tate!"

"Sei. Então agora você chama o cara de *Tate*. Hannah, não posso nem olhar para a sua cara. Estou exausto."

"Amor", chamei, aos soluços.

"Volto daqui a dois dias e aí a gente conversa."

Agora eu estava realmente gritando, chorando enquanto o seguia pela casa, implorando para ele não ir.

Em meio a um redemoinho de malas sendo fechadas e casacos sendo abotoados, meu marido deu um beijo na Violet e foi até a porta.

"Josh, eu te amo." Foi tudo o que consegui dizer enquanto soluçava, com os olhos inchados, exausta.

Ele soltou um suspiro, o rosto coberto pela tristeza. "Eu também te amo." A porta do elevador fechou a tempo de trocarmos um olhar profundo – mas era um olhar pesado, de arrependimento, de medo e dúvida. Eu duvidava que ele acreditasse em mim. Eu duvidava da minha capacidade de viver sem ele.

Quarenta e seis

Na manhã seguinte, me recompus quando Violet acordou. Depois do café da manhã, caminhei pela avenida Lexington, acompanhada pela sensação surreal de ver uma porta se fechar em câmera lenta. Naturalmente, a gente só pira depois que a porta fecha. Hipnotizada pelo laranja piscante e silencioso do sinal de pedestres, eu seguia atravessando as ruas. As sirenes, o barulho do freio dos táxis e as pessoas que passavam na rua se perdiam num borrão, como se eu tivesse apertado o botão de "mudo" num controle remoto gigante, para tudo o que estava ao meu redor. Eu escutava apenas a pulsação do meu coração, e minha respiração pesada. Quando eu disse que não me lembrava da vida antes de Josh, não estava exagerando.

Josh e eu nos conhecemos numa festa, quando a bolha das empresas de tecnologia estava prestes a estourar. Naquela época, as pessoas ainda faziam baladas absurdas na cidade de São Francisco. Havia bandas tocando até de manhã, bebida à vontade, todo mundo circulava com camisetas e bonés que traziam estampados os *site*s das empresas onde cada um trabalhava. Basicamente, tratava-se de um desfile de CDFs que se afogavam em festas, numa tentativa de compensar o tempo que tinham gasto com o nariz enfiado nos livros. Agora todos eles desbundavam, se beliscavam para acreditar que suas empresas finalmente abririam capital na bolsa, achavam que os *nerds* dominariam a Terra – faltavam apenas as abotoaduras douradas exigidas pelas regras do mercado acionário.

Uma noite, eu estava sentada em um sofá vagabundo numa sala no bairro Marina, um lugar cheio de pulgas. Ali, eu achava que, se alguém tossisse, acabaria cuspindo gel de cabelo pela boca. Eu observava o pessoal, uma turma onde não faltavam mauricinhos com bonés brancos de times de baseball e calças cáqui.

Lembro de ter ficado presa a uma conversa com uma menina que era *designer* de canivetes para a Swiss Army. Bizarro. Afinal de contas, os canivetes não são todos iguais? Sei lá, vai ver que num ano ela decide colocar uma lâmina para abrir envelopes ou fazer um canivete azul, e não vermelho. Era como dizer "sou *designer* de Birkenstocks" ou "sou *designer* de tesouras". Que tipo de *design* está envolvido nessa tarefa? Ela falava sem parar sobre diferentes tamanhos de canivetes, e foi aí que vi Josh entrar. Ele tinha um sorriso do tamanho da ponte Golden Gate, mas sem as placas que dizem "Não pule".

Fizemos alguns contatos visuais rápidos, mas eu jamais teria tido coragem de ir falar com ele – principalmente porque ele estava conversando com umas loiras que davam risadinhas e dominavam perfeitamente a arte da gargalhada seguida de um movimento de cabeça e uma jogada de cabelos para o lado. Tudo ao mesmo tempo. Eu estava a quatro metros de distância, mas de lá dava para perceber que ele tinha um carisma e um charme contagiantes.

A comida da festa era um lixo (e é claro que havia mais coisa para beber do que para comer). Por isso eu estava com a mão enfiada numa caixinha de passas, um lanche que eu sempre levava comigo. Parecia uma criança de seis anos de idade. Até hoje dou crédito à caixinha, porque quando me dei conta Josh tinha atravessado a sala. Ele veio se apresentar para mim e para a menina do canivete suíço.

"Uma amante de passas", disse ele, sorrindo. "Você é das minhas."

"Pois é, sou viciada em passas", respondi, meio assustada com minha falta de auto-controle. Eu estava feliz por saber que ele compartilhava meu amor por uvas – as das passas, não do vinho. "Tenho sempre umas caixinhas vermelhas espalhadas pelas minhas coisas."

"Mas as passas Sun-Maid são coisa do século 19", disse ele, com um ar curioso. "Você já provou as passas Pavich?"

"Hein? Não. Que passas são essas?"

A menina do canivete suíço, evidentemente considerando a conversa panaca demais para o nível dela, se levantou e foi pentelhar outra pessoa.

"Tá brincando. Você adora passas e nunca comeu Pavich? Você pirou. Elas põem a caixinha vermelha no chinelo."

"Bom, eu adoro a Sun-Maid. Sou uma pessoa fiel a marcas."

Depois de uma hora de conversa, fui tomada por aquele súbito êxtase que a gente sente quando percebe que *está conversando com o cara há certo tempo*. Estava o maior clima de TS (tensão sexual), e eu fiquei num estado de euforia nervosa; lembro até que minha amiga Elza e o namorado dela fizeram um sinal de aprovação, por trás da cabeça fofinha de Josh. Mas que merda, eu sempre fora muito ruim de azaração. Sou incapaz de fazer aquele movimento da cabeça para trás junto com a gargalhada, de fazer um olhar insinuante com as pálpebras meio fechadinhas, de jogar o cabelo no ombro e dar um sorriso. Eu não fazia joguinhos, não seguia regras, não tinha uma estratégia. E por isso às vezes eu fazia besteira, abria as comportas antes da hora e assustava os caras com meu jeito carinhoso. Como eu já tinha visto Josh conversando com as loiras do outro lado da sala, tive uma súbita visão dele deitado ao lado de gatas bronzeadas, com cabelões loiros e cacheados que iam até a bunda. Fiquei convencida de que ele jamais se interessaria por mim.

Quando a festa começou a ficar caída ele pediu meu *e-mail*. Ele viu que eu estudava em Berkeley e disse que vivia por lá. Perguntou se a gente não poderia tomar um café.

Àquela altura, Tate Hayes já tinha partido para Nova York, e desde então minha vida amorosa estava um tédio de dar dó. E aí veio o Josh. Na segunda-feira, depois de uma aula interminável durante a qual pensei nele várias vezes, fui até minha caixa de correio e vi uma latinha de passas Pavich em cima dela. Junto com a caixa havia um bilhete: "Chegou a hora de provar passas de verdade. Ass: Czar das Passas". Virei o papelzinho e vi que era o cartão de visita dele, com todos os dados. Abri a lata com um misto de nervosismo e animação. As passas tinham um gosto natural, docinho, fiquei arrepiada de paixão. Rezei para que aquilo fosse um presságio de que mais coisas deliciosas estariam por vir com ele. Cheguei em casa, liguei o computador e escrevi um *e-mail*.

> *Czar das Passas,*
> *Cara alteza das nobres uvas-secas, retiro humildemente minha declaração de elogio às virtudes das passas Sun-Maid, tão pobrezinhas.*

Vida longa à perfeição carnuda da Pavich.
Eternamente grata, sua leal súdita
Hannah Greene

Apertei "enviar" e passei o resto da manhã estudando, até que meu estômago deu um grito de fome. Eu já estava esticando a mão para alcançar a latinha de passas quando o computador fez o barulhinho feliz de *e-mail* chegando: "plim!".

Sua Majestade manda perguntar se estais com fome e gostarias de jantar.

Respondi: Sim, aceito. E fiquei ali sentada, me remexendo na cadeira, à espera da resposta.

Nos encontramos duas horas depois, numa esquina. Estávamos ali há alguns segundos quando ouvimos um trovão intenso. Parecia um desenho animado: eu literalmente vi a luz recortada do raio caindo, e aí veio uma chuva torrencial. Uma *delicatéssen* nojenta era o que havia mais perto de nós, e voamos aos gritos até o toldo iluminado por um neon verde-azulado. Chegamos lá ensopados, ofegantes depois da corrida à la Carl Lewis.

"Puta merda!", berrou Josh, pingando. "Estou me sentindo como se fosse o Gene Kelly segurando no poste naquela cena do *Cantando na Chuva*!"

Parei para pensar. *Ele gosta de cinema.* "Eu me lembrei daquela cena do *Magnólia*, quando começa a chover sapo", respondi.

"Boa." Ele sorriu. O cabelo molhado caía no rosto dele, parecia que os olhos estavam mais verdes por causa do contraste com a bochecha vermelha, ensopada pela água fria da chuva.

Eu estava congelando. Peguei um copo de isopor e fui até a máquina de chocolate quente. "É isso aí!", disse Josh. "Chocolate quente de máquina é a melhor coisa que existe."

"Eu sei. É um néctar dos deuses." Parecia que as papilas gustativas da língua do cara eram idênticas às minhas.

"Eu e meus amigos de Stanford éramos tão viciados nessa merda que fizemos amizade com o cara da cozinha. Durante o verão ele contrabandeava uma máquina, e a gente bebia em casa mesmo."

"Putz! Eu sempre sonhei com isso! Mas provavelmente eu beberia chocolate até ficar do tamanho da Aretha Flanklin."

"Até parece que você precisa se preocupar com isso", disse ele, olhando para mim.

Olhei para baixo, tímida e já oficialmente apaixonada. Caminhamos até um café bonitinho, sentamos e conversamos durante três horas sobre temas que foram de cinema (compartilhávamos uma paixão por tudo o que havia entre Woody Allen e *Os Bons Companheiros*) a bichos de estimação da infância (eu: um peixinho dourado chamado Billy Ocean; ele: um golden retriever chamado Topázio), passando por trabalho, antigas paixões, família, amigos, Nova York, esquiar, comidas exóticas (quanto mais pimenta, melhor). Ele me levou para casa de carro, e se inclinou para me dar um beijinho na bochecha antes de se despedir. Subi até o apartamento, dei uma olhada nos *e-mail*s e me enfiei na cama com um catálogo de uma loja de decoração. Às onze e quarenta e cinco da noite, quando eu estava olhando fotos de toalhas bordadas, o telefone tocou. Fiquei assustada – ninguém me ligava àquela hora.

"Desculpa ligar a essa hora", disse Josh. "Eu só queria... saber se você chegou direitinho. Se não tinha nenhum monstro dentro do armário."

"Ah, que bonitinho. Nenhum monstro por enquanto." Senti minhas bochechas ficarem vermelhas.

"Que bom. E aí...? O que você está fazendo?", perguntou ele.

"Nada demais", menti. Eu estava pensando nas toalhas bordadas com as nossas iniciais, quando nos casássemos. "E você?"

"Canal 11, *Guerra nas Estrelas*." Era evidente que ele tinha encontrado um prazer televisivo de fim de noite.

"Nunca curti muito esse negócio."

"Como assim? Você é americana? Sua herege. Quem não gosta de *Guerra nas Estrelas*? Você merecia estar na cadeia."

"Sinto muito", respondi. "Odeio o espaço. É uma das minhas regras: nada de espaço."

"Agora você me magoou. Carrie Fischer foi o primeiro amor da minha vida."

"Desculpe", falei. Fiquei pensando se meu cabelo era comprido o suficiente para fazer aquelas tranças. "Odeio o futuro, odeio bichos que falam, odeio ficção científica, odeio mágica, odeio máquinas que voam, odeio feitiços!"

"Você não sabe o que está perdendo."

"Bom, vou deixar você se divertir com a Princesa Leia."

Ele deu uma gargalhada. "Ah, assiste um pouquinho comigo, vai..."

Relutante, liguei a televisão e assisti um pouquinho. Tudo bem: até que o Harrison Ford era bonitinho.

"Acho tão estranho ele ter sido carpinteiro antes de fazer esse filme", comentei.

"Estranho mesmo. E ele já fez tantos filmes legais."

Assisti uns quinze minutos de filme. O Chewbacca rugiu, o R2D2 soltou uns apitos e uns bipes, o C3PO falou com aquele sotaque britânico de computador e eu... cochilei.

"Você ainda está aí?", perguntou Josh.

"Estou sim, desculpe. Eu estava distraída. Acho que vou tirar uma soneca."

"Bom, tudo bem, valeu. Pelo menos a gente tentou, não é, Chewbacca?"

Dei uma risada e desejei boa noite.

"Boa noite, Hannah."

Quarenta e sete

No dia seguinte, fui andando com Violet para me encontrar com Bee e Maggie. Depois de alguns minutos de conversa elas me perguntaram o que estava acontecendo.

"Ah, sei lá", menti. Eu jamais contaria para elas que estava em pânico diante da perspectiva de Josh ir embora, jamais diria que minha vida estava indo pelo ralo. "Acho que estou cansada, só isso."

"Sabe, Hannah, eu sei que não é da minha conta", disse Bee. Essa frase sempre vem seguida da palavra *mas*. "Mas talvez você deva pensar em malhar de vez em quando. Maggie e eu fazemos aulas de Pilates e ioga duas vezes por semana, ajuda muito a lidar com as pressões que a gente enfrenta."

"Ajuda mesmo", confirmou Maggie. "Vem com a gente!"

Dei de ombros e disse que talvez fosse. Mas na verdade eu sabia que aquilo não era minha praia. Eu jamais ficaria com a bunda pendurada numa daquelas máquinas sinistras tipo Frankenstein, uma coisa sado-masô, e muito menos pagaria cem mangos por hora para fazer isso. Não, muito obrigada.

Lara e Hallie chegaram minutos depois, empurrando seus carrinhos. Hallie anunciou que os sogros tinham comprado dois pôneis para Julia Charlotte brincar na casa de campo de Millbrook. Eu estava quase vomitando quando Lara disse que o filho dela tinha começado a fazer aulas de violino, que estava amando e já tinha até aprendido a tocar uma sonata difícil. Era meio estranho imaginar uma criança de três anos circulando por aí com um estojo de violino, mas cada um sabe de si.

"Ah, e a gente também acabou de comprar um cachorrinho Cavalier King Charles spaniel, com pedigree", contou Lara, toda animada. "É um presente de Natal. O nome dele é Jeter. Meu marido adora passear com ele à noite. É engraçadíssimo: contratei uma moça para levar o cachorro para passear, mas meu marido vai com ela. Ele segura a coleira e ela recolhe o cocô do Jeter! Tão engraçado."

Felizmente Violet me salvou de mais relatos sobre os prodígios de Lara, Hallie e seus fofinhos mimados. Ela começou a pedir para almoçar e me deu uma desculpa para sair graciosamente. Levei-a para casa, onde Amber já estava, e li alguns livros até ela dormir a soneca da tarde. Escapei para fazer as unhas e resolver outras questões de manutenção (tradução: depilar as axilas). Mas, quando cheguei ao salão de beleza na avenida Lexington, vi Hallie e Lara lá dentro, falando sem parar. Não tive estômago para entrar. Eu já estava tão para baixo, tão deprimida. A última coisa de que precisava eram as histórias de Julia Charlotte segurando com perfeição os palitinhos no restaurante chinês ou de uma discussão sobre o ótimo documentário que acabara de estrear, um filme sobre sauditas que fabricam armas. Então continuei minha caminhada. Meus pés seguiram uma linha reta, e só parei quando vi uma mulher com uns colchonetes de ioga, abrindo a porta de uma academia. Como achei que era impossível ficar mais estressada do que eu já estava, decidi espiar pela janela. Vi um grupo de mulheres com roupas de ioga subir animadamente um lance de escadas até chegar à academia.

Eu já estava mesmo com uma calça de moletom e um casaco de ginástica, daqueles com capuz. Bee e Maggie tinham plantado a semente da malhação na minha cabeça, e a conversa realmente parecia fazer sentido. Achei que poderia valer a pena descobrir por que as pessoas falavam tanto daquele negócio. A princípio, eu tinha certa tendência a detonar a ioga. Por outro lado, eu sabia que milhões de mulheres magrinhas não poderiam estar erradas. Por isso decidi participar espontaneamente da aula das duas e quinze. Senti uma animação nervosa quando todos abriram seus colchonetes e Raven, a professora, foi para a frente da sala. Havia muitas mulheres, mulheres urbanas e fortes, e eu fazia parte daquele grupo. Qualquer pessoa era bem-vinda, havia um clima de braços e corações abertos. Que comecem os mantras!

Quinze minutos depois eu queria me matar. Raven dava as instruções com uma voz suave, sussurrava com delicadeza para que "sentíssemos o momento", encontrássemos "o espaço entre a inspiração e a expiração", para que "nos libertássemos das forças que impedem que o corpo seja tudo aquilo o que pode ser".

Que baboseira. Raven aumentou a calefação e a temperatura ambiente ficou em torno dos 38 graus. Eu me vi em meio a uma selva de suor, pés e bundas. A sala estava uma puta sauna. O cara ao meu lado passou o tempo todo gemendo e se lamentando, um covardão. Eu sentia os germes de todos os retos da sala vindo direto para o meu rosto, e os dedões melequentos do pé de uma mulher fortona ao meu lado, que usava maria-chiquinha, ficavam encostando em mim. Fiquei lá sentada, fazendo aquelas posições, pensando na dor lancinante que eu sentia nas coxas, na bunda, nas costas; pensando que eu estava quase morrendo, que minha vida estava um caos, que essa porra de ioga é um saco e o que eu mais queria na vida era fugir dali e comer um pote de Häagen-Dazs.

O que Raven queria dizer quando pedia para eu me conectar com meu eu interior? Meu eu interior queria sair daquela merda. Depois de meia hora fui embora. Eu já tinha desperdiçado trinta dólares, mas não precisava desperdiçar meu tempo. Saí da sala e a professora-assistente foi atrás de mim, furiosa, pisando firme com as pernas protegidas por umas polainas de crochê.

"Você sabia que sair no meio da aula atrapalha demais a concentração do grupo? Para falar a verdade, é uma atitude bem egoísta."

"Nossa, desculpe", respondi, morrendo de vergonha. "Não consegui entrar no clima. Sinto muito." Mandei mal.

"Bom, talvez se você ficasse até o fim as coisas seriam melhores." Ela me olhou de alto a baixo, com uma expressão maligna. Fiquei com vontade de mandar ela dizer uns mantras na puta que pariu, mas apenas sorri. Pelo menos eu não teria de voltar nunca mais para aquela porcaria de sauna bizarra.

Voltei para casa suada e nojenta, me sentindo pior do que antes. Fiquei mal por causa do bate-boca com a assistente – senti as bochechas esquentarem e comecei a chorar. Eu sabia que estava para ficar menstruada, e torcia para aquela reação ser culpa da TPM. Mas no fundo eu sabia que o problema era maior: meu casamento, meu casamento tão perfeito, estava na beira do precipício. E a culpa era minha. Josh tinha razão – eu ficaria uma fera se ele circulasse por museus com uma antiga paixão. Eu ficaria horrorizada e para lá de arrasada se ele tivesse um sonho erótico com ela, mesmo que Leigh tenha dito que isso é normal. E a ideia de que Josh estava triste – e sozinho – na Suíça me deixava mal. Chamei um táxi, aos prantos, chorando sem vergonha. Eu tinha de dizer a Tate Hayes que não poderíamos mais sair juntos.

Quarenta e oito

Paguei o motorista do táxi e subi correndo a escadaria que levava ao departamento de História da Arte. Eu ainda estava com aquele moletom nojento. Passei por uma sala, imaginando que talvez Tate estivesse dando aula. Mas o corredor das classes estava vazio. Fui até a sala dele, e a porta estava encostada. Dei uma batidinha antes de abrir e vi Tate sentado na poltrona de couro marrom.

"Ahhh, Hannah! Olha, já fiz a carta de recomendação."

Peguei o envelope e consenti com a cabeça, em silêncio. Coloquei a carta na bolsa.

"Está tudo bem?", perguntou ele ao ver minha expressão tensa. "Sente-se, sente-se."

Mas eu não podia me sentar. Estava agitada demais, andava de um lado para o outro como um leão enjaulado. "Obrigada pela carta. É que eu estou... Estou passando por uma fase difícil. Me desculpe."

"O que aconteceu?", perguntou ele. Estava preocupado, parecia triste por me ver triste.

"Eu estou muito deprimida! Está acontecendo um monte de coisas, Josh e eu estamos... estamos com problemas, estou muito triste!" Comecei a chorar. Não era apenas uma lágrima ou outra, eram rios. Eu queria que ele fosse um analista com quem eu pudesse desabafar sobre todos os meus problemas: Lila, as mães-enxaqueca, aquela pressão toda.

Ele me deu um lenço. A presença de Tate me deixava aliviada, era um lugar seguro, uma alma sábia para me ajudar.

E aí, quando estendi a mão para pegar o lenço e secar as lágrimas, ele me agarrou e me deu um beijo.

Eu o empurrei, atônita. "Tate, não! Não foi por isso que vim até aqui!"

"Eu sei que você já pensou nisso. Faz tantos anos. Será que é uma lembrança distante para você?", perguntou ele, passando a mão pelos meus cabelos.

Por mais frágil e solitária que eu me sentisse naquele momento, por mais desesperada que eu estivesse por algum tipo de contato humano, por mais que eu sempre tivesse fantasiado com ele, senti uma repulsa. Não porque ele não fosse lindo ou extremamente inteligente. Mas porque ele não era Josh. Ele estava tentando trair a própria mulher. E eu jamais poderia fazer a mesma coisa. Eu não funcionava daquela maneira.

"Não, eu... Eu simplesmente não consigo. Não posso mais ver você", afirmei, com a voz firme. E, no segundo em que as palavras saíram da minha boca, eu realmente não queria mais vê-lo – ainda que nossos momentos juntos tivessem preenchido minha vida nos últimos tempos. "Mas obrigada por tudo. O tempo que passamos juntos me deixou muito realizada, e agradeço por isso. Mas... Eu amo meu marido", falei, com lágrimas nos olhos. "Eu amo o Josh."

"Ah, Hannah. Por favor. Não me diga que você acredita nessa ideia burguesa do casamento perfeito."

"Acredito, sim", respondi. E subitamente me dei conta de que era óbvio que ele pulava a cerca durante as frequentes viagens da esposa à Itália.

"Bom, nesse caso sinto muito."

"Eu também", respondi. Virei as costas e fui embora. Fechei a porta para Tate Hayes.

Ofegante, abri o celular e liguei para Leigh para contar o que estava acontecendo. Uma hora depois ela estava na minha casa. Conversamos aos sussurros, enquanto Violet brincava de casinha de boneca no chão da sala.

"Bom, vamos manter a calma", disse ela, colocando a mão no meu joelho – que não parava de tremer. Eu tentava chorar sem que Violet percebesse, mas essa não era minha especialidade. "Você não *fez* nada, fez? Pode me contar."

"*Leigh!*", reagi. "É claro que não. Só que o Josh não sabe disso – é óbvio que ele acha que alguma coisa aconteceu. Quer dizer, eu contei para ele que a gente se beijou há milênios. Onde é que eu estava com a cabeça para ficar saindo com Hayes? A ponto de ter fantasias com ele? Estou me sentindo péssima. Estou um ca-co", gaguejei.

"Não se preocupe. Vocês têm uma relação super sólida", disse ela, me consolando.

Ela se sentou ao meu lado e me abraçou. "Não sei de onde ele tirou essa ideia", comentei, sem fôlego. "Poxa, de onde sairia uma fofoca como essa? Que raiva. E o que me dá mais raiva é que me sinto culpada, mesmo não tendo feito nada. Se Josh ficasse se encontrando com uma mulher, se eles fossem a museus, eu acabaria com a raça dela."

"Os homens são diferentes. Para eles, é inevitável ter algum tipo de intimidade quando se é próximo de alguém. É impossível um cara sair com uma mulher sem ter vontade de ir para a cama com ela."

"Tenho andado tão sozinha. Eu jamais trairia Josh, mas... eu preciso de algum tipo de estímulo, entende? Eu estava me sentindo perdida."

O telefone tocou. Eu até deixaria cair na secretária, mas estava torcendo para que fosse Josh. Pulei para atender.

"Oi, Hannah! É a Maggie!", disse ela. "Acabo de dar à luz Talbott Xavier Sinclair! Três quilos e 400 gramas."

"Que bom, Maggie! Parabéns!" Fiquei emocionada por ela ter me ligado do hospital.

"Amanhã de manhã voltamos para casa, e à tarde vai ter um chá de recém-nascido para apresentar o bebê. Vai ser das quatro às seis, caso você e Violet queiram vir."

"Vai ser ótimo, claro", respondi. "Vejo você amanhã no chá, então. Tchau!"

"Que porra é essa de chá? O bebê já não nasceu?", perguntou Leigh quando desliguei.

"Bom, a maioria das pessoas não faz chá de bebê para o segundo filho. Nesses casos as pessoas visitam a mãe depois que ela volta para casa, tomam um chá, conhecem o recém-nascido e levam um presentinho. Essas coisas."

"Bom, então na verdade é uma maneira dessas mães ricas e cheias da grana saquearem mais tralhas ainda."

"É. No fundo é isso mesmo."

Leigh ficou comigo a noite toda. Conversamos sobre meu medo mais sombrio: o de Josh ir embora. Contei a ela como passei a me sentir segura e sortuda depois que Josh entrou na minha vida. Ela me pediu para contar mais uma vez como tinha sido, como Josh e eu havíamos nos conhecido e nos apaixonado. Ela queria que eu a levasse para o passado, para me ajudar a pensar numa maneira de selar o futuro. E, quando acabei de recontar nossa história, tive uma ideia.

Quarenta e nove

Uma semana depois do nosso primeiro encontro, Josh e eu saímos juntos novamente. Comemos, conversamos durante horas e contamos nossas biografias completas. Descobri que ele ficara arrasado com a perda do pai, quando ele era pequeno. A mãe, Lila, tinha sido sugada emocionalmente pela morte do marido, e se fechara para Josh. Quando ele estava com oito anos, ela decidiu, de uma hora para outra, que os dois sairiam do bairro afastado onde moravam e voltariam para Nova York.

"Deve ter sido tão difícil, perder o pai e mudar de casa, ir para uma cidade grande de repente", comentei. Eu não podia nem imaginar.

"Foi assustador. Mas àquela altura eu estava meio anestesiado, eu achava que as coisas não poderiam piorar. E aí minha mãe entrou no meu quarto e disse: 'é hora de fazer as malas. Leve o que quiser, desde que caiba nessas duas malas aqui'."

"Não acredito!" Eu estava chocada.

"Pois é. Peguei uma das malas e enchi com roupas e alguns porta-retratos de nós três que estavam espalhados pela casa. Depois peguei a outra mala e enchi de Legos."

"De Legos?"

"Meu pai e eu construíamos uns arranha-céus fantásticos. A gente enchia a sala de Legos, minha mãe ficava uma fera", riu ele. "Lego é um brinquedo que sempre me lembra meu pai. A gente fazia uns projetos colossais. Na minha cabeça, se eu levasse aqueles brinquedos comigo eu achava que poderia reconstruir a vida, onde quer que a gente fosse." Josh parou de repente, percebendo a lágrima solitária que escapara e rolava na minha bochecha – apesar do meu esforço para segurá-la.

"Para com isso, não tem problema!", disse ele, aparentemente emocionado com minha reação. O celular dele tocou e ele desligou sem atender.

"Pode atender", falei, fungando, enquanto limpava mais uma lágrima perdida.

"Não, não, tudo bem." Ele mudou de assunto, olhou para mim e disse: "Hannah, não acredito que você é radicalmente contra telefone celular. Como é que você vive sem celular? E se você precisar falar com alguém?".

Isso mesmo, é verdade: eu tinha uma resistência a telefone celular. Eu não queria ter mais uma conta para pagar, e não queria que um tumor com um formato de Nokia aparecesse no meu cérebro. Além do mais, eu nutria uma estranha admiração por orelhões, a despeito do risco de contrair hepatite D. "Sei lá. Acho que não preciso de celular."

"No dia em que você tiver um celular, você não vai acreditar que conseguiu viver sem."

"Pois é, é o que dizem por aí."

Alguns dias depois, saímos à noite mais uma vez. Tínhamos comprado ingressos para um *show* do Nine Inch Nails, minha banda preferida – sem brincadeira. Passei todos os anos do colegial ao som da voz de Trent Reznor. No nosso segundo encontro, Josh apareceu com uma camiseta velha do NIN, e tagarelei sem parar sobre a banda. Aí ele me disse que por um acaso conhecia um cara que poderia arrumar uns ingressos. Então iríamos juntos ao *show*. Eu estava exultante, passei 45 minutos me arrumando – e mesmo assim apareci com uma cara de quem apenas enfiou um *jeans* escuro e uma blusa. Ouvi o barulhinho mágico do interfone – uma cacofonia torturante quando qualquer outra pessoa tocava, mas música quando eu sabia que era Josh. Desci saltitando, e ele estava me esperando na porta. Lá estava ele, sorridente, lindo de morrer. Por alguma razão ele parecia ser tão conhecido; juro que àquela altura eu já estava apaixonada por ele.

"Tenho um presente para você", disse ele, com uma cara malandra.

"Ah, é? Por quê?"

"Porque já está na hora de você entrar neste maravilhoso milênio."

Ele me deu uma caixinha embrulhada com um laço de presente. Abri a caixa e vi um celular da Virgin Mobile.

"Como assim?", gargalhei. "Não posso permitir que você me dê um celular!"

"Por que não? É pré-pago. Já paguei as três primeiras mensalidades. Se depois de noventa dias você estiver odiando, pode atirar na baía."

"Que demais, tem uma cara tão moderna. Obrigada, Josh." Dei um abraço apertado nele, e começamos a caminhar para o *show*. "Agora você tem que me ensinar a usar. Sou uma idiota completa com essas porcarias tecnológicas."

"Sei. A menina que nunca teve um microondas em casa."

"Minha mãe não queria que eu tivesse um filho com seis cabeças."

"O celular não vai enviar um comando para o seu útero produzir umas cabecinhas a mais na criançada. Bom, você tem que fazer o seguinte..."

Ele me mostrou como colocar os números dos meus amigos na memória, e pedi para ele colocar o dele também.

"Tá, então agora é a sua vez de fazer. Aperta aqui." Ele me mostrou.

"Entendi, aí eu escrevo J-O-S-H, tá bom..."

Consegui! Olhei para a tela, toda orgulhosa. "Eu tenho um celular!"

"Ah, e para mandar mensagens de texto você faz assim. Isso é ótimo quando você não consegue escutar, ou quando tem que encontrar alguém num lugar barulhento."

Ele digitou "Oi, Hannah" no telefone dele e apertou enviar. De repente meu telefone começou a tremer.

"Ahhh!", gritei. Eu não estava acostumada com um negócio tremelicando no meu bolso. Pensei que estava sendo atacada. "Está vibrando! Funciona! Como faço para responder?" Eu era uma panaca total, uma atrapalhada incompetente.

"Aperta o botão verde."

Obedeci. Meu rosto se iluminou diante dos prazeres da tecnologia. "Legal, chegou. 'Oi, Hannah.' Que demais!"

"É mágica."

"Amei esse negócio!"

"Viu só?"

Começamos a falar da nossa excitação compartilhada pelo *show*, e depois sobre outras afinidades. Tive que fazer um comentário sobre aquela conversa, disse que era totalmente *Alta Fidelidade*.

"Bom, ele tinha razão", disse Josh, sorrindo para mim. "Não importa o que você é. O que importa é do que você gosta." Eu também pensava assim.

O que você gosta é uma definição do que você é. Eu não gostava de ficar bêbada todas as noites. Eu gostava de caminhar. Eu gostava de música ao vivo. Eu não gostava de esportes, à exceção de esqui. O mesmo valia para o menino de rosto jovem que caminhava ao meu lado. E eu sabia que seria capaz de entrar numa viagem enlouquecida de paixão desesperada e incondicional por ele. Eu tinha de me conter para não sufocá-lo com minha adoração. Ele era confiante, mas era muito verdadeiro. Era eloquente, mas não tinha um ar professoral e careta. Era forte e divertido, provavelmente a pessoa mais legal de todos os tempos. Eu estava convencida de que Tate Hayes seria o único homem pelo qual eu seria obcecada, mas ele estava sendo rapidamente ofuscado.

Chegamos ao *show*. Quando a banda entrou, senti aquela curtição de vê-los ao vivo. A voz crua, trepidante e *sexy* de Reznor me dava uma sensação revigorante. Eu me sentia viva, sensual. No refrão da primeira música, a multidão gritou alucinada, e comecei a dançar no ritmo da bateria. Josh estava ao meu lado, com um sorriso aberto, e fiz um carinho no braço dele – um agradecimento cheio de alegria pelo convite que ele me fizera. Depois, me perdi em meio à música arrasadora e ao ritual hipnotizante de observar as pessoas.

Quando a música acabou, a multidão enlouqueceu. Eu estava mais feliz do que nunca. Ouvimos o som do baixo anunciar o início de outra música, "Something I Could Never Have", e gritei de alegria. Virei para Josh, e ele me olhou com um sorriso do Gato de Alice.

"Que foi?", perguntei. Mas eu mal conseguia ouvir minha própria voz. Ele se limitou a me olhar e dar um risinho.

"Nada", respondeu, a voz inaudível por causa da bateria. E depois sorriu.

Comecei a dançar e entrar na música. Todo mundo pulava enlouquecidamente, por isso eu estava completamente à vontade, elétrica. Eu pensava no prazer de um instante, em como aquele instante poderia ser o ópio do povo – não havia dúvida de que eu sentia um barato, de que me sentia como se tivesse 17 anos. Naquele momento, senti meu bolso vibrar. Minha primeira reação foi levar um baita susto: parei de dançar de repente achando que algum idiota atrás de mim estivesse me apalpando. Mas aí me lembrei que eu era a feliz proprietária de um celular, e me acalmei. Olhei para Josh, que estava virado para o palco, cantando. Peguei o celular; ninguém tinha aquele número ainda. Talvez fosse engano. Apertei o botão e li: "Nova mensagem de texto". Como assim? Apertei um botão para ler a mensagem e vi três palavras na telinha iluminada:

"Quero te beijar."

Olhei para Josh, e ele olhou para mim.

Ele tinha enviado a mensagem enquanto eu pulava enlouquecida na frente dele. Dei um suspiro de alívio, de alívio por saber que aquilo não era só da minha cabeça, alívio por saber que o amor podia, sim, ser simples.

Nos aproximamos em câmera lenta, em meio à multidão que quicava e dançava sem parar. Josh me abraçou e me beijou lentamente, e o mundo ao nosso redor se transformou num borrão de acordes escuros e explosivos, de pernas e braços balançando soltos. Nos beijamos e nos beijamos mais, ao som do refrão de uma música, embalados pela pulsação coletiva da multidão gótica.

O eco das guitarras distorcidas e espessas preencheu o ginásio cavernoso, e não paramos de nos beijar. Não havia medo, como eu sentira com Tate, não havia tensão, não havia uma vibração nauseada. Havia apenas um estímulo silencioso e exultante. O estímulo do melhor beijo que eu já tinha recebido na vida. Primeiro prêmio. Parecia que eu tinha passado a vida inteira esperando por aquilo. Era algo completamente novo, e ao mesmo tempo eu tinha a sensação de finalmente ter encontrado um lar.

O estádio foi se esvaziando, mas mal conseguíamos andar. Não parávamos de nos beijar. À certa altura eu caí na gargalhada quando ouvi uma mulher passar por nós e dizer: "com certeza eles não são casados!". Morremos de rir.

"Quem sabe um dia!", gritou Josh para ela. Minhas entranhas borbulharam de amor e de felicidade com aquele comentário (feito Sloane em *Curtindo a Vida Adoiado*: "ele vai casar comigo!"). Eu queria saber tudo sobre ele, queria fazer um *download* da vida dele, das memórias, dos Legos, dos diálogos, uma coisa meio *Matrix*. Era como se eu já o conhecesse, mas eu não sentia aquele golpe destrutivo e maluco de uma paixão passageira – eu sentia o deleite gostoso de encontrar minha outra metade. Eu tinha uma sensação de "é isso o que eu quero".

Chegamos à porta do meu apartamento e achei que fôssemos subir para mais uns amassos, uma vez que caminhamos abraçadinhos o tempo todo. Mas Josh parou diante da porta e segurou minha mão.

"Menina bonita", disse ele, e colocou as mãos no meu rosto. Eu queria fazer sexo naquele minuto. "Vou deixá-la agora, para você dormir um pouquinho. Mas será que posso convidá-la para sair na sexta?"

Daqui a quarenta e oito horas? Nem pensar!

"Claro, tudo bem."

Nos beijamos de novo durante uns quinze minutos, e aí virei as costas para subir. Eu estava caidinha. Tive de arrancar a flecha de cupido que estava fincada no meu bumbum. Corri até o som e coloquei a música que estava tocando na hora do nosso primeiro beijo, para reviver a experiência. Uma lembrança é como o dinheiro que está numa conta bancária: basta sacá-lo. E eu acabara de receber um depósito gigantesco. Eu tinha de rever aquela lembrança a noite toda, e mal conseguia esperar para fazer uma nova adição ao meu cofre na sexta-feira. Eram duas da manhã e eu queria ligar para a Leigh, mas sabia que ela tinha de acordar cedo para trabalhar. Lavei o rosto – ainda que nenhum esfoliante de damasco fosse capaz de remover meu sorriso – e deitei na cama. Por um momento, achei que estivesse vendo estrelas no teto. Respirei fundo e fui fechando os olhos. Mas, de repente, ouvi um barulho estranho do lado de fora do quarto.

Puta que pariu – tinha alguém no apartamento! Sentei na cama, assustada, o corpo paralisado imaginando um ladrão mascarado arrombando a fechadura. Fui até a sala, pé ante pé, e encontrei o criminoso. Meu celular pulava no chão, vibrando e se mexendo em cima do tapete. Graças a Deus. Peguei o telefone. Uma mensagem de texto:

"Quero te beijar mais."

Meu corpo todo se iluminou, eu estava completamente apaixonada por ele. E eu soube, senti na minha medula, que Josh seria meu marido um dia. Sorri de alegria, fiquei tão acelerada que mal consegui fazer meu coração parar de palpitar para poder dormir. Mas, quando finalmente consegui, dormi profundamente pela primeira vez em mais de um ano.

Cinquenta

Eu estava me sentindo péssima e feiosa, por isso decidi me dar uma manicure de presente antes de ir ao chá de Maggie. Entrei no salão Trevi Nail e, depois que a manicure passou uma camada de óleo secante por cima do meu feminino esmalte Mademoiselle, decidi fazer uma sessão rápida de massagem nas costas. Eu não estava com pressa, e o esmalte secaria enquanto Kiki socava minhas costas – duras feito pedra por causa da tensão – até que meus músculos se rendessem a ela. Sentei com o rosto para baixo na cadeira de massagem, a cabeça apoiada naquele travesseiro oval verde-azulado, com formato de tampa de privada. No entanto, se eu achava que desfrutaria de um momento de relaxamento, estava totalmente enganada.

Dois minutos depois de a sessão de massagem começar – a sensação era gostosa, mas não ajudava muito a melhorar minha situação – ouvi uma voz conhecida entrar e ficar mais alta à medida que se aproximava do setor das manicures, ao meu lado.

"Ela não é naaaada demais. Ela e Josh são legais, mas acho que seu condomínio merece famílias melhores. Mais refinadas. Sabe, a Lila Allen Dillingham, mãe do Josh, é muito classuda; acho que ela esperava que Josh arrumasse coisa melhor. Para falar a verdade, uma vez ela até me disse que me achava perfeita para ele, que era uma pena eu ser comprometida! Não é estranho?"

Puta merda. Aquela voz pertencia a ninguém menos que Bee Elliott.

Mas o que eu poderia fazer? Eu estava presa, a cabeça enfiada na privada. O coração disparou no meu peito. O suor começou a transbordar por todos os poros da minha pele. Então Lila *realmente* não me achava boa o suficiente para Josh. E não apenas isso: ela achava que Bee teria sido perfeita para ele. Quase enfartei.

"Além do mais, para ser franca", continuou ela, no sussurro mais alto que eu tinha ouvido na vida, "acho que o casamento deles está perigando".

"Verdade?", perguntou a outra, provavelmente a esposa de algum membro do conselho do nosso futuro prédio.

"Ah, Josh poderia estar bem melhor. Você precisa ver as roupas que ela põe na filha. A menina usa moletom! Todas as meninas da classe do Weston em Carnegie têm vestidinhos bonitos, vão para a escola com os cabelos enfeitados com laços grandes e lindos. Mas parece que ela não está nem aí para a aparência da filha! Bom, ela não liga muito nem para a própria aparência! Ela usa *jeans* preto e umas camisetas nojentas. Pelo amor de Deus! Ela não está mais na Califórnia, entende?"

Eu estava em estado de choque clínico. Do tipo "tragam os desfibriladores imediatamente". Se é verdade que a morte se anuncia com um borrão estonteante de luz esbranquiçada, então O Ceifador estava realmente se aproximando de mim.

"Mas por que o casamento deles está perigando?", perguntou a mulher. Eu mesma estava louca para saber.

Kiki sussurrou no meu ouvido e deu um tapinha suave nas minhas costas: "Já terminamos."

Sem levantar a cabeça, eu disse: "Não pare. Continue, continue, mais vinte minutos, por favor."

Animadíssima por garantir um tempo extra no sistema "um dólar por minuto", Kiki retomou a bateção e a sessão de trituração muscular. Cada tapinha era amplificado dentro de mim, uma vez que as palavras de Bee reverberavam no meu organismo e retalhavam meu coração como golpes de caratê.

"Bom, outro dia eu a vi com um cara", disse Bee. "Na Quinta Avenida. Era um cara alto, com um cabelo castanho meio comprido e um paletó de *tweed*. Eles estavam com a maior cara de amantes secretos. Contei para o Parker e ele não acreditou em mim. Mas disse que Josh é seu melhor amigo, e por isso talvez fosse melhor contar para ele. É muita humilhação, né?"

Aí estava a resposta. Aquela vaca mentirosa tinha envenenado Josh contra mim, aquela piranha do mal.

Eu suava tanto que seria capaz de encher uma banheira torcendo minhas roupas. Mas resisti à tentação de levantar e pegá-la no pulo. Minha vontade era furar os olhos azuis dela com uma lixa de unha de metal, e jogar acetona na ferida. Mas respirei fundo e pensei em Josh. O que ele sempre dizia? Não tome nenhuma atitude drástica quando estiver irritada. Mantenha a calma. E o que dizia o Poderoso Chefão? *Mantenha os amigos por perto, e os inimigos mais perto ainda.*

Cinquenta e um

Sob o toldo clássico com barra dourada, no prédio da Quinta Avenida onde morava a família Sinclair, o porteiro interfonou para anunciar que Violet e eu havíamos chegado ao chá. O apartamento estava lotado – não apenas de crianças lindas e mães vestindo *tailleurs* Chanel, mas também de uma explosão de presentes. O *hall* de entrada, coberto por um papel de parede ultra-refinado, estava tomado por caixinhas azuis da Tiffany e vermelhas da Cartier. Na sala havia um carrinho de dois lugares, enfeitado com um imenso laço de fita, e cestas repletas de *bodies* azuis embalados com papel de embrulho transparente, além de um gigantesco urso de pelúcia com o nome "Talbott" bordado num casaco de *cashmere*.

Era óbvio que a camisetinha Lacoste que eu levara seria café pequeno em comparação com o resto. Em Nova York, muitas mulheres (como as que estavam naquela festa) vestiam os filhos de um jeito meio afeminado, com pregas e laços. Se eu tivesse um filho, ele usaria camisetas de manga comprida, calças de veludo cotelê e tênis – e não essa explosão janota de rendas e botões forrados de veludo.

Violet ficou fascinada com o ambiente, e logo correu para se juntar a uma das menininhas; felizmente ela não percebia a lava de fúria que borbulhava dentro de mim. Ela ficou de mãos dadas com a garotinha e as duas brincaram em cima de um piso emborrachado. Um rapaz que fazia balões de vários formatos fez dois chapéus para elas. Fiquei observando Violet brincar e interagir com as outras crianças; ela era tão carinhosa, vivia abraçando os outros, gostava de andar de mãos dadas. Notei que as outras mães mal olhavam para os próprios filhos; a maioria tinha babás com uniformes engomados, que cuidavam dos pequenos enquanto elas faziam a social e tomavam chá. Mas mesmo as mães que (pasme!) estavam sozinhas com os filhos quase não olhavam para eles. Eu estava escaneando a sala – não conhecia quase nenhuma das convidadas – quando vi Hallie.

“Oi, Hannah”, disse ela, me olhando de alto a baixo. “E aí, como estão as entrevistas para as escolas?”

A primeira pergunta tinha de ser essa, é claro. Antes mesmo de *E aí, tudo bem?*

“Ah, tranquilo”, respondi. “Você sabe como é.”

“Quantas cartas você conseguiu para cada escola? Por exemplo, para Carnegie? Quantas cartas você tem?” Tinham me dito que as pessoas costumavam pedir cartas de recomendação de pais cujos filhos já frequentavam a escola. Obviamente, como eu não tinha nenhuma amiga mais chegada para quem pudesse pedir (e além do mais eu já tinha pedido a Maggie uma carta para o conselho), minha pasta continha exatamente zero cartas.

“Bom... Não muitas.” Tradução: nenhuma.

“E Carnegie é sua primeira escolha? No segundo em que vi a escola eu soube que Julia Charlotte tinha que estudar lá. Você vai escrever uma carta para dizer que é sua primeira escolha?”

“Ainda não sei.”

Lara ouviu o papo e se aproximou. “Aaaaahhh, Hannah”, exclamou ela, com um copo de *chardonnay* na mão. “Você precisa precisa precisa escrever uma carta para Carnegie. Vai aumentar muito suas chances.”

“Mas... Eu nem sei se é minha primeira escolha. Adorei as outras escolas também, especialmente a Browne-Madison. Achei a cara da Violet – calorosa, aconchegante, mais até do que Carnegie. Tudo bem, a casa não é tão grandiosa, mas mesmo assim é bonitinha.”

“*Browne-Madison?*”, perguntou Hallie, incrédula. “Hannah, eles podem até ter um clima meio artístico e soltinho, essas coisas, mas o nível do jardim de infância é meio medíocre.”

“Bom, a questão é simples: você simplesmente não pode preferir botar um filho na Browne-Madison em vez de botar na Carnegie”, disse Lara. “Tipo assim, é contra a lei. É a mesma coisa que desistir de Harvard e ir para a universidade da esquina.”

Fiquei muda.

"Falando sério, Hannah", disse Hallie, "mandar uma carta de primeira escolha é *fundamental*. Você precisa informar à Sra. Kincaid, com toda a certeza, que vai matricular sua filha lá caso eles ofereçam uma vaga."

"Legal, obrigada", respondi, sem nem ouvir o que elas diziam. Eu estava procurando Maggie. Eu precisava muito sentar e conversar com ela.

"A Browne-Madison é totalmente inferior", disse Lara. "Você quer que a Violet frequente uma escola de primeiro time, para depois ter a garantia de entrar na escola que você quiser?"

"Acho que sim."

"Mas então, Hal", disse Lara de repente, olhando para Hallie, "você não está animadíssima para as férias de Natal? Para onde vocês vão mesmo? St. Martin?"

"Ah, a gente foi para lá no ano passado. Então este ano decidimos ir para Antígua", respondeu ela, espremendo uma rodela de limão num copo de Perrier. "Gente, essa viagem está me deixando tão estressada! Cheguei atrasada hoje porque passei a manhã separando amostras de cores e tecidos para mandar com urgência para a JetSet Baby."

"Eles são ótimos!", exclamou Lara. "Minha vida é o JetSet Baby. Eles são um presente de Deus. Hannah, você precisa contratar essa empresa da próxima vez que for viajar."

"O que eles fazem?", perguntei.

"É genial", decretou Hallie. "É um serviço que ajuda a criança a se adaptar durante as viagens. Foi uma indicação do Doutor Poundschlosser. É uma equipe super talentosa de decoradores. Eles vão à sua casa e tiram mil fotografias do quarto do bebê. Daí eles pintam o quarto de hotel da mesma cor do quarto da criança, e fazem capas para os móveis usando os mesmos tecidos. Assim a criança se sente em casa e não fica assustada."

Tenho uma palavra para dizer: pelamordeDeus.

Fiquei passada. Elas morreriam se vissem o "quarto" improvisado de Violet, sem qualquer pintura na parede – era basicamente um berço. "Quanto custa?", indaguei, mas imediatamente me senti muito caipira por ter perguntado. Me lembrei na hora do ditado que diz: quem precisa perguntar não tem dinheiro para pagar. Mas tudo bem, eu tinha de saber quanto essas mulheres estavam dispostas a torrar para que os filhos se "adaptassem" a uma temporada de dez dias de férias.

"Não é tão caro", disse Lara, dando de ombros. "Dez mil, mais ou menos, dependendo dos tecidos que você usa."

A expressão do meu rosto entregou minha repugnância. Eu nem precisaria dizer *cacilda*. Mas eu disse.

"Bom, sinto muito. Mas as crianças realmente dormem melhor", disse Hallie na defensiva, provavelmente compreendendo que aquilo era loucura. Ou não. "Uma boa noite de sono não tem preço."

"É verdade!", acrescentou Lara. "Quando meu filho era pequeno, pagamos um adicional à enfermeira para ela ficar com o bebê no canguru, andando na esteira lá de casa, para que ele dormisse! Eu diria que foi um dinheiro bem gasto."

Eu estava imaginando uma pobre malasiana, exausta em cima de uma esteira e bufando dentro do uniforme branco, quando vi pelo canto do olho que Maggie se aproximava. Graças a Deus.

"Finalmente achei você!", disse ela, caminhando em minha direção num vestido trespassado da Diane Von Furstenberg. À excessão de um calombinho, ela estava tão magra que ninguém diria que ela estava grávida há apenas 48 horas.

"Maggie, você está ótima. Nossa", comentei. "Tomara que eu fique assim quando tiver dois filhos."

"Ela não está um palito? Sem dúvida você vai estar Kman: Kate Moss Até o Natal", disse Lara, dando tchauzinho para outra convidada que entrava na festa. Ela e Hallie foram abraçar a mulher, e Maggie sorriu para mim, sugerindo que tinha percebido meu alívio ao vê-la. Dei um abraço nela: "Parabéns!".

"Tudo bem com você?", perguntou ela.

"Ah, acho que sim", respondi, dando de ombros. "Tirando o fato de que Hallie e Lara acabam de me colocar contra a parede por causa da escolinha. Tenho certeza de que não vamos conseguir vaga em lugar nenhum. Não temos nenhuma carta! Do jeito que elas falam, parece que preciso ter recomendações de todo mundo que está nas páginas amarelas!"

"Ah, me poupe. Elas são muito estranhas", sussurrou Maggie, fazendo um gesto de descrença com a cabeça. "Esquece essas duas. Além do mais, as escolinhas podem até se preocupar com o aspecto social agora. Mas na pré-escola isso não faz diferença. E depois, se elas tentarem essa estratégia do ataque da montanha de cartas, vão se dar mal; sempre achei que quanto mais extensa é a ficha de matrícula, mais curta é a inteligência da criança."

Dei um sorriso, mas aí o arrepio que vinha me perseguindo se instalou novamente. "Onde está Bee?", perguntei, vasculhando a sala.

"Hannah", disse ela, olhando para o lado com um ar de espiã. "Vamos nos esconder lá no meu quarto um pouquinho."

"Ótimo! Preciso muito falar com você!"

Segui Maggie, passando pela multidão, e senti um fluxo de energia tensa percorrer meu corpo. As convidadas incluíam loiras que usavam broches de pérola e uma enfermeira malásia que segurava o pequeno Talbott no colo. Fui com Maggie até o quarto dela, uma suntuosa mistura de tule bege e azul claro, carpetes macios e uma cama com dossel, digna de uma princesa de conto de fadas.

"Eu estava louca para te ligar, mas sei que você acabou de ter bebê e deve estar super ocupada", comentei, o coração a mil. "Mas preciso conversar com você. Aconteceu uma coisa."

"O quê?"

Repeti a história da manicure. Maggie parecia horrorizada, mas não surpresa. Isso porque ela já tinha ouvido a história.

"Hannah, presta atenção", disse ela, colocando a mão no meu joelho. Sequei as lágrimas erráticas que eu havia prometido a mim mesma não chorar. "Eu sei. Eu sei de tudo. Bee é uma menina muito, muito malvada. Acho que eu sempre soube disso, e no fundo sempre a odiei, mas tinha medo demais dela para tomar uma atitude."

"Dá para imaginar que alguém seja tão psicótica e ruim?", perguntei, ainda em estado de choque.

"O problema não é você. É ela. Ela é uma pessoa infeliz", disse Maggie. "Ela sempre foi perfeita e quer ser a única a ter uma vida boa, mas é tudo mentira. Hannah, é *ela* quem está traindo o marido."

O quê?

“Ela está tendo um caso com Troy Kincaid há mais de nove meses.”

“Jura?” Eu estava estarrecida; uma amostra de tecido da JetSet Baby teria bastado para me derrubar no chão. Incrédula. Paralisada. Então a imaculada família Ralph Lauren não era tão perfeitinha assim. “Coitado do Park! Ai, meu Deus! Maggie, outro dia peguei Troy, abre aspas, ‘mostrando meu apartamento para ela’, fecha aspas. Meu Deus, como pude ser tão burra?” Eu estava atônita. Aqueles imbecis tinham usado o chão da minha casa.

Eu estava literalmente prestes a desabar.

“Espera, é pior ainda”, disse ela, com toda a calma.

“O que pode ser pior do que mentir compulsivamente e transar com o marido de outra mulher?”, perguntei.

“Ela tentou transar com o seu marido também.”

Está certo. Dez vezes pior. Ela *o quê*? Josh?

“Mas foi antes de vocês estarem tecnicamente casados”, disse Maggie. “Uma vez ele veio para cá para uma reunião de trabalho, e você ficou na Califórnia. Bee estava no maior porre e deu muito em cima dele. Para falar a verdade, tive a impressão de que ela escondia uma paixão secreta por ele desde os tempos de escola”, prosseguiu Maggie. “Mas ele despachou ela, sem dó. Acho que é por isso que ela queria acertar as contas com você, desde o minuto em que você pôs os pés em Nova York.”

“Acertar as contas comigo, a Bee?” Meu coração estava quase saltando para fora do peito, eu estava desmoronando. “Então ela merece um Oscar de interpretação. Dizendo que ia me mostrar o caminho das pedras, que enganação.” O quarto coberto de tule parecia estar girando, senti que ia desmaiar.

“Hannah, preciso te mostrar uma coisa”, disse Maggie. Ela se levantou e abriu uma linda escrivaninha colonial. Pegou uma chave numa gaveta e usou-a para abrir outra, discretamente. Era uma coisa muito *Ligações Perigosas* – eu só não fazia ideia do quanto. Mas aí a cena seguinte se descortinou. Ela me deu uma pilha de papel, e logo vi que eram conversas por computador entre Maggie e Bee.

"Acho que faço isso porque já fui advogada", disse ela, enquanto eu folheava os papéis. "Eu guardo tudo."

Lá estava, o surgimento do boato de que eu tinha um caso com Tate Hayes, uma fofoca cozida em banho-maria. Aquela vaca da Bee tinha plantado as sementes da minha suposta infidelidade, regado a mentira ao longo do tempo com aquelas conversas virtuais e colhido a história toda no momento em que a traição dela chegara ao ponto culminante. Como eu era idiota. Eu não sabia se chorava até cair ou se ficava puta da vida, mas fiz um pouco das duas coisas. Olhei para Maggie, dei um abraço nela e desabei no choro.

"Obrigada por me mostrar isso", agradeci, me acalmando. "Maggie, você tem que saber que eu jamais, jamais trairia meu marido. Ele é a minha vida." Maggie me abraçou e disse que sabia disso. Disse ainda que quanto mais me conhecia, menos acreditava nas mentiras de Bee.

"Eu sei", disse ela, me dando um lenço de papel e acariciando meu ombro. "Acontece que a vida dela é um tédio tão, mas tão grande, que ela inventa essas fofocas. Não sei nem dizer quantos boatos ela criou só para esquecer os problemas do casamento dela, ou talvez simplesmente porque estivesse com vontade, sem razão nenhuma. Sei lá, para quebrar o silêncio dos encontros na pracinha. Ela é uma péssima amiga. E que esposa! Ela é a perfeita caricatura da chefe de torcida que sempre foi o centro das atenções, mas quer sempre mais. O amor do coitado do Parker não era o suficiente, então ela passou a cortejar outros homens. Patético. E o Weston, pobrezinho. Ela finge que é uma super-mãe e vive pontificando sobre o melhor método para o bebê dormir, a melhor alimentação, o melhor grupo de brincadeiras. Mas ela mal vê o menino! Ele está sendo criado por uma equipe de babás, e mesmo assim ela sai por aí falando mal das outras mães e dando declarações sobre como criar um filho. Só Deus sabe o que ela deve ter dito a meu respeito ao longo de todos esses anos", desabafou Maggie. Mas agora não fazia mais diferença; o domínio de Bee sobre suas amigas-inimigas estava chegando ao fim. Maggie nem tinha ligado para avisá-la do nascimento do bebê.

"E Lara e Hallie? Elas já sabem?"

"Ainda não. Mas percebi que elas idolatram a Bee. Eu também não gosto de circular com elas. Vivem competindo, falam sempre as mesmas merdas."

Fiz uma pausa, sorrindo. "Como o resultado do teste de QI da Julia Charlotte?"

Maggie caiu na gargalhada. "Isso mesmo! Que preguiça!"

"Você sempre me pareceu tão mais legal do que elas", comentei. Eu estava amando esse clima de franqueza, amando a ideia de ter mãe--aliada. "Nunca entendi por que você era tão próxima delas."

"Inércia", respondeu ela, dando de ombros. "Eu estava ocupada demais para procurar amigas novas, não gosto de situações de confronto e acho que não queria tomar a iniciativa de fechar a porta. Se eu fizesse isso, aí elas realmente falariam de mim e se divertiriam às minhas custas. Mas agora não estou nem aí." Ela deu de ombros de novo. "Vi seu jeito independente, e agora sei que também posso ser assim. Tenho um marido, uma família, e agora tenho uma nova amiga..." Ela me abraçou, e fiquei muito feliz porque ela finalmente estava vendo às claras aquela turma de mulheres. Mas também fiquei feliz por ela – porque era mais forte do que imaginava, e por poder seguir adiante sem aquela panelinha.

E a troca final...

Mensagem Instantânea de: Bee Elliott

BeeElliott: Maggie, vc tá aí? Deixei 2 recados! Alôôôô? Minha lista de contatos diz q vc tá on-line. ALÔ???

Magg10021: Fique longe de mim, Bee. Vc mentiu sobre a Hannah e sobre mtas outras pessoas. Vc aterroriza as mães para elas se sentirem mal consigo mesmas, mas no fundo vc é triste e nem conhece seu próprio filho. E agora vc está fora da minha vida. TCHAU.

BeeElliott: HEIN? COMO ASSIM?

Magg10021 está off-line

Cinquenta e dois

Josh estava voltando para casa naquela noite, e não nos falávamos há dois dias; eu tinha deixado recados no celular dele, mas sabia que provavelmente ele estaria caçando, fora do ar. Ele deixara um recado avisando que tinha chegado – era um antigo pacto que tínhamos entre nós. Mas a voz dele parecia magoada e distante. Eu queria que ele voltasse para casa assim que possível, e tremia tanto que os movimentos da minha bunda poderiam ser medidos na escala Richter. Li uma história para Violet e fui preparar um jantar bem bonito: sopa de abóbora, cebolinha e creme de leite fresco, e uma lasanha vegetariana com molho de vodca. Não era um prato cinco estrelas, daqueles que vêm para a mesa cobertos por uma tampa prateada, mas todas aquelas horas de programas de culinária na televisão tinham valido a pena. Antes de pôr a mesa, decidi vasculhar as caixas de mudança para achar a louça que havíamos ganhado de casamento. Abri umas seis caixas e já estava quase desistindo quando encontrei uma caixa onde estava escrito – que prático – louça do casamento. Eu sabia que era uma pessoa mais organizada do que eu imaginava! Tirei o plástico-bolha de dois pratos e botei a mesa com todo o cuidado. Acendi velas e dei uma geral no ambiente. Era realmente o primeiro esforço que eu fazia para dar um ar de casa àquele apartamento; eu estava usando a louça do casamento só porque eu queria, sem motivo algum; não estava esperando visita, éramos só nós dois. Entrei na internet e vi que o voo dele acabara de aterrissar, então calculei que dentro de uns 40 minutos ele estaria em casa – Josh jamais despachava bagagem.

Enquanto eu observava a sala e esperava por ele, decidi, naquele exato momento, passar uma borracha na minha vida e apagar todos os erros desastrados que eu cometera. Eu queria uma página em branco, queria traçar uma rota rumo a um destino completamente diferente.

Fiquei pensando na confusão causada pela novela inventada por Bee. De certa forma, porém, eu estava agradecida. Graças a isso eu tinha acabado com aquela história de ficar me encontrando com Tate, e fora obrigada a enxergar o que ele realmente era – uma Bee de calças, incapaz de ser feliz com apenas uma pessoa. Tudo bem, ele não era do mal, apesar de não ver problema algum em trair a mulher – e para mim isso equivalia a uma passagem só de ida para o inferno, sem escalas. Mas na verdade isso era resultado de uma busca permanente por se sentir desejado, talvez como as obras de arte que o faziam salivar. Bee, a rainha da fotografia perfeita da festa de Natal, tinha uma semelhança com Tate: ambos nutriam uma paixão sufocante pela imagem. Projeções controladas da perfeição, ou o que quer que seja que o artista pretende fazer o observador enxergar. Concluí que o amor de Tate pelas imagens superava até o amor que ele sentia por coisas reais: para ele, talvez a paixão verdadeira estivesse reservada apenas para o que é passível de ser preservado em tinta a óleo – não o verdadeiro céu estrelado, e sim a versão enlouquecida de van Gogh, exacerbada, saturada, cheia de cometas em forma de redemoinho. Era como se ele se emocionasse apenas com um maço de botões em flor pintado numa estufa, e não com a visão de um buquê real de flores do campo, colocadas num vaso. O mais engraçado foi o seguinte: enquanto eu refletia sobre aquela minha nova descoberta, lembrei de uma aula na qual ele chamou nossa atenção para uma natureza morta com uma variedade de tipos de flores que, na vida real, jamais florescem na mesma época do ano. Era um arranjo estranho, artificial, à semelhança da relação que ele tinha com as mulheres. Talvez ele fosse uma pessoa maravilhosa se ficasse congelado, no contexto de uma fantasia – um flerte na sala de aula aqui, uma visita a um museu acolá. Mas ele não amava a realidade: amava apenas a fantasia hiperbólica, exagerada e pintada.

Num passado longínquo havíamos compartilhado um momento romântico que ficara preso, congelado no tempo, um beijo que não levou a lugar nenhum. Como uma natureza morta. E acho que ele gostava das coisas dessa maneira.

Mas eu preciso do que é verdadeiro. Da fruta, e não da pintura da fruta. A fruta da pintura jamais apodrece, e talvez por isso ele goste tanto dela. Não há ranhuras, nem calombos. Na minha relação com Josh, havia brigas na hora de escolher a estação de rádio, ou por causa da tampa levantada da privada. Mas nosso vínculo era mais estreito do que o vínculo que Tate ou Bee poderiam ter com qualquer pessoa.

Porque a natureza, conforme sabemos, não é *morta.* Ela evolui permanentemente. Uma lua perfeita no céu não precisa de um simulacro fiel no mundo da arte para ser realmente perfeita. O que a torna especial é seu caráter efêmero, é o fato de que amanhã aquela lua imensa e inchada vai começar a desaparecer. Isso é quase doído, porque é bom *demais*. E ela será única, sem nenhuma tecla para rebobinar ou pausar – como os Grandes Mestres tentaram nos oferecer em suas telas. Pior para eles. Por isso, tanto Bee quanto Tate estavam sempre em busca da imagem perfeita, da ficção e jamais viverão imersos na realidade – e, consequentemente, jamais serão realmente felizes.

Cinquenta e três

Quando meu Josh entrou em casa, corri para abraçá-lo, com lágrimas nos olhos. Ele correspondeu à minha emoção: me abraçou tão apertado que logo vi que ele se dera conta de que eu jamais o trairia. Peguei-o pela mão e conduzi-o até o banquete que eu preparara. Não foi preciso nem mostrar as mensagens que Maggie imprimira – a prova número 1 do embate Hannah x Bee, um adendo à minha orelhada na manicure; ele já estava sabendo de tudo.

Durante a viagem, Parker ligara para o celular de Bee. Ela achou que tinha desligado o telefone, mas na verdade a ligação ainda estava rolando, o que deixou seu marido escutando uma transa por telefone entre ela e Troy, pela linha fixa. Atônito, Parker se abriu com Josh e admitiu que sempre suspeitara da traição da mulher. De uma hora para outra, Bee se revelou uma grande mentirosa. Por isso Parker reviu todas as afirmações dela, à luz de suas enganações recorrentes. Ele disse ao Josh que nunca tinha realmente acreditado que eu o tivesse traído. Bee espalhara aquela mentira para esconder a própria desonestidade, ou quem sabe apenas porque ela era realmente má.

"Lá no fundo, eu sabia que não podia ser verdade", disse Josh, me abraçando. "Mas Bee contou essas mentiras para o Parker, disse que tinha visto vocês se beijando, e só de pensar eu fiquei doente, furioso!"

"Não acredito que você teve de passar por isso", respondi, os olhos ainda marejados. "Amor, você é minha vida. E, para ser sincera, eu ficaria maluca se você fizesse amizade com uma mulher e saísse por aí passeando por museus. Você teve razão de ficar com a pulga atrás da orelha, mesmo que eu não tenha encostado a mão nele. Você é o homem da minha vida."

Nos abraçamos e fomos espiar Violet dormir, e depois comemos um jantar delicioso. A sobremesa? *Brownies* quentinhos, recém-saídos do forno, acompanhados por dois ingressos para o *show* do Nine Inch Nails na noite de ano-novo, bem na frente do palco.

"Na segunda fileira? Não acredito!"

"Pode acreditar." Eu estava radiante.

"Como? Como você conseguiu? Pedi para minha secretária ligar para todos os cambistas da cidade! Está impossível arrumar ingresso."

"Entrei no Craigslist", expliquei, e contei minha odisseia. Era uma história no mínimo divertida.

Como a empresa responsável pela venda de ingressos era um cartel de corruptos e passou a perna em fãs de todos os lugares, as entradas se esgotaram em trinta e sete segundos. Eu sei que isso é impossível, mas acontece que os cambistas tinham hordas de engenheiros a seu dispor, todos a postos para digitar códigos que permitiam comprar um monte de ingressos no minuto em que a venda pela internet começou. Os ingressos foram todos abocanhados por eles e, a rigor, ninguém conseguiu comprar pelo valor de face – estava tudo inflacionado. Um sujeito conseguiu comprar um par de ingressos, mas depois descobriu que teria de ir a Chicago no ano-novo e decidiu revender as entradas no Craigslist. Eu já tinha vasculhado o *site*, assim como milhares de pessoas. Mandei um *e-mail* para o cara e ele respondeu: "estou saindo do escritório daqui a alguns minutos. Quem chegar primeiro, leva."

Coloquei Violet no carrinho vermelho e literalmente corri quase dois quilômetros até o imponente edifício envidraçado na Sexta Avenida, na altura da rua 50. O gigantesco *hall* de entrada onde tínhamos marcado de nos encontrar estava lotado de seguranças. Eu suava em bicas. Liguei para o celular dele, e ele me disse que já estava lá embaixo.

"Cadê você?", perguntou ele, meio irritado.

"Bem no meio do *hall*. Do lado de uma samambaia."

"Estou aqui, mas não vejo você. Só tem uma mãe com um carrinho de bebê."

Dei uma gargalhada. "Sou eu!"

Virei para trás e vi um super mauricinho, um típico banqueiro, se aproximar de mim com o celular na mão. Ele estava incrédulo. Vestia camisa azul toda abotoada e calça cáqui, e me olhava como se eu fosse um E.T.

"Você está de brincadeira", disse ele, olhando para Violet. "*Você* vai comprar meus ingressos para o Nine Inch Nails? Não acredito."

"Ah é? E você se acha 'o' moderninho, né? Todo vestido de Brooks Brothers."

"Touché."

Entreguei o dinheiro e demos um aperto de mãos. Desejei a ele *bon voyage*, e ele me desejou um *bon show* enlouquecido.

O relato da minha aventura fez Josh se contorcer de tanto rir. "Ele deve ter achado que você ia levar a Violet, que ia oferecê-la em sacrifício aos góticos."

"Foi tão divertido, uma cena bem nova-iorquina."

"Uma cena nova-iorquina, é?" Josh sorriu. Ele sabia que finalmente eu estava pegando o espírito da coisa.

"Tenho visto muitas cenas assim nos últimos dias", confessei. "Você tem que ir à aula de Violet – tem um monte de atores da Broadway, é de matar!"

"Mal posso esperar", disse ele, pegando minha mão.

"Ah, e eu tive uma ideia. Não sei se você vai achar loucura, mas pelo menos uma coisa boa pode sair das minhas visitas a museus com Tate Hayes: tive uma luz, um projeto para fazer uma série de aulas para mães. Mães normais. Não mães-enxaqueca que ficam vendo os filhos interagirem enquanto o Doutor Poundschlosser faz anotações; seria algo para ajudar as mães a sair da bolha. Se eu conseguir que algumas mães se inscrevam, umas oito ou dez, mais os filhos, eu poderia servir de guia e mostrar um aspecto diferente do mundo das artes a cada semana. Galerias em Chelsea, ateliês de artistas no Brooklyn, museus, tudo!"

"Que ideia ótima", disse Josh, dando uma garfada no *brownie*. "Você realmente está descobrindo um filão bacana. Além do mais, é uma maneira de colocar os bebês em contato com arte desde cedo, de estimular as mães..."

"Será que vai dar certo?"

"Tenho certeza que sim."

Cinquenta e quatro

Naquele fim de semana, unidos novamente por uma paixão avassaladora e com nosso casamento firme como uma rocha, Josh e eu levamos Violet para tomar *brunch* na casa de Lila e ter uma "conversinha". Eu ainda estava abalada com os comentários cruéis de Bee sobre o fato de eu não ser digna de Josh, e sobre como a mãe dele achava que eu não estava à altura do filho dela. Josh ficou o tempo todo ao meu lado e deixou claro que eu era a mulher central na vida dele.

Os empregados de Lila tinham preparado um banquete, que devoramos todos juntos antes de Watt se retirar para sua charutaria particular e Violet cochilar no carrinho. Josh e eu nos sentamos com Lila num imenso sofá cor de vinho. E começamos a falar. E não paramos durante muito, muito tempo.

Josh disse que não gostávamos quando ela aparecia sem avisar. Disse que era uma invasão da nossa privacidade e que, por mais felizes que ficássemos ao vê-la, não bastava ela interfonar quando já estava na portaria. Eu disse que percebia que ela não aprovava minha participação – ou a falta dela – na sociedade nova-iorquina, e que não queria mais que ela dissesse que minhas roupas eram inadequadas ou que Violet parecia uma menina de rua.

E depois falei de Bee. Sobre a queridinha e perfeita Bee.

"Ela teria traído Josh também", eu disse. "Ela é incapaz de ser feliz com quem quer que seja. Talvez você não me ache tão elegante ou ligada a tendências ou tão abonada quanto ela, Lila. Mas uma coisa eu sei: sou uma esposa excelente e uma mãe maravilhosa. E não estou nem aí para o resto."

Lila ficou em silêncio, sorvendo chá de uma xícara com borda dourada e bebendo minhas palavras lentamente, olhando ora para o filho, ora para mim.

"Vocês terminaram?" perguntou ela, sorrindo discretamente.

Fiz uma pausa e respirei fundo para recobrar a confiança depois do meu discurso.

"Sim. E espero que você também tenha terminado", respondi calmamente. "Espero que a pressão em relação à escola tenha terminado, a patrulha constante, e, depois do que eu disse, espero que as menções a Bee Elliott como se ela fosse o evangelho tenham terminado."

Depois de engolir tanta coisa de Lila, durante tanto tempo, foi um imenso alívio botar tudo para fora. E Josh ficou ao meu lado o tempo todo, com o braço ao redor do meu ombro.

"Você me lembra alguém", disse Lila, a voz suave, me olhando com atenção.

Nossa, quem seria? Um cão sarnento? Uma *fille des rues*? Uma molambenta da costa oeste que anda de patins em Venice Beach?

Confesso que a resposta me surpreendeu.

"Você me lembra de mim mesma", admitiu ela, olhando para o chão.

"Sério?", perguntou Josh, todo feliz. "Porque você também enfrentou o vovô e a vovó quando decidiu se casar com o papai?"

"Sim", disse ela, secando a lágrima que tinha escorrido – escorrido de olhos que, eu achava, jamais tinham chorado antes. "E porque naquela ocasião me dei conta – e você me lembrou disso agora – de que o ninho que vocês constróem juntos, com seus filhos, e o único escudo de que precisam para se proteger do mundo exterior. Eu tinha me esquecido disso." Ela esticou a mão para pegar a minha, é ficamos de mãos dadas pela primeira vez desde que nos conhecíamos. "Desculpe."

Bee, que aos olhos dela era a nora perfeita, já não era mais tão perfeita assim. E, mesmo que eu não tivesse me transformado numa menina de ouro, eu sabia que tinha algo mais importante do que ser admirada pelas roupas que usava, ou elogiada pelo meu penteado: eu tinha respeito. Não era uma questão de troca de poder; a questão era que eu não me incomodava mais com isso, estava livre da obsessão de ser aprovada por ela – ou aprovada pelo mundo. As coisas de que eu precisava para ser feliz estavam no nosso casulo, sólido mais uma vez. E, quando me dei conta disso, eu me libertei.

Cinquenta e cinco

Enquanto eu pensava e matutava minha nova ideia – uma ideia que, quem sabe, poderia melhorar em um milésimo a vida de mães sedentas por conhecimento e reféns da Nickelodeon –, mergulhei de cabeça nas aulas de Violet. O outono se transformou oficialmente em inverno. Para além das babás da turma da Milford Prescott, comecei, aos poucos, a fazer amizade com outras mães. E, à medida que as semanas se passavam, fui ficando mais e mais à vontade. Era estranho: no começo todo mundo se olhava desconfiado, como se fosse um imigrante mexicano ilegal. Mas, no final do semestre, boa parte do gelo já tinha sido quebrada – na mesma época em que o gelo começou a se formar sobre as árvores e os toldos dos prédios, do lado de fora da classe.

Uma das mães, Helena, chegou até a caminhar alguns quarteirões conosco depois da aula. Fomos conversando sobre como nosso grupo era bacana.

"Tenho que confessar", disse Helena, sorrindo, "que a princípio você me intimidou um pouco."

"*Eu*?", perguntei, incrédula. "Você está brincando, né? Sou um peixe fora d'água! Eu nem tinha amigas aqui!"

"Não, a questão é justamente essa. Você tinha o seu jeito, usava uns brincos diferentes, essas coisas."

Não entendi direito o que ela quis dizer com aquilo, mas percebi uma coisa: no começo, todo mundo fica com um pé atrás. As crianças se aproximaram imediatamente, com brinquedos e músicas infantis, mas nós, os adultos, fomos nos sacando lentamente, como adolescentes entrando no colegial. Pela segunda vez.

Não sei ao certo em que momento aquela inocência de abraçar outra criança só porque ela é do mesmo tamanho desaparece. Quando é que a gente deixa de ficar super animado ao ver, sei lá, um macaco no zoológico? Ou quando vai ao circo? Ou quando sopra um cata-vento?

Acho que é impossível identificar o instante sutil em que se ultrapassa a fronteira da ingenuidade e da inocência, em que se atravessa para o lado do "não estou mais nessa", da indiferença. Mas descobri uma coisa: quanto mais eu me envolvia nas atividades, quanto mais eu mergulhava e me esforçava e deixava de me preocupar com o que os outros iriam pensar, mais feliz eu era. Não sei por que razão fiquei tão abalada com Bee e suas comparsas no começo; mas agora elas faziam parte do passado – tudo bem, é verdade que de vez em quando eu encontrava Lara e Hallie na avenida Madison. Só que elas não me incomodavam mais. Era só uma conversinha rápida, e depois *sayonara*.

Na minha obsessão com as aulas do Broadway Babies, passei a conversar cada vez mais com uma mãe super simpática, Tina. Ela me perguntou se eu gostaria de ir com ela a um *show* de cabaré estrelado por alguns professores. Aceitei alegremente.

Josh e eu fomos com Tina e o marido dela, e nos divertimos horrores. A apresentação era mais pesada do que a performance normal e alegrinha que os cantores faziam para a criançada de dois anos, mas eu estava tão animada por sair de casa e aproveitar os dons desses artistas incríveis que até hoje me belisco para acreditar que minha filha tem contato com pessoas tão talentosas.

Quando o Natal chegou, muita gente estava concretizando projetos com a JetSet Baby para ir para Antígua, St. Bart's ou para as Bahamas. Felizes da vida, nós nos instalamos em Nova York. A neve fazia o horizonte brilhar, um horizonte pontuado por arranha-céus; o frio era cortante, mas, ao mesmo tempo, reconfortante: ficávamos aconchegados em casa, aconchegados na nossa vida – finalmente instalados num lugar onde eu podia respirar fundo e ficar feliz ao constatar que as tempestades furiosas ficavam do lado de fora da janela, e não mais dentro da minha vida. Fiz cartões de Natal caseiros, e não senti nem um pouquinho de vergonha do jeitão improvisado, mesmo sabendo que receberia montanhas e montanhas de cartões com relevo, quatro camadas de papel de seda, impressos na gráfica mais chique da cidade: eu gostava dos meus cartões. Tinham sido feitos com amor. Enquanto eu escrevia os nomes dos destinatários, percebi que havia mais pessoas queridas ao meu redor do que eu imaginava. E, à medida que "chocava" meu projeto de passeios guiados pelo mundo da arte, eu me sentia segura ao saber que, em Nova York, havia muito mais mulheres parecidas comigo do que com Bee. Mulheres normais, legais, que não usavam calça tamanho 36, que queriam apenas amar os filhos e aproveitar a vida sem ficar o tempo todo pontificando sobre a maternidade, dizendo frases que começavam com: "é tudo uma questão de..." Tudo bem: é claro que as mães idiotas, inseguras e competitivas, as mães do tipo alfa, jamais deixariam de existir – afinal de contas, isso aqui é Nova York. Mas elas não eram tão dominantes quanto eu imaginava no passado. Por trás das perguntas invasivas sobre uma roupa de Violet ou sobre o processo de matrícula nas escolinhas, havia exclamações sobre a doçura demonstrada por ela, ou convites para brincar na casa de amiguinhos. Essas mulheres eram mais discretas do que suas contrapartidas glamorosas, as mães-enxaqueca, e por isso era mais difícil encontrá-las. A exceção era Maggie, que a princípio fazia parte daquele grupo, mas logo descobriu a felicidade tranquila de ser apenas normal, de ser uma mãe mais relaxada, mais "na dela", uma mulher que não precisa sair em revistas para se sentir melhor. Mães que queriam apenas viver uma vida de verdade, em paz, que não precisavam ver seus filhos louvados pelos outros – apenas por elas, daquele jeito que acontece quando a mãe lê uma história para o filho, quando percebe os sentimentos da criança e sabe que há um vínculo muito forte entre eles. Eu torcia para que mulheres desse tipo se juntassem a mim numa jornada que faria as crianças entrarem em contato com arte de primeira qualidade e as adultas retomarem o desejo latente de aprender, uma jornada que também reuniria um grupo de mães legais e tranquilas.

Cinquenta e seis

Na véspera do Ano Novo, de manhã cedo, a cidade estava lotada de turistas, daquele tipo que usa pochete. Lembrei de como eu me sentira deslocada quando chegamos. Agora, ao ver gente de todas as partes, de olhos arregalados, absorvendo a torrente, a pulsação e os ruídos da cidade, eu me sentia uma verdadeira nova-iorquina. Acordei com um tom de pele verde-sapo, me sentindo levemente gripada, e Josh estava preocupado, achando que eu não aguentaria ir ao *show* do Nine Inch Nails à noite Mas eu disse que não perderia o *show* por nada no mundo e ficaria boa de qualquer maneira. Senti uma pontada no coração ao vê-lo se arrumar para trabalhar com seu terno de homem perfeito, ajustar as abotoaduras, colocar as barbatanas na gola (infelizmente ele ainda não tinha nenhum dia de folga). Eu adorava assistir ao ritual da hora de se vestir – mesmo quando eu mesma estava largadona na cama, junto com Violet. Ele deu um beijinho em cada uma de nós e se despediu. Ele ficou com um ingresso e eu com outro, estávamos prontos para nos encontrar dentro de mais ou menos doze horas no Madison Square Garden. Fiquei feliz ao ver que ele deixara um recado em cima da mesa da cozinha, com novos títulos de filmes pornô: *Disque T para Trepar*, *Picão Impossível* e *Lambeções Perigosas*.

Depois de duas horas enrolando, hipnotizadas pela programação do Nickelodeon, finalmente nos animamos para ir ao parque. Estava frio, era o primeiro dia realmente congelante do inverno. E aí, no meio da nossa caminhada, flocos suaves de neve começaram a cair na nossa cabeça. O vento cortante deixava as bochechas de Violet rosadas, e a neve caía sobre a língua dela. Tudo aquilo me deixou exultante por viver num lugar onde as quatro estações do ano eram tão definidas.

"Mamãe, olha a véve!" Era assim que ela falava "neve".

"Eu vi. Que lindo, não é?"

Em breve minha menininha estaria andando de trenó no parque. Faríamos bonecos e anjos de neve. Eu me sentia bem, em paz comigo mesma. E, quando vi Bee Elliott caminhando na minha direção (eu nem sabia por que ela estava em Nova York, e não em St. Tropez), nem pestanejei. Apesar de tudo o que ela tinha feito, eu não a odiava. Tudo bem, vou ser franca: eu abominava aquela mulher. Mas não era um ódio ativo, borbulhante. Por quê? Porque ela era uma pessoa muito triste, muito patética. Porque ela mal conhecia o próprio filho, porque vivia tentando ser a Rainha Bee, porque para ela não bastava ser igual a todo mundo – ela queria ser melhor. Porque Josh não era dela e jamais poderia ser, por mais que ela tentasse. Porque ela não tinha nenhum amigo de verdade.

Estávamos na Avenida Madison, e ela foi chegando mais e mais perto. Senti um leve aperto no estômago, e passei por ela sem dizer uma palavra. Nunca mais a vi.

Sabe, ela não era mais a rainha de Nova York. Não porque caíra em desgraça e se transformara num tema suculento para fofocas desde que Parker saíra de casa e deixara aquela traidora para trás. Mas porque me dei conta de que Nova York não tinha rainhas. Qualquer mulher que ame a própria vida e a própria cidade pode tomar Nova York de assalto. O trono e o séquito de Bee desapareceram no dia em que fiquei sabendo como ela me detonava pelas costas. E o motivo pelo qual eu não a odiava de maneira ativa e não permitia que ela sugasse minhas forças era o seguinte: eu simplesmente parei de me importar com ela. Eu tinha o telefone dela, e agora todo mundo também tinha. Ela era uma espécie de tumor maligno que havia sido extirpado de Nova York. Haviam cortado a luz dela; sua capacidade de envenenamento fora exterminada.

Depois de algum tempo no ar gelado, Violet caiu no sono dentro do saco de dormir que forrava o carrinho. Fui à farmácia comprar algumas coisas para me livrar do mal que me ameaçava, e depois voltamos para casa. Assim que botamos os pés na porta, os floquinhos de neve se transformaram numa nevasca, uma coisa bíblica, com direito a granizo e a uma tempestade que fez a cidade parar. Lembrei de Seattle, do consolo que era ver a chuva caindo pela janela; eu sempre me sentia segura dentro de casa, encolhidinha e aconchegada. O telefone tocou: era Sheila Stone, secretária de Troy Kincaid, para dizer que o conselho aprovara nosso nome para o condomínio. Viva! Soltei um suspiro profundo de alívio, e tive a sensação literal de que um peso havia sido retirado das minhas costas. Dei uma olhada no nosso apartamento funcional, cheio de móveis impessoais. "Valeu, foi divertido. Mas agora, adios", pensei comigo mesma.

Naquela noite, quando Amber chegou, decidi colocar uma música no último volume e fazer uma sessão de "esquenta" pré-encontro amoroso, como nos velhos tempos. Vesti uma saia e uma blusa pretas, bem descoladas, coloquei brincos de pingente e calcei uma bota. Tudo bem, talvez eu estivesse chique demais. Mas, apesar da gripe, eu me sentia sensual. Estava pronta para sair. Mostrei a Amber onde estava o peixe que Violet comeria no jantar e dei um beijinho de despedida na minha florzinha. Mas, no caminho até a porta, uma ficha caiu. Eu tinha de fazer uma última coisa antes do *show*.

Cheguei ao Madison Square Garden e dei de cara com hordas e mais hordas de garotos góticos, gente com *piercing*s no rosto e tatuagens pelo corpo – e, quem sabe nem tão surpreendente assim, com alguns *yuppies*. Animadíssima, fui até o meu lugar. Eu me virava o tempo todo para ver as pessoas que entravam, queria ver se Josh estava chegando. Comecei a ficar estressada, com medo de que ele tivesse ficado preso no escritório. Mas de repente vi seu rosto de menino surgir em meio aos metaleiros. Ele foi chegando e me abraçou no exato momento em que as luzes se apagaram e a multidão começou a urrar. Enquanto a galera gritava, berrei no ouvido dele que havíamos sido aceitos no prédio novo. Josh deu um grito eufórico que fez coro com a multidão.

O *show* começou com guitarras ferventes, e dava para sentir o êxtase dos vinte mil fãs. A energia era tão intensa que todas as almas que estavam ali tinham a sensação de estar experimentando um barato. Josh me abraçou, ficamos ouvindo a música e pensei na perfeição daquele momento. Eu não me sentia uma mulher acabada de trinta anos; eu me sentia como se tivesse 22 anos novamente. Na verdade, eu me sentia mais jovem do que me sentira em qualquer outro momento da minha vida como mãe. E percebi duas coisas fundamentais. Em primeiro lugar: é possível ter um lado sensual, ter uma vida, ter outros interesses depois que a cegonha chega. Bebês costumam colocar esse aspecto na sombra por algum tempo, mas aquele momento me transportou de volta aos dias pré-Violet, dias em que eu era tão *eu mesma*, forte, centrada. Em segundo lugar: notei que todos os modernos ao nosso redor podiam até parecer radicais e supostamente mais descolados. Mas eu tinha a coisa mais descolada do mundo: uma filha que estava me esperando em casa, que nos amava muito e que nós amávamos mais do que qualquer outra coisa no planeta. Eu me sentia única: provavelmente a plateia do *show* não incluía ninguém que pertencesse ao nosso mundo de pais, e nenhuma das pessoas que estava ali parecia ter pequenas criaturas embrulhadas num berço em casa. Mas, como acontece com qualquer pessoa que se vê em Nova York, nunca se sabe.

De repente, senti o celular vibrar no meu bolso. Olhei para Josh, com medo de que fosse Amber dizendo que alguma coisa tinha acontecido com Violet. Nervosa, peguei o telefone e vi uma mensagem de texto que dizia: "Eu amo minha mulher". Respondi sorrindo, e Josh passou a mão pelos meus cabelos. Segundos depois, o celular dele tremeu. "Eu amo meu marido e...". Ele estava se virando para me olhar quando o telefone dele tocou novamente, com mais uma mensagem: "... estou grávida". É verdade, eu descobrira apenas duas horas antes. Fiz xixi no palitinho e vi o sinal de positivo. E, ao contrário de Bee, Hallie e Lara – que teriam ligado para o curso Francês Antes dos Três ainda com as calcinhas de renda nas canelas –, eu apenas respirei aliviada, pois sabia que a única pessoa para quem queria contar a novidade era Josh, o amor da minha vida. Esfusiante, ele me engolfou num abraço apertado e nos beijamos, felizes porque dentro de nove meses Violet seria uma irmã mais velha – e eu não poderia receber a cegonha num lugar melhor.

O que aconteceu com...

Mães com arte: Minha empresa, a Mães com Arte, foi inagurada no inverno do ano seguinte, e as vagas se esgotaram imediatamente. Na primavera acrescentei três novos grupos, todos lotados, que visitavam ateliês de artistas, galerias e museus em todos os bairros da cidade.

Bee Elliott: Bee ainda está a toda com Troy Kincaid, mas não há dúvidas de que vai cometer adultério novamente. Depois de encerrar o processo de separação, ela e Troy se mudaram para Londres e deixaram Weston com Parker. Bee nunca teve nenhum vínculo real com o filho – mas, antes que você chore a orfandade de Weston, que ficou longe da mãe, veja o verbete Sr. e Sra. Parker Elliott.

Escola de educação infantil Carnegie: A instituição ofereceu uma vaga a Violet na turma de setembro. Mas ela foi aprovada – e matriculada – na Escola Browne-Madison, mais charmosa. E algo me diz que ela não está automaticamente excluída de Harvard só por causa disso.

Conde Alexei von Hapsenfürer: Ele se encantou de tal maneira com o talento de Josh que o roubou da empresa para ser o principal administrador do seu dinheiro nos Estados Unidos. O emprego dava direito a um escritório a dois quarteirões de casa e a fazer o próprio horário de trabalho.

Dr. Emile Poundschlosser: Foi preso sob sete acusações de evasão fiscal. Durante o julgamento, a imprensa revelou que o renomado especialista em paternidade não tinha filhos. Ele foi curar sua ganância numa penitenciária no norte do estado de Nova York.

Sr. e sra. Parker Elliott: Depois de lamber as feridas e se acostumar com a vida de pai solteiro, Parker começou a ir bastante lá em casa. Bem como Leigh. Com o passar dos meses eles ficaram mais próximos – e, quando entrei em trabalho de parto, foram eles que levaram Violet para nos visitar na maternidade. Leigh era louca por Weston e Violet, e Parker via como ela era carinhosa – tanto com o filho dele quanto com a nossa. No final do ano eles já estavam juntos, loucamente apaixonados e mais felizes do que nunca.

Lucy Sloane Allen: Nasceu no dia 14 de setembro, pesando exatamente 3 quilos e 100 gramas.

Violet Grace Allen: É apaixonada pela irmãzinha, por Nova York, pela escola nova e por sua mãe – que está muito, mas muito feliz.

Agradecimentos

Obrigada à genial editora e mamãe-faz-tudo Stacy Creamer, por entender a ideia, me dar ideias e se solidarizar diante de alguns aspectos assustadores de exercer a maternidade em Nova York. Muito obrigada também a Joanna Pinsker e Julia Coblentz, por espalharem a novidade, e a Laura Swerdloff e à turma da ICM: Amanda Urban, Jennifer Joel, Katie Sigelman, e a Josie Freedman (totalmente Costa Oeste), bem como aos super advogados Steven Beer e Mary Miles, do Greenberg Traurig.

Às mães tranquilas, obrigada por me ajudar a rir das mães-enxaqueca, por compartilhar histórias inacreditáveis e por me mostrar como é que se faz: Teresa Heinz, Laura Huang, Tara Lipton, Jane Timberlake, Alexis Mintz, Marisa Fox Bevilacqua, Liz Carey, Laura Hammam, Britney Spears e Federline, Isobel Case, The Group 3 p.m.-ers, Leslie Coch, Carrie Karasyov, Robyn Foreman, Abby Gordon, Jennifer Nordstrom, B. J. Blum, Olya Thompson, Julia Van Nice, Lynn Biase e Jenn Linardos.

Gracias também às cobaias e à torcida cujo bom-humor eu idolatro: Richard Sinnott, Frances Stein, Alice Ryan, Liz Herzberg, Andrew Saffir, Daniel Benedict, Clara Pang, Kathryn Wender, Karen Quinn, Chris e Sasha Heinz, Andre Heinz, Michael Kovner, Jean Doyen, Naomi Waletzky e principalmente a Jacky e Jada Davy.

E às minhas irmãs, meu clã querido, amo todas vocês: Vanessa Eastman, Jeannie Stern, Dana Wallach Jones, Lauren Duff e o "queridinho honorário" Trip Cullman. E à melhor palpiteira do planeta Terra, a genial Doutora Lisa Turvey. Este livro não teria sido possível sem ela.

Finalmente – mas não menos importante –, agradeço à minha família: todos os Kargman, Robert, Sophie, Bess, Dana James, à minha "S" Marjie (que não tem nada a ver com Lila!), e à vovó Ruth Kopelman. *Merci mille fois* à minha adorada mãe, Coco, também conhecida como "vovó"; uma mulher que se dedica demais aos filhos e é o melhor modelo de mãe que eu poderia ter na vida. A Arie Kopelman (pai ou papaizinho), obrigada pela orientação sábia e por sempre nos mostrar que o humor é o melhor remédio; e ao mano Will pelo amor, pelo apoio e pela inspiração, constantes e maravilhosos. Para as pequenas Ivy e Sadie: qualquer tensão na vida da mamãe vale totalmente a pena porque vocês, meus docinhos gostosos, são minha recompensa. E um obrigado ultra-especial a Harry, minha adorada cara-metade.

Este livro foi composto em Garamond
para a Editora Planeta do Brasil
em maio de 2010